ZHONGGUO XIAOSHUO
100 QIANG

中国小说100强（1978—2022）

林斤澜小说经典

林斤澜　著

北京联合出版公司
Beijing United Publishing Co.,Ltd.

图书在版编目（CIP）数据

林斤澜小说经典 / 林斤澜著. -- 北京 ：北京联合
出版公司，2023.9
（中国小说100强）
ISBN 978-7-5596-7075-5

Ⅰ.①林… Ⅱ.①林… Ⅲ.①短篇小说—小说集—中
国—当代 Ⅳ.①I247.7

中国国家版本馆CIP数据核字(2023)第117916号

林斤澜小说经典

作　　者：林斤澜
出　品　人：赵红仕
出版监制：张晓冬　范晓潮
责任编辑：王　巍
特约编辑：和庚方　刘沐雨
封面设计：武　一

北京联合出版公司出版
（北京市西城区德外大街83号楼9层　100088）
北京兴星伟业印刷有限公司印刷　新华书店经销
字数185千字　650毫米×920毫米　1/16　22.5印张
2023年9月第1版　2023年9月第1次印刷
ISBN 978-7-5596-7075-5
定价：68.00元

中国小说 100 强（1978—2022）丛书

编委会

丛书总策划

张　明　著名出版人

张　英　资深媒体人

编委主任

吴义勤　中国作协副主席

中国小说学会会长

编　委

吴义勤　中国作协副主席、中国小说学会会长

宗仁发　《作家》杂志主编

谢有顺　中山大学教授、中国小说学会副会长

顾建平　《小说选刊》副主编

张　英　资深媒体人

文　欢　作家、出版人

总　序

　　"中国小说100强"（1978—2022）是资深出版人张明先生和腾讯读书知名记者张英先生共同策划发起的一套大型文学丛书。他们邀请我和宗仁发、谢有顺、顾建平、文欢一起组成编委会，并特邀徐晨亮参与，经过认真研讨和多轮投票最终评定了100人的入选小说家目录。由于编委们大多都是长期在中国文学现场与中国文学一路同行的一线编辑、出版家、评论家和文学记者，可以说都是最专业的文学读者，因此，本套书对专业性的追求是理所当然的，编委们的个人趣味、审美爱好虽有不同，但对作家和文学本身的尊重、对小说艺术的尊重、对文学史和阅读史的尊重，决定了丛书编选的原则、方向和基本逻辑。

　　从文学史的角度来说，1978年以后开启的新时期文学是中国当代文学的黄金时代，不仅涌现了一批至今享誉世界的优秀作家，而且创造了许多脍炙人口的文学经典，并某种程度上改写了20世纪中国文学史的版图。而在中国新时期文学的经典家族中，小说和小说家无疑是艺术成就最高、影响力最大的部分。"中国小说100强"（1978—2022）就是试图将这个时期的具有经典性的小说家和中国小说的经典之作完整、系统地筛选和呈现出来，并以此构成对新时期文学史的某种回顾与重读、观察与评判。呈现在读者面前的这套丛书是对1978—2022年间中国当代小说发展历程的一次全面、系统的整体性回顾与检阅，是中国当代文学经典化的重要成果，从特定的角度集中展示了中国新时期文学在小说创作方面的巨大成就。需要说明的是，与1978—2022年新时期文学繁荣兴盛的局面相比，100位作家和100本书还远远不能涵盖中国当代小说的全貌，很多堪称经典的小说也许因为各种原因并未能进入。莫言、苏童、余华等作家本来都在编委投票评定的名单里，但因为他们已与某些出版社签下了专有出版合同，不允许其他出版社另出小说集，因而只能因不可抗原因而割爱，遗珠之憾实难避免，而且文学的审美本身也是多元的，我们的判断、评价、选择也许与有些读者的认知和判断是冲突的，但我们绝无把自己的标准强加于别人的意思。我们呈现的只是我们观察中国这个时期当代小说的一个角度、一种标准，我们坚持文学性、学术性、专业性、民间性，注重作家个体的生活体验、叙事能力和艺术功力，我们突破代际局限，老、中、青小说家都平等对待，王蒙、冯骥才、梁晓声、铁凝、阿来等名家名作蔚为大观，徐则臣、阿乙、弋舟、鲁敏、林森等新人新作也是目不暇接，我们特别关注文学的新生力量，尤其是近10年作品多次获国家大奖、市场人气爆棚的新生代小说家，我们秉持包容、开放、多元的审美立场，无论是专注用现实题材传达个人迥异驳杂人生经验、用心用情书写和表现时代精神的现实主义作家，还是执着于艺术探索和个体风格的实验性作家，在丛书里都是一视同仁。我们坚信我们是忠实于自己的艺术理想、艺术原则和艺术良心的，但我们并不认为自己的角度和标准是唯一的，我们期待并尊重各种各样的观察角度和文学判断。

当然，编选和出版"中国小说100强"（1978—2022）这套大型丛书，除了上述对文学史、小说史成就的整体呈现这一追求之外，我们还有更深远、更宏大的学术目标，那就是全力推进中国当代文学"经典化"的历程和"全民阅读·书香中国"建设。

从1949年发端的中国当代文学已经有了70多年的发展历程，但对这70多年文学的评价一直存在巨大的分歧，"极端的否定"与"极端的肯定"常常让我们看不到当代文学的真相。有人认为中国当代文学达到了前所未有的高度和水平。王蒙先生在法兰克福书展上就说：中国当代文学现在是有史以来最繁荣的时期。余秋雨、刘再复甚至认为中国当代文学的成就远远超过了现代文学。也有人极端否定中国当代文学，认为中国当代文学都是垃圾。他们认为现代文学要远远超过当代文学，中国当代文学连与现代文学比较的资格都没有。比如说，相对于鲁（迅）、郭（沫若）、茅（盾）、巴（金）、老（舍）、曹（禺）这样大师级的人物，中国当代作家都是渺小的侏儒，根本不能相提并论，两者比较就是对大师的亵渎。应该说，与对中国当代文学的肯定之声相比，对当代文学的否定和轻视显然更成气候、更为普遍也更有市场。尽管否定者各自的角度和出发点不同，但中国当代作家、作品与中外文学大师、文学经典之间不可比拟的巨大距离却是唱衰中国当代文学者的主要论据。这种判断通常沿着两个逻辑展开：一是对中外文学大师精神价值、道德价值和人格价值的夸大与拔高，对文学大师的不证自明的宗教化、神性化的崇拜。二是对文学经典的神秘化、神圣化、绝对化、空洞化的理解与阐释。在此，我们看到了一个非常有趣的悖论：当谈论经典作家和文学大师时我们总是仰视而崇拜，他们的局限我们要么视而不见要么宽容原谅，但当我们谈论身边作家和身边作品时，我们总是专注于其弱点和局限，反而对其优点视而不见。问题还不在于这种姿态本身的厚此薄彼与伦理偏见，而是这种姿态背后所蕴含的"当代虚无主义"。这种"虚无主义"的最大后果就是对当代作家作品"经典化"的阻滞，对当代文学经典化历程的阻隔与拖延。一方面，我们视当下作家作品为"无物"，拒绝对其进行"经典化"的工作，另一方面又以早就完全"经典化"了的大师和经典来作为贬低当下泥沙俱下的文学现实的依据。这种不在同一个层面上的比较，不仅毫无意义，而且只能使得文学评价上的不公正以及各种偏激的怪论愈演愈烈。

其实，说中国当代文学如何不堪或如何优秀都没有说服力。关键是要进行"经典化"的工作，只有"经典化"的工作完成了才有可能比较客观地对当代的作家作品形成文学史的判断。对当代的"经典化"不是对过往经典、大师的否定，也不是对当代文学唱赞歌，而是要建立一个既立足文学史又与时俱进并与当代文学发展同步的认识评价体系和筛选体系。当然，我们也要承认，"经典化"问题是一个非常复杂的问题，并不是凭热情和冲动一下子就能完成的，但我们至少应该完成认识论上的"转变"并真正启动这样一个"过程"。

现在媒体上流行一些对于中国当代文学经典化冷嘲热讽的稀奇古怪的言论，其核心一是否定中国当代文学有经典、有大师，其二是否定批评界、学术界有关"经典化"的主张，认为在一个无经典的时代，"经典"是怎么"化"也"化"不出来的，"经典化"是一个实实在在的"伪命题"。其实，对于文学，每个人有不同的判断、不同的理解这很正常，每一种观点也都值得尊重。但是，在"经典"和"经典化"这个问题上，我却不能不说，上述观点存在对"经典"和"经典化"的双重误解，因而具有严重的误导性和危害性。

首先，就"经典"而言，否定中国当代文学早就不是什么新鲜事，对当代文学的虚无主义态度在很多人那里早已根深蒂固。我不想争论这背后的是与非，也不想分析这种观点背后的社会基础与人性基础。我只想指出，这种观点单从学理层面上看就已陷入了三个巨大误区：

第一个误区，是对经典的神圣化和神秘化的误区。很多人把经典想象为一个绝对的、神圣的、遥远的文学存在，觉得文学经典就是一个绝对的、乌托邦化的、十全十美的、所有人都喜欢的东西。这其实是为了阻隔当代文学和"经典"这个词发生关系。因为经典既然是绝对的、神圣的、乌托邦的、十全十美的，那我们今天哪一部作品会有这样的特性呢？如果回顾一下人类文学史，有这样特性的作品好像也没有。事实上，没有一部作品可以十全十美，也没有一部作品能让所有人喜欢。在这个问题上，我们应该明确的是，"经典"不是十全十美、无可挑剔的代名词，在人类文学史上似乎并不存在毫无缺点并能被任何人所认同的"经典"。因此，对每一个时代来说，"经典"并不是指那些高不可攀的神圣的、神秘的存在，只不过是那些比较优秀、能被比较多的人喜爱的作品而已。从这个意义上说，当今中国文坛谈论"经典"时那种神圣化、莫测高深的乌托邦姿态，不过是遮蔽和否定当代文学的一种不自觉的方式，他们假定了一种遥远、神秘、绝对、完美的"经典形象"，并以对此一本正经的信仰、崇拜和无限拔高，建立了一整套关于中国当代文学的伦理话语体系与道德话语体系，从而充满正义感地宣判着中国当代文学的死刑。

第二个误区，是经典会自动呈现的误区。很多人会说，是金子总是会发光的。但对文学来说，文学经典的产生有着特殊性，即，它不是一个"标签"，它一定是在阅读的意义上才会产生意义和价值的，也只有在阅读的意义上才能够实现价值，没有被阅读的作品没有被发现的作品就没有价值，就不会发光。而且经典的价值本身也不是固定不变的。如果一个作品的价值一开始就是固定不变的，那这个作品的价值就一定是有限的。经典一定会在不同的时代面对不同的读者呈现出完全不同的价值。这也是所谓文学永恒性的来源。也就是说，文学的永恒性不是指它的某一个意义、某一个价值的永恒，而是指它具有意义、价值的永恒再生性，它可以不断地延伸价值，可以不断地被创造、不断地被发现，这才是经典价值的根本。所以说，经典不但不会自动呈现，而且一定要在读者的阅读或者阐释、评价中才会呈现其价值。

第三个误区，是经典命名权的误区。很多人把经典的命名视为一种特殊权力。这有两个层面的问题：一，是现代人还是后代人具有命名权；二，是权威还是普通人具有命名权。说一个时代的作品是经典，是当代人说了算还是后代人说了算？从理论上来说当然是后代人说了算。我们宁愿把一切交给时间。但是，时间本身是不可信的，它不是客观的，是意识形态化的。某种意义上，时间确会消除文学的很多污染包括意识形态的污染，时间会让我们更清楚地看清模糊的、被掩盖的真相，但是时间同时也会使文学的现场感和鲜活性受到磨损与侵蚀，甚至时间本身也难逃意识形态的污染。此外，如果把一切交给时间，还有一个前提，那就是对后代的读者要有足够的信任，要相信他们能够完成对我们这个时代文学的经典化使命。但我们对后代的读者，其实是没有信心的。我们今天已经陷入了严重的阅读危机，我们怎么能寄希望后代人有更大的阅读热情呢？幻想后代的人用考古的方式对我们这个时代的文学进行经典命名，这现实吗？我不相信后人对我们身处时代"考古"式的阐释会比我们亲历的"经验"更可靠，也不相信，后人对我们身处时代文学的理解会比我们亲历者更准确。我觉得，一部被后代命名为"经典"的作品，在它所处的时代也一定会是被认可为"经典"的作品，我不相信，在当代默默无闻的作品在后代会被"考古"挖掘为"经典"。也许有人会举张爱玲、钱钟书、沈从文的例子，但我要说的是，他们的文学价值早在他们生活的时代就已被认可了，只不过很长时间由于意识形态的原因我们的文学史不谈及他们罢了。此外，在经典命名的问题上，我们还要回答的是当代作家究竟为谁写作的问题。当代作家是为同代人写作还是为后代人写作？幻想同代人不阅读、不接受的作品后代人会接受，这本身就是非常乌托邦的。更何况，当代作家所表现的经验以及对世界的认识，是当代人更能理解还是后代人更能理解？当然是当代人更能理解当代作家所表达的生活和经验，更能够产生共鸣。因此，从这个角度来说，当代人对一个时代经典的命名显然比后代人

6

更重要。第二个层面，就是普通人、普通读者和权威的关系。理论上，我们都相信文学权威对一个时代文学经典命名的重要性，权威当然更有价值。但我们又不能够迷信文学权威。如果把一个时代文学经典的命名权仅仅交给几个权威，那也是非常危险的。这个危险表现在什么地方呢？就是几个人的错误会放大为整个时代的错误，几个人的偏见会放大为整个时代的偏见。我们有很多这样的文学史教训。在这个问题上，我们既要相信权威又不能迷信权威，我们要追求文学经典评价的民主化、民主性。对一个时代文学的判断应该是全体阅读者共同参与的民主化的过程，各种文学声音都应该能够有效地发出。这个时代的文学阅读，最理想的状态应该是一种互补性的阅读。为什么叫"互补性的阅读"？因为一个批评家再敬业，再劳动模范，一个人也读不过来所有的作品。举个例子：现在我们一年有5000部以上的长篇小说，一个批评家如果很敬业，每天在家读二十四小时，他能读多少部？一天读一部，一年也只能读三百部。但他一个人读不完，不等于我们整个时代的读者都读不完。这就需要互补性阅读。所有的读者互补性地读完所有作品。在所有作品都被阅读过的情况下，所有的声音都能发出来的情况下，各种声音的碰撞、妥协、对话，就会形成对这个时代文学比较客观、科学的判断。因此，文学的经典不是由某一个"权威"命名的，而是由一个时代所有的阅读者共同命名的，可以说，每一个阅读者都是一个命名者，他都有对经典进行命名的使命、责任和"权力"。而作为一个文学研究者或一个文学出版者，参与当代文学的进程，参与当代文学经典的筛选、淘洗和确立过程，更是一种义不容辞的责任和使命。说到底，"经典"是主观的，"经典"的确立是一个持续不断的"过程"，"经典"的价值是逐步呈现的，对于一部经典作品来说，它的当代认可、当代评价是不可或缺的。尽管这种认可和评价也许有偏颇，但是没有这种认可和评价，它就无法从浩如烟海的文本世界中突围而出，它就会永久地被埋没。从这个意义上说，在当代任何一部能够被阅读、谈论的文本都是幸运的，这是它变成"经典"的必要洗礼和必然路径。

总之，我们所提倡的"经典化"不是要简单地呈现一种结果，不是要简单地对一个时代的文学作品排座次，不是要武断地指出某部作品是"经典"，某部作品不是"经典"，不是要颁发一个"谁是经典"的荣誉证书，而是要进入一个发现文学价值、感受文学价值、呈现文学价值的过程。所谓"经典化"的"化"实际上就是文学价值影响人的精神生活的过程，就是通过文学阅读发现和呈现文学价值的过程。可以说，文学的经典化过程，既是一个历史化的过程，更是一个当代化的过程。文学的经典化时时刻刻都在进行着，它需要当代人的积极参与和实践。因此，哪怕你是一个对当代文学的虚无主义者，你可以不承认当代文学有经典，但只要你还承认有文学，你还需要和相信文学，还承认当代文学对人的精神生活具有影响力，你就不应该否定当代文学经典化的重要性。没有这个"经典化"，当代文学就不会进入和影响当代人的生活，就失去了存在的意义。每一个人，哪怕你是权威，你也不能以自己的好恶剥夺他人阅读文学和享受文学的权利。

从这个意义上说，当代文学的经典化当然是一个真命题而不是一个伪命题。在一个资讯泛滥的时代，给读者以经典的指引是文学界、出版界共同的责任，而这也是我们编辑出版这套书的意义所在。

最后，感谢张明和张英先生为本套书付出的辛劳，感谢北京立丰天文化传播有限公司、北京金圣典文化有限公司的资金支持，感谢全体编委和北京联合出版公司各位编辑，感谢所有对本套丛书的出版给予大力支持的作家和他们的家人。

是为序。

吴义勤

2022 年冬于北京

目 录
Contents

代序：小车不倒只管推

一、耄耋

零二年我虚岁八十，走上耄耋路程。

想想前人先贤，有四十五十就写自寿自白自述的。亲朋好友如若"唱和"，也会热闹一时。我做文字工作半个多世纪，写点什么不烦难。就是五言七言、合辙押韵也是能够的。

零三年周岁八十。

看看前一年文字，实在"老套"。只有"小车不倒只管推"，贴近心态。但这句话一看就是来自歌谣，决非个人的创造。难道真落得"天下文章一大抄"？

再者，想想世界上抄来抄去，千年还不休。看看个人，抄到古稀今不稀，无论大处着眼，小处着手，偏偏都硬撑着一句话了不得："语不惊人死不休。"

又是"一大抄"，又是"死不休"，我遂"困惑"终生。

耄耋路程上，本当超脱。如此不妨问问这"困惑"是怎么起的？

1

回头先找找"古稀"吧。

二、古稀

古稀今不稀，我给香港那边编了本书，题名"句点年月"。"句点"两字，是我"锁门"想出来的。那年月赶上节骨眼，那节骨眼赶上"大事小情"。"大事小情"是媒体上爱用的词儿，指的是特别的风波，另外我是说文学上的特别。我觉得需要格外安静地想一想，就从门缝里出手，给栅栏挂上铁锁，把自己锁在里边。先前先后，我都没有这样的习惯，这回是从同事那里听来的。正在斟酌"句点"的时候，有人远近找我开笔会，差点儿发生了误会。

我发过牢骚，把"句点"和"经典"弄浑了。

文学是什么？不过是"写什么""怎么写"。

永恒的主题就那几个，流行的样式就那几样。写了千百年下来：

"写什么"？嚼过的馒头。

"怎么写"？偷来的锣鼓。

这几句牢骚其实也陈旧，不过是老古话"天下文章一大抄"的翻版。

那一句"语不惊人死不休"，也硬撑在千古流传之中，不是翻版，也是盗版。

翻版与盗版，风吹又雨打，立碑如碣，模样如经典。倒叫人挖根刨底，不妨再"返祖"一时代，抠抠"知命"不"知命"。

三、知命

知命不知命，反正自我感觉良好。总开夜车，熬一路的磕绊，拼十年八年的输赢。可怜眼见冒了头，出山有日，却碰着这个那个的阳谋阴谋沙尘暴，紧接着史无前例的黑暗，整十二年什么也干了，就是不干本行，不写一字。

忽然可以写字了。我坐小板凳，按发黄的稿纸于大板凳之上，眉花眼跳之际，想起最良好的时光过去了。好比市场上切段卖鱼的，中段叫猫叼走了，摊上只剩下头尾。

忽然政策大变。

敏感的叫道：作家活着，作品死了。

钝感的离了政策挪不开步，不是老泪纵横，就是目光茫然。

我又感觉良好，提起精气神，把宣传政策的写作叫作"图解"。这名称来自建筑，最常识的解释是"看图织字"。最逻辑的演绎是"概念化"。从概念出发，经过概念的矛盾，用概念结束。

我高呼"图解"是写作的大敌。"图解"把写作带进了死胡同。多少年来，"图解"窒息了写作。我套用少年时学来的警句："图解"，还有什么文艺呢？

这时，恰好改革到来。门户开放，外国思潮涌进。

一会儿，满刊物的意识流。一会儿，编辑部里全是人与人不可理解，世界荒谬。一会儿想入非非，一会儿寻根……可就是生活还是"泥河一样流"，文学的时尚，与生活的真实脱节。在这脱节时候，

"图解"又快又好，是制造快餐的好手。

我痛恨的"图解"不死。"图解政策"没戏了，它会作兴"图解思潮"。

随后，出现有规模有分量的作品，不可小看"图解"，也能做正餐。原来这也是一种正经做法，也能做得不愧时代。

只不过"图解政策"或"图解思潮"，都是"解"人家的"图"。若进一步把自己的"图"也"解"起来，才算得创作。也才发生懂与不懂、全知全不知、形成与形不成的创造境界。我少年时候接受过的大师教导。教导有方，方是方针方向，也是有棱有角。拗口。要想打破砂锅，还得倒回少年去。

四、少年

认识再认识"图解"的某日，风和日丽，书记关心说道：

"我看了你几篇东西，不大懂。总要先叫人懂才好吧。"

我随口答道：

"自己也不大懂，怎么好叫人懂。"

书记严肃了几秒钟，答道：

"自己也不懂，写它干什么！"

"自己也懂了，写它干什么！"

双方都明白，一字之差，却是针锋相对，两种对立的文艺观。

书记有修养，文学有派别，书记说他认识文学以来，主旋律、主流、主题什么的，总是要人懂。作家是灵魂工程师嘛，作品起教育作用嘛……

我插句嘴：全科大夫，无所不知。书记犹豫片刻：当然政策一变，例外。我现在是说例内，你这个"自己也不懂"又是什么派，挺新潮的。

我断然回答：不。古典。还挺主流。

上世纪初，革命兴起。文学青年崇拜两个导师，简直是偶像：中国的鲁迅，外国的高尔基。高尔基的"与青年作家谈话"是写作经典，写什么？写"未形成""未确定"。这两个词不但新鲜，不但启发想象，也是文艺的生命。鲁迅使用匕首：一篇要有一个教训吗？那还有什么文艺！文艺不就是宣传。颜色不就是花。政治与文艺的歧途……他的"横着站"，最使少年折服。

好像变戏法的，千双眼盯着，一抖手彩，说变就变了。

阴谋阳谋的沙尘暴，无法无天无前例的黑暗。

许多歌听不见了。

导师的宝座给供起来。

许多"不懂"成了困惑。许多的"懂"成了主流。

小车不倒只管推。

推倒毫厘路程。

人生的未形成未确定，文学的困惑又困惑。

是你的站台。

也是你的起点。

也是你的句点。

今天，你站在这里忘年。

明天，你站在这里忘言。

林斤澜

零五清明　三窗楼

溪　鳗

矮凳桥的鱼非鱼小酒家

　　自从矮凳桥兴起了纽扣市场，专卖纽扣的商店和地摊，糙算也有了六百家。早年间，湖广客人走到县城，就是不远千里的稀客了。没有人会到矮凳桥来的，翻这个锯齿山做什么？本地土产最贵重的不过是春茶冬笋，坐在县城里收购就是了。现在，纽扣——祖公爷决料不着的东西，却把北至东三省、内蒙古，南到香港的客人都招来了。接着，街上开张了三十多家饮食店，差不多五十步就有一家。这些饮食店门口，讲究点的有个玻璃阁子，差点的就是个摊子，把成腿的肉，成双的鸡鸭，花蚶港蟹，会蹦的虾，吱吱叫的鲜鱼……全摆到街面上来，做实物招牌。摊子里面一点，汤锅蒸锅热气蒸腾，炒锅的油烟弥漫。这三十多家饮食，把这六百家的纽扣，添上了开胃口吊舌头的色、香、味，把成条街都引诱到喝酒吃肉过年过节的景象里。

　　拿实物做广告，真正的招牌倒不重要了。有的只写上个地名：矮凳桥饭店。有的只取个吉利：隆盛酒楼。取得雅的，也只直白叫作味雅餐馆。唯独东口溪边有一家门口，横挂匾额，上书"鱼非鱼小酒家"，可算得特别。

这里只交代一下这个店名的由来，不免牵扯到一些旧人旧事，有些人事还扯不清，只好零零碎碎听凭读者自己处理也罢。

店主人是个女人家，有名有姓，街上却只叫她个外号：溪鳗。这里又要交代一下，鳗分三种：海鳗、河鳗、溪鳗。海鳗大的有人长，蓝灰色。河鳗粗的也有手腕粗，肉滚滚一身油，不但味道鲜美，还滋阴补阳。溪鳗不多，身体也细小，是溪里难得的鲜货。这三种鳗在生物学上有没有什么关系，不清楚。只是形状都仿佛蛇形，嘴巴又长又尖，密匝匝锋利的牙齿，看样子不是好玩的东西，却又好吃。这三种鳗在不同的水域里，又都有些兴风作浪的传说。乡镇上，把一个女人家叫作溪鳗，不免把人朝水妖那边靠拢了。

不过，这是男人的说法。女人不大一样。有的女人头疼脑热，不看医生，却到溪鳗那里喊喊喳喳，一会儿，手心里捏一个纸包赶紧回家去。有的饭前饭后，爱在溪鳗店门口站一站，听两句婆婆妈妈的新闻。袁相舟家的丫头她妈，就是一天去站两回三回的一个。

这天早晨，丫头她妈煮了粥就"站"去了。回来把锅里的剩粥全刮在碗里，把碗里的剩咸菜全刮在粥里，端起来呼噜喝一大口，说："溪鳗叫你去写几个字呢。"

袁相舟穷苦潦倒的时候，在街上卖过春联，贴过"代书"的红纸，街坊邻居叫写几个字，何乐不为。答应一声就走了去。

这家饮食店刚刚大改大修，还没有全部完工。先前是开一扇门进去，现在整个打开。后边本来暗洞洞的只一扇窗户，窗外是溪滩，现在接出来半截，三面都是明晃晃的玻璃窗，真是豁然开朗。这接出来的部分，悬空在溪滩上边，用杉篙撑着，本地叫作吊脚楼的就是。

还没有收拾停当，还没有正式开张。袁相舟刚一进门，溪鳗就往里边让。袁相舟熟人熟事的，径直在吊脚楼中间靠窗坐下，三面临空，下边也不着地，不觉哈了一口气，好不爽快。这时正是暮春三月，溪水饱满坦荡，好像敞怀喂奶、奶水流淌的小母亲。水边滩上的石头，已经晒足了阳光，开始往外放热了；石头缝里的青草，绿得乌油油，箭一般射出来了；黄的紫的粉的花朵，已经把花瓣甩给流水，该结籽结果的要灌浆坐果了；就是说，夏天扑在春天身上了。

一瓶烫热的花雕递到袁相舟手边，袁相舟这才发觉一盘切片鱼饼，一双筷子、一个酒杯不知什么时候摆上桌子。心想先前也叫写过字，提起笔来就写三个大字"鱼丸面"，下边两行小字："收粮票二角五、不收粮票三角"。随手写下，没有先喝酒的道理，今天是怎么了？拿眼睛看着溪鳗……

素日，袁相舟看溪鳗，是个正派女人，手脚也勤快，很会做吃的。怎么说很会做呢？不但喜欢做，还会把这份喜欢做了进去，叫人吃出喜欢来。她做的鱼丸鱼饼，又脆又有劲头，有鱼香又看不见鱼形。对这样的鱼丸鱼饼也还有不实之词，对这个做鱼丸鱼饼的女人家，有种种稀奇传说，还有这么个古怪外号，袁相舟都以为不公道。

追究原因，袁相舟觉着有两条：一是这个女人长了个鸭蛋脸，眼窝还里眍。本地的美人脸都是比月亮还圆，月亮看去是扁的，她们是圆鼓鼓的。再是本地美人用不到过三十岁，只要生了两个孩子就出老了。这个女人不知道生过孩子没有，传说不一，她的年纪也说不清。袁相舟上中学的时候，她就鲜黄鱼一样戳眼了。现在袁相舟鹤发童颜一个退休佬，她少说也应当有五十。今天格子布衫外边，一件墨绿的坎肩，贴身，干净，若从眼面前走过去，袅袅的，论腰身，说作三十岁也可以吧。

溪鳗见袁相舟端着酒杯不喝，就说戏文上唱的，斗酒诗百篇。多喝几杯，给这间专卖鱼丸、鱼饼、鱼松、鱼面的鱼食店，起个好听的名号。溪鳗做鱼，本地有名气，不过几十年没有挂过招牌，大家只叫作溪鳗鱼丸，溪鳗鱼面……怎么临老倒要起名号了？袁相舟觉着意外，看看这吊脚楼里，明窗净儿，也就一片地高兴，说：

"嗐，你看丫头她妈，只给我半句：叫你写几个字。连一句话也没有说全。"

溪鳗微微一笑，那牙齿密匝匝还是雪白的，说：

"老夫妻还是话少点的好，话多了就吵了。不是吵，哪有这么多话说呢。"

说着，眼睛朝屋角落一溜。屋角落里有个男人，坐在小板凳上，脚边一堆木头方子，他佝偻着身子，拿着尺子，摆弄着方子，哆哆嗦嗦画着线。要说是小孩子玩积木吧，这个男人的两鬓已经见白了，脑门已经拔顶了。袁相舟走进屋里来，没有和他打招呼，没有把他当回事。他也没有出声，也没有管别人的闲事。

锅里飘来微微的煳味儿，这种煳味儿有的人很喜欢。好比烟熏那样，有熏鸡、熏鱼、熏豆腐干，也有煳肉、煳肘子，这都是一种风味。溪鳗从锅里盛来一盘刚焙干的鱼松，微微的煳味儿上了桌子。袁相舟也不客气，喝一口酒，连吃几口热鱼松，鱼松热着吃，那煳味特别地香，进口的时候是脆的，最好不嚼，抿抿就化了。袁相舟吃出滋味来，笑道：

"你这里专门做鱼，你做出来的鱼，不论哪一样，又都看不见鱼。这是个少有的特点，给你这里起个招牌，要从这里落笔才好。"

溪鳗倒不理会，不动心思，只是劝酒：

"喝酒，喝酒，多喝两杯，酒后出真言，自会有好招牌。"

说着，在灶下添火，灶上添汤，来回走动，腰身灵活，如鱼游水中，从容自在。俗话说忙者不会，会者不忙，她是一个家务上的会人。

袁相舟端着杯子，转脸去看窗外，那汪汪溪水漾漾流过晒烫了的石头滩，好像抚摸亲人的热身子。到了吊脚楼下边，再过去一点，进了桥洞。在桥洞那里不老实起来，撒点娇，抱点怨，发点梦呓似的呜噜呜噜……

那一条桥，就是远近闻名的矮凳桥。这个乡镇也拿桥名做了名号。不过桥名的由来，一般人都说不知道。那是九条长石条，三条做一排，下边四个桥墩，搭成平平塌塌、平平板板的一条石头桥。没有栏杆，没有拱洞，更没有亭台碑碣。从上边看下来，倒像一条长条矮脚凳。

桥墩和桥面的石条缝里，长了绿茵茵的苔藓。溪水到了桥下边，也变了颜色，又像是绿，又像是蓝。本地人看来，闪闪着鬼气。本地有不少传说，把这条不起眼的桥，蒙上了神秘的烟雾。不过，现在，广阔的溪滩，坦荡的溪水，正像壮健的夏天和温柔的春天刚刚拥抱，又马上要分离的时候，无处不蒸发着体温。像雾不是雾，像烟云，像光影，又都不是，只是一片朦胧。袁相舟没有想出好招牌来，却在酒意中，有一支歌涌上心头。二十多年前，袁相舟在县城里上学，迷上了音乐。是个随便拿起什么歌本，能够从头唱到尾的角色。

> 花非花，雾非雾
> 夜半来，天明去
> 来如春梦几多时
> 去似朝云无觅处

这歌词原是大诗人白居易的名作。白居易的诗，袁相舟本来只知道"江州司马青衫湿"，那一首《琵琶行》。因唱歌，才唱会了这一首。

见景生情，因情来歌，又因歌触动灵机，袁相舟想出了好招牌，拍案而起。

身后桌子上，不知什么时候铺上了纸张，打开了墨盒，横着大小几支毛笔。这些笔墨都是袁相舟家的东西，也不知什么时候丫头她妈给拿过来了。袁相舟趁着酒兴，提笔蘸墨汁，写下六个大字："鱼非鱼小酒家"。

写罢叫溪鳗过来斟酌，溪鳗认得几个字，但她认字只做记账用，没有别的兴致。略看一眼，她扭身走到那男人面前，弯下腰来，先看看摆弄着的木头方子，对着歪歪扭扭划的线，笑起来说：

"划得好，真好。"

其实是和哄一年级小学生一样。说着平伸两只手在男人面前，含笑说了声：

"给。"

那男人伸手抓住她给的手腕子。溪鳗又说了声：

"起。"

男人慢慢被拉了起来，溪鳗推着男人的后背，走去看新写的招牌。

这个男人的眼睛仿佛不是睁着，是撑着的。他的脸仿佛一边长一边短，一边松动一边紧缩，一只手拳着，一半边身子僵硬。他直直地看了会儿，点着头：

"呜啊，呜啊，啊……"

溪鳗"翻译"着说：

"写得好，合适，就这样……"

一边让袁相舟还坐下来喝酒，又推着男人坐在袁相舟对面。袁相舟想着找几句话和男人说说呢，也不知道他喝不喝酒，给不给他拿个酒杯……还没有动身，溪鳗端过来两碗热腾腾的鱼面，热气里腾腾着鱼的鲜味、香味、海味、清味。不用动脑筋另外找话说了，眼前这鱼面的颜色、厚薄、口劲、汤料，就是说不尽的话题。

鱼面也没有一点鱼样子，看上去是扁面条，或是长条面片。鱼面两个字是说给外地人听的，为的好懂。世界上再没有别的地方，吃鱼有这种吃法。本地叫作敲鱼，把肉细肉厚，最要紧是新鲜的黄鱼、鲈鱼、鳗鱼，去皮去骨，蘸点菱粉，用木槌敲成薄片，切成长条……

三十年前，这个男人是矮凳桥的第一任镇长。那时候凡是个头目人，都带枪。部长所长背个"木壳"，镇长腰里别一支"左轮"。那"左轮"用大红绸子裹着塞在枪套里，红绸子的两只角龇在枪套外边，真比鲜花还要打眼。记不清搞什么运动，在一个什么会上，镇长训话：

"……别当我们不掌握情况，溪鳗那里就是个白点。苍蝇见血一样嗡到那里去做什么？喝酒？赌钱？迷信？溪鳗是什么好人，来历不明。没爹没娘，是溪滩上抱来的，白生生，光条条，和条鳗鱼一样。身上连块布，连个记号也没有，白生生，光条条，什么好东西，来历不明……"

过不久，规定逢五逢十，溪鳗要到镇上汇报思想，交代情况。镇长忙得不亦乐乎，溪鳗要跟着他走到稻田中间，或是溪滩树林去谈话。

镇长当年才二十多岁，气色红润，脸上还没有肥肉，身上已经上膘。一天傍晚，从锯齿山口吃了酒回来，敞开衣服，拎着红绸枪套，燥燥热热地走到矮凳桥头，日落西山，夜色在溪滩上，像水墨在纸上洇了开来。镇长觉着凉爽，从桥头退下来，想走到水边洗一把脸，醒一醒酒。哟，水边新长出来一棵柳树？哟，是个人，是溪鳗。

"你在这里做什么？鬼鬼怪怪的。"

溪鳗往下游头水里一指，那里拦着网：

"人是要吃饭的。"

"也要吃酒。这两天什么鱼多？"

"白鳗。"

"为什么白鳗多？它过年还是过节？"

"白鳗肚子胀了，到下边去甩籽。"

镇长把红脸一扭："肚子胀了？"两眼不觉乜斜，"红鳗呢？"

溪鳗扭身走开，咬牙说道：

"疯狗拉痢，才是红的。"

夜色昏昏，水色沉沉，镇长的酒暗暗作怪，抢上两步，拦住溪鳗，喘着说道：

"我说有红鳗，就是有。不信你过来。"

溪鳗格格笑起来，说：

"慢着，等我拉网捉了鱼，到我家去，给你煮碗鱼汤醒醒酒。我做的鱼汤，清水见底，看得见鱼儿白生生，光条条……"

镇长扯开衣服，说：

"我下水帮你拉网。"

扭头只见溪鳗走上了桥头。镇长叫道：

"你往哪里走？你当我喝醉了？渔网在下游头，水中央……"

溪鳗只管袅袅地往前走，镇长追了上去，说：

"我没有醉，骗不了我，随你鬼鬼怪怪……"

眨眼间，只见前边的溪鳗，仿佛一个白忽忽的影子。脚下绿荫荫的石头桥却晃起来，晃着晃着扭过长条石头来。这桥和条大鳗似的扭向下游头，扭到水中央，扭到网那里，忽然，一个光条条的像是人，又像是鳗，又好看，又好怕，晃晃地往网那里钻……

镇长张嘴没有叫出声来，拔腿逃命不成脚步。有人在路边看见，说镇长光条条，红通通——那是酒的不是了。

一时间，这成了茶余酒后的头条新闻。过不久，镇长倒了霉，调到一个水产公司当了个副职。这还藕断丝连地给溪鳗捎些做鱼松的小带鱼，做鱼丸的大鲈鱼来。

袁相舟到县城上学，在外边住了几年。隐绰绰听说溪鳗生过一个孩子，和谁生的？究竟有没有做下这种传宗接代的事？也无凭据。

倒是这乡镇改造过商贩，也不断割过"尾巴"，个体的饮食业好比风卷落叶了。可是风头稍过一过，溪鳗这里总还是支起个汤锅，关起门来卖点鱼丸，总还有人推门进来，拿纸包了，出去带门。

袁相舟看见过屋里暗洞洞的，汤锅的蒸汽仿佛香烟缭绕，烟雾中一张溪鳗的鸭蛋脸，眍眼窝里半合着眼皮，用一个大拇指把揉透的鱼肉，刮到汤锅里，嘴皮嚅嚅的不知道是数数，还是念咒。有的女人家拿纸包了回家，煮一碗热汤，放上胡椒米醋，又酸又辣端给病人吃。

袁相舟又喝了两杯花雕，看着对面当年的镇长，把一碗鱼面吃得汤水淋漓，不忍细看。转头去看窗外，蒸蒸腾腾，溪上滩上似有似无的烟雾，却在心头升起，叫人坐不住，不觉站起来，拿笔斟酌着又写下几句：

> 鳗非鳗，鱼非鱼
> 来非来，去非去
> 今日春梦非春时
> 但愿朝云长相处

溪鳗走过来看一眼，没有看清，也不想看清，就扭身拿块布给那男人擦脸上、手上、衣襟上的汤水，搀起男人，推着他到字纸面前。男人直着撑着的眼睛看了会儿：

"呜啊呜啊，呜呜呜啊……"

溪鳗淡淡笑着，像是跟自己说话：

"他说好，他喜欢，他要贴起来，贴在哪里？他说贴在里屋门口，说贴就要贴，改不了的急性子……"

男人伸手拿纸，拳着的左手帮着倒忙。溪鳗说：

"你贴你贴，我帮你拿着这一头。"

溪鳗伸开两只手，拿住了纸张的五分之四，剩下一条边让男人托着，嘴里说：

"我们抬着，你走前头，你看好地方，你来贴……"

溪鳗在里屋门口板壁上刷上浆子，嘴里说：

"我帮你贴上这个角，帮你贴贴下边。你退后一步看看，啊，不歪不斜，你贴端正了……"

却说当年的镇长祸不单行，随后又打个脚绊，从水产公司的副职上跌下来，放到渔业队里劳动。不多几年前，队里分鱼，倒霉镇长看见鱼里有条溪鳗，竟有两尺长，实在少见。就要了来盘在竹篮里，盖上条毛巾，到了黄昏，挎着篮子回家去。劳动地点离他家有七八里路，走着，天黑了。那天没有月亮，黑得和锅底一样。倒霉镇长把这走熟了的路，不当回事，只管脚高脚低地乱走，只把盘着溪鳗的篮子抱在怀里。其实怀里还不如脚下，高高低低还好说，乱乱哄哄说不得……忽见前边一溜灯火，这里怎么有条街？灯火上上下下，这条街上有楼？走到什么地方来了？只见人影晃晃的，人声嗡嗡的，细一看，看不清一个人模样，细一听，也听不清一句人话……倒霉镇长吃惊不小，把篮子紧紧搂住，忽觉得毛巾下边盘着的溪鳗，扑通扑通地跳动。镇长的两只脚也不听指挥了，自己乱跑起来。又觉得脚底下忽然平整了，仿佛是石板，定睛看时，模模糊糊一条石头桥，一片哈哈水声。在一个墨黑墨黑的水洞里吗？不对，这是矮凳桥，烧成灰也认得的矮凳桥。怎么走到矮凳桥来了呢！倒霉镇长的家，原在相反的方向。镇长一哆嗦，先像是太阳穴一麻痹。麻痹电一样往下走，两手麻木了，篮子掉在地上，只见盘着的溪鳗，顶着毛巾直立起来，光条条，和人一样高。说时迟那时快，那麻痹也下到腿上了，倒霉镇长一摊泥一样瘫在桥头。

一时间，这又是茶余酒后的头条新闻。不过，有件事不是说说的。众人亲眼看见，溪鳗从卫生所把这个男人接到家里来，瘫在床上屎尿不能自理，吃饭要一口口地喂。现在这个样子算是养回来了，像个活人了。贴上了字纸，还会直直盯着，呜啊呜啊地念着，是认得字的。

呜啊，里屋门一开，跑出来一个七、八岁的女孩子，直奔后窗，手脚忙不迭地爬上凳子，扑出身子看外边的溪滩，人都来不及看见她的面貌。溪鳗三脚两步，风快走到女孩子身后，说：

"怎么？怎么？"

女孩子好像是从梦中惊醒的，说：

"妈妈，鱼叫，鱼叫。妈妈，叫我，叫我。"

溪鳗搂住女孩子，那鸭蛋脸差点贴着孩子的短发，眍眼窝里垂下眼皮，嘴唇嚅嚅的，啊，袁相舟心里也一惊，真像是念咒了：

"呸，呸，鱼不叫你，鱼不叫你。呸，呸，鱼来贺喜，鱼来问好。女儿，女儿，你是溪滩上抱回来的，光条条抱回来，不过你命好，赶上了好日子，妈妈有钱也有权开店了。妈妈教你，都教你，做好人，开好店，呸，呸……"

袁相舟想溜掉，回头看见那男人，眼睛直撑撑地站在角落里，嘴角流下口水，整个人颤颤的，是从心里颤颤出来的。

袁相舟趿着脚往外走，却看见丫头她妈挑来一挑碧绿青菜，正要叫唤。袁相舟打个手势叫她不要声张，做贼一样跷着脚走了出来，走到街上，还只管轻手轻脚地朝家里走。

丫头她妈小声说道："莫非吃错了酒了。"

丫头她妈

矮凳桥没有名字的人

丫头她妈没有名字，可是有个秘密。这个秘密她的男人袁相舟不知道，斜对面卖鱼丸的女人家溪鳗只知其一，不知其二。她自己呢，只怕还没有溪鳗说得清楚。

矮凳桥街上有少数人——说是少数，不过两只手是数不过来的——起了个名字也叫不开，连个外号都没有人肯费心思，只叫作癞头、跛脚、缺牙齿，若是女人，就叫作她妈、他婶、阿嬷、阿婆，……

矮凳桥历代田少人多，老古话说一方土养一方人，矮凳桥这方土，却是养不活矮凳桥人。农田上的"生活"，也用不着这么多人去做。袁相舟家里的几分田，就是承包在丫头她妈一个人身上，她妈说，喂不饱几张嘴，用几个人做什么？顶多插秧时候，儿子去甩甩秧苗。收割时节，丫头去捆捆稻草。挑粪水担化肥凡是肩膀吃力的，她妈决不指使儿女。袁相舟是什么也不插手，哪怕街上没有生意好做，她妈也

18

宁肯叫男人家笼着手坐着。

做饭，也是她妈的事。煮熟了饭，热了菜，她妈告诉一声丫头盛起来吃，自己却走到街上来，经常过街走到斜对面，在溪鳗的鱼丸摊子那里，帮忙洗洗碗，添添火，说一会儿话，再回家去吃剩饭剩菜。她妈的食量很好，什么都吃，吃什么都有滋味。经常把剩菜剩汤，不管是咸的酸的，统统倒在剩饭里，大口大口往嘴里划，虾头蟹脚都用不着抿牙细嚼，嘴巴呀呀地响着响着就都消失在深海似的咽喉里。

她妈煮熟了饭自己走开，起先是困难时候，她觉着坐下来只张半张嘴，筷子只点点盘边，倒不如剩多剩少做一口咽下去的好。

后来，成了习惯。到街上站一站，屋檐下听听新闻，摊边说两句话，成了她的文化生活，她的唯一的娱乐。

没有人把朴实啊勤劳啊，这些好说好听的加在她身上。城里的两口子双职工，要是女的把家务事包揽下来，就叫作"自我牺牲"了。在丫头她妈这里，谁也不会发生这样高级的联想。这样的人，就这么回事，她有什么牺牲不牺牲的呢！她妈自己，实在也没有往这些上头想过。连个名字都叫不开，她倒觉得给她起名字，本来是牛皮灯笼白费蜡的事。饭前出来站一站，生活就算得畅快了。有时候从溪鳗那里听了几句话，会叫她笑眯眯地走回家去，喜欢得吃了饭，还换上新衣裳挑担子去。有时候又会弄得一肚子心事，恨铁不成钢那样，鼻子里哼哼地生儿女的气，嘴里倒没有几句话好说。和袁相舟，就只有拉长了脸，鼻子都不大哼的。对了，她的脸长些，眼睛细小，嘴大又方。袁相舟刚认识她时，有过"当大的小了，当小的大了"这样的评论。后来和她结婚，想着这不正好是容字脸吗！容字端正，一般也都派的正经用场，如军容、市容、内容、形容……袁相舟是个有文化的人，好角色，在城里当过中学教师的哩。

丫头她妈到鱼丸摊子那里站一会儿，多半是听人说张长李短，或是半夜三更，矮凳桥上鬼哭。丫头她妈只带了耳朵去。先前在生产队里做活，派什么做什么，用不着自家动脑筋。现在承包了几分田，春种秋收，再嘛施施肥锄锄草，年年照猫画虎，反正也不指望靠田里塞饱肚皮，直着耳朵听着点就是了。家里四口人，男人肚子里有墨水，手里有手艺，他的事情女人家还插得上嘴？儿女大了一点，就把妈妈当作做饭洗衣裳的人，妈妈又心甘情愿，连吃饭都让他们先吃，这还有什么说的？

不过有时候也说几句，说的是梦。这梦不是有文化的人，那种诗意的东西，也不是哲理，也不是比喻。这个对世界对家庭一味苦干，没有要求的人，却常常做实在的梦，实在又荒唐的梦。这算不算一个秘密呢！

"昨天晚上我梦见下大雨了。"

丫头她妈常常只用一句话，就把她的梦说完。溪鳗心里有一本梦书，是一个圆梦专家。她手里忙着，也不妨碍心里翻到梦书的下雨篇，接着查问细节：

"你在屋里还是屋外？"

"屋里。"

"屋里漏不漏？"

"不漏。"

"那还好。"

溪鳗拿起笊篱管自捞鱼丸。丫头她妈想想，说：

"屋里是不漏的。不过我想应当做饭了，一看，屋门口挂着一片水帘，走不出去。"

"想做饭，肚子饿了吗？"

"饿了。"

溪鳗放下笊篱，那眍眼窝里眼皮眨眨的，好像翻着梦书，汤锅里蒸汽腾腾。这时候的蒸汽，在丫头她妈眼里，就好比寺庙里的香烟，心里不觉拘谨起来，绷着脸候着溪鳗发话：

"门口挂一扆水帘，那雨水不和倒下来一样了？"

"倒下来一样了。"

"那你们的院子才轿子般大，还不满起来了？满到屋里来没有？"

"没有，都流走了。"

"没有地方好流呀？"

"好流的，院子不是院子，街不是街，一片的墨黑墨黑，无边无沿一个黑洞洞……"

溪鳗点着头。丫头她妈看来，这头也点得通灵，仿佛前世后世的事都有数了。溪鳗说：

"我也梦见过万丈深潭，好比张着个墨黑的大嘴。"

"是呀，黑洞洞就和张着嘴一样，还哈哈地吸气，把雨水都哈进去了……"

"会走的牛羊，不会走的桌子板凳，连我这个汤锅，都哈进去了，哈个精光精光。"

"好吓人呀，我也吓醒了。"

溪鳗垂下眼皮，微微一笑，怎么还笑出来呢？丫头她妈吃惊，噤声，心跳。溪鳗笑道：

"真有你的，换个别人走来说梦，头句话一定是好吓人呀，冷汗都吓出来了，把人吓醒了。你是末末后才说这句话。"

丫头她妈觉着当然是自己不好，连连说道：

"无知无识，无心无肺。"

"你实，你牢靠。我和你说了吧，只许放在心里，不许挂在嘴上。只怕是个劫数，人会饿着，矮凳桥会墨黑，地面上会精光。不过，你不要紧，你屋里不漏，你一家人都会熬过来的。"

后来"割资本主义尾巴"，溪鳗的鱼丸摊子也"割"掉了。街上的店面都上了门板，再后来"困难时期"来了，街里街外都寻不着吃的……丫头她妈觉着溪鳗的圆梦，句句灵验，算得半个神仙。

不过溪鳗肚子里的这部梦书，也很难懂。丫头她妈自认学是学不来的。好比梦见小孩子，叫作"犯小人"。那小孩子是至亲骨肉，活泼，喜兴，也不是好兆头。要是女人家怀抱一个孩子呢，又好了，叫作观音送子。要是孩子身后，站着个大胡子呢，更好了，那是赵元帅和招财童子。梦见发大水，多么凶险也是好事情，着重在发字上，发财、发家、发迹都是这个发字。不过下大雨，又不吉利，本地方言，雨和祸同音。跑水、渗水、漏水都更加不好，那要留心冤家的暗算，仇人的陷害，走过屋檐下，留心砖头瓦片掉下来。

内乱武斗的年头，溪鳗只开半扇小门，没有特别的事情不让人进屋。丫头她妈来站一站，也是一个门槛里一个门槛外说几句话。有天丫头她妈说：

"昨天我梦见乌龟了。"

又是一句话说完。正是多事的年头，溪鳗也懒得盘问，说：

"长寿。"

"作孽，受罪，垫床脚呢！"

垫床脚？连溪鳗也圆不过来，只好问道：

"怎么？"

"一张老式大床，和一间屋一样。分里外间，里间睡人，外间放梳妆台、马桶柜。不晓得是地不平，还是年代长久，一只脚短了一块，把个乌龟当作砖头垫上。"

"那还不压死了。"

"压不死，它有硬壳。"

"那么大的床，硬壳还顶得住？"

"顶得住。"

"饿也饿死了。"

"饿不死，吃飞过的蚊子，爬过的虫子。"

"那要靠凑巧。"

"靠凑巧也没有死。"

"日子长了靠不住。"

"我看见的时候，垫了靠十年了。"

"哦，不是梦，是真事。"

"我小时候在外婆家看见的。几十年想都没有想起，谁还去想这些事，昨天晚上怎么竟梦见了。"

溪鳗长叹一声，眍眼窝里垂下眼皮，竟不说话。丫头她妈盯着候了一会儿，不觉心惊肉跳起来，连声问道：

"不好吗？是灾还是难？人口平不平安？"

"长寿，我说过长寿就是了，别的你不要问，也不用管。"

"长寿就好了。"

"垫床脚有硬壳顶着，吃吃蚊子也饿不死，这还不长寿？"

"长寿是长寿，苦是真苦。"

溪鳗点点头，说：

"你是一点不怕苦的，好了，不说你的梦了，我们说点别的。好比你们丫头她爸爸袁相舟，本来在城里中学堂，走进走出有人跟着叫袁老师。他倒了霉，才回到乡下来的。你看，犯错误的，做了'不是'

的，用不着的失业的，都下放到乡下来种田。三年五年，十年八年，乡下好比个大劳改农场。"

"种田人又没有犯罪。"

"天生是个无期的命。"

"哟？"她妈好像叫"顶心拳"打着了。溪鳗接着说：

"前天车钻他妈来说，上面挑飞机兵。车钻样样及格，就是肩膀头多一块肉，那是从小挑担叫扁担压出来的，人家不要，种田人当飞机兵也难上难。"

过后一天，丫头她妈挑着两箩番茄回家来，吃力不过，看见家门口了还要歇一歇。正好遇见儿子，儿子见妈妈脸都挣红了，拿过扁担来挑了走。走出去十多步，她妈忽然想起什么，叫道：

"放下，放下。"

儿子不明白。她妈抢上前来挑走了。挣红了的长脸上有话要说，却又不说，只管挣挣地挑着走。

从这以后，父子两个休想帮忙。实在当忙时候，丫头倒还可以打个下手。袁相舟有回问道：

"我总比丫头多一把力气。"

她妈说："你总会有转运的一天，不要运是转了，当老师又不要你了。"

袁相舟也只笑笑。

谁知转运时候当真到来了。当前农村经济政策一下来，本地土话叫作"声叫声应"，矮凳桥街上马上活泼泼起来，一转身，闹成了专业的纽扣市场。再转过年来，就有"自挣自力"盖三层楼房的先富户了。

不用说袁相舟，连那么个丫头坐着点点数，装装塑料口袋，贴贴招牌，也成把地抓钞票。钞票钞票，满街地飞钞票，说钞票，赚钞票。只有丫头她妈，还是泥里来水里去，也还是填不饱自家几张嘴，若论钞票把人分三六九等，她妈人前人后连个屁也放不响。

有天，她照旧到溪鳗那里站饭前的一站。溪鳗店门大开，里边有两个木匠师傅在装修吊脚楼，一番大干的景象。

"我昨天晚上梦见发大水了。"

丫头她妈还是一句话说完。这回，溪鳗眼望蒸汽，嘴角出现会心的，也是神秘的微笑。先前圆梦，脸上都是阴沉沉长得出绿毛毛来，哪里有这样笑过，也没有见过这样的笑法，丫头她妈暗自思想。

一会儿，溪鳗问道：

"天上下雨吗？"

"没有。"

"晴天？"

"是吧？明晃晃的。"

溪鳗不抬眼皮，仿佛对着自己内心笑着，又问：

"水流得急不急？"

"急。"

"水面上漂不漂着什么？"

"水面上漂，不，立着一座座楼顶，楼顶上都有人，有站在晒台上的，有坐在瓦背上的。"

"都在干什么？"

"都在弄扣子呀，做的做，过秤的过秤，装袋的装袋，该干什么的还干什么。"

"你呢？"

"我坐在一只小船上。……对了，我坐着动都不动，那只船随着水漂，漂过楼顶旁边，那些人摊开手掌，怎么跟我要东西呢？我还会有什么呢？低头一看，船板上有些青草野菜，什么好东西，还不是马齿苋、酸模草、荠菜、灰菜。我抓一把扔过去，那些人接过去就塞在嘴里，说好吃好吃……"

溪鳗抬起眼皮，也抬高嗓音叫道：

"发吧发吧，你看看街上，不和发大水一样了。……丫头她妈，你要转运不要，要，听我一句话：种菜。"

丫头她妈笑眯眯走回家来，多少年圆梦，都没有这一回开心。不过她还是和家里的谁也不商量，管自种了菜。

种出菜来就要挑上街，叫卖。她不会叫，只把菜筐放在溪鳗店门口，一来街上摆满了纽扣摊子，见缝插针都难。二来讨价还价，算账找钱，遇见难剃的头，还要溪鳗帮一把。丫头她妈以前也卖过番薯，那是堆在自家屋里，左邻右舍走来称一秤两秤的。哪里经过现在这样的阵势！

过不了几天，她的菜挑子一上街，就有开饭馆的大师傅大声叫住，就有发了财的"大好佬"当街拦住，他们专挑新鲜细菜，不在价钱。有回说错了话，把一块两角说成两块一角，人家照给。

她妈从小种田，现在才觉着种出来的东西，珍贵。在众人眼里，旺俏。她先把旧箩换成新筐，敞口，好把细菜摆开。她的菜都要洗过涮过，青菜要显出青是青白是白，萝卜不带泥，红的红黄的黄。叶子要挺着，一张是一张，不夹带黄的萎的。不该带根的齐根砍掉，该带根的齐簇簇和老人家的胡子一样。

她原本头不梳脸不洗，也不怕站在街上听新闻。现在要换上干净鞋袜，有时穿上紫红毛线衫挑上菜筐，不怕磨损。早先在家里穿穿，做饭炸个什么油烟大，还要换下来的。

她现在很爱面子，讨价还价，若是还的价不是行情，她连理都不理。真正是新上市的好货色，她还言不二价哩。

她的劳动值钱了，人也值钱了，说起来像是这么个道理。不过她对待钱，不那么尊重。若是大票子，一把卷成圆筒筒往里衣腰兜里一塞。那些小票子和五分一分的，随便塞在外衣兜里，找钱的时候，成把拿出来，乱糟糟地抓给人家，都和城里大手大脚的人一样了。

后来市场管理把农副产品，规定在东口。丫头她妈的菜担随便钻小巷走屋檐下，都可以抄近路走到东口去。她不，还是从西口进街，穿过整条街，让人们看着她的成果，啧啧地啜牙花，又决不违反规定一路走一路卖。让开饭馆的着点急，只能预定三捆两捆的。让吃鲜货的"大好佬"，差不多是央告给留下一把两把。当然，溪鳗做鱼丸鱼饼用的小葱鲜姜，鱼面汤头里用的小白菜、寸把长的蒿菜，那是不用招呼给送上门的。

她要挑着菜担由西到东走一趟全程，不为生活，是生命的必要。在这条街上走了几十年，现在才是街上的一个人，少不了的一个人，和那些有头有脸有名有姓一样的一个人。走这么一趟街，一天的腰板都挺直，腿脚有力气。

不过有人说她是不是摆起架子来了？叫声丫头她妈给留点菜，她总是嘴皮动动的，说句什么话听也听不见，脸上还板板的，倒像保守着什么秘密。袁相舟听见人家这么说，哈哈一笑，说，要说她妈有秘密，天晓得，她的秘密就是做梦。

她妈听见这话，也不和袁相舟理论，倒和溪鳗说：

"什么做梦哩。人家叫我丫头她妈，我嘴皮动动是说，我有名姓。我妈妈梦见发大水生的我，起个名字叫王梦水。"

小贩们

矮凳桥的小辈儿

江水滔滔。若是矮凳桥的那条溪，春雨涨水时节也不能用"滔滔"两个字。

大地茫茫。江南的春天，不下雨也下毛毛；毛毛下不起来，也做成雾——本地土话叫作幔。大地爱把生物幔着发情发育，等到肯叫人看得清楚的时候，已经是丰满成熟的夏天了。若在矮凳桥的溪滩上，还好在幔里看见四面包围着的锯齿山。

现在这条江上真是白茫茫一片，幔都无边无沿了。矮凳桥溪上好放筏，不好走船。听说筏可以一直放到这条江上来。什么时候也放回筏试试？幔大水大，放筏要命大。听说这一江水再走六十里，就到东海里去了。的确，世界是在幔里，眼睛睁裂了，也看不出去六十里……还是老老实实坐轮船吧。

这条轮船前边是条拖轮，中间是缆绳，后边拖着条大木船，像细

28

腰身的蛞蝼，趴在幔里做梦，水在下边偷偷溜走。拖轮上也有个小客舱，叫作二等舱——没有头等。如要头等也可以，打官话下来，不拖上木船就成了头等了。那要多少钱呢，偏偏头等无票，不用客人摸出钞票来多退少补的。坐二等舱的客人，也都是只拎个皮包，顶多再拎只小皮箱。凡是挑担的，两个手提包用条绳子勒在肩膀头、胸前背后都胀鼓鼓的猪娘似的，一律上木船三等舱。就是买了二等的票也白买，一来是老规矩，二来二等舱没有地方放下猪娘来。

木船上有木门、木窗、铅皮顶棚的舱房，靠窗钉死了两行木板算是长凳。中间堆放箩筐提包，筐上包上好坐人的都坐着人，挤得查票员把脚插下去拔不出来，像走沼泽地似的。经济活跃以后，车船旅店的拥挤，叫人先"呸"一声刹刹霉气，随后说，又"大串联"了。

舱里挤不住的，就到船头船尾露天挤着，那多半是不怕风雨、喜欢开阔的年轻人。虽说有碍水手工作，也把他们没有法子。就在后艄舵工脚面前，堆起六个胀鼓鼓的草绿、深蓝、棕黄色的提包，甲板上坐着三个少年。还有一个坐在后门口，背靠板壁，身旁边一个大包，把这个角落做成独自享受的沙发。舵工踢着脚边的提包，叫那三个靠边，这一个就得意起来，嗤嗤地笑着……这四个"孩子"是"做队"出门的。

把他们叫作孩子，猜他们"做队"的是舵工。舵工是个大姑娘，人家去年就吃过二十岁的长寿面。她戴一顶蓝色晒成灰色的解放帽，把辫子盘在帽子里边，好像埋伏着一只蛤蟆。穿一身灰色抹黑了的劳动布工作服，卷着裤腿，赤着脚。有一双黑皮鞋甩在舵把旁边，那是半高跟的。她有时候站着掌舵，有时候坐在板凳上，把舵把夹在胳肢窝下边。一起一坐转动身体的时候，邋遢的领口袖口和纽扣缝里，钻出来戳眼的桃红贴身运动衣。那裤子撕开了的口子——当不是存心撕开，倒是撕开以后存心不缝上，好叫那里闪闪着崭新的柳绿。这个姑娘的光脚板又厚又方，真是船家的脚板。那双半高跟的黑皮鞋不应当甩在舵把下边，应当甩到江里去。可是她有一张瓜子脸，嘴也小巧，微笑起来像鸡心，好看。她本来生过气，厚脚板踢过碍脚的提包，现在听听四个"孩子"零零落落的闲话，不觉微笑起来。四个互相叫的是小名呢，还是外号？

那个独占舱门旁边的，瘦长脸，一头乱蓬蓬的长头发，衣裳领子那里的头发翘起来，好像鸡屁股。长脚长手，他要是朝横里长一点，也好匀称些。他叫"三只眼"。第三只眼睛在哪里呢，藏在鸡屁股那里吗？这个孩子大约十六七岁。舵把前面有两个坐在一起。一个上半身仰靠在胀鼓鼓的提包堆上，两条腿又开摊在甲板上，这样坐着实际是舒舒服服地半躺着，也不管占了多大面积，更不管乱糟糟的人来人往，一点也不可惜一身新衣服——人造革"夹克"、混纺长裤。这个孩子眉清目秀，小分头，一说话却是个豆沙嗓子——又清甜又沙哑。是变音期间说话说多了，吵嘴吵过头了吧？这一个年纪最大，总有十七八，快有公民权了。孩子们只叫他一个字："官"。不像小名，若论外号有这样起的吗？坐在"官"旁边的叫"憨憨"，十六七岁，蜷起两腿，抱着两臂放在膝盖头上，下巴又架在手臂上，齐耳朵的长头发，从前额朝两边分下来，和乌黑的眉毛混在一起。他定定地望着江上的雾，雾也漫进了眼睛，眼睛仿佛挂着幔……这样的文静，怎么倒叫作"憨憨"？

舵工大姑娘先有点怀疑，这个孩子是不是个女孩子？这孩子不声不响"猴"在"官"身边，那"官"扬脚扬手说着话，有时还摸一摸"憨憨"的头发，碰碰他的肩膀，"憨憨"动也不动。这两个是不是一对？梁山伯祝英台？经过冷静观察——一冷静，女舵工的鼻子恢复了姑娘的敏感，那孩子再文静也有男人气味，这是个男孩子无疑。

还有一个孩子靠船边坐着，背朝江水，散披着褂子，自己说话插不上嘴，会心甘情愿把说了半句的话咽下去。不过外人一和他打交道，他会立刻绷下脸子，端起架子，小公鸡似的。这个孩子最小，才十三四。他叫"肚脐"，怪，无理可说。

"坐好坐好！今天雾大……"舵工拿厚脚板踢踢提包，"你都躺下来了，一有紧急，踏你身上过？"

"踏呗。"官的沙嗓子低声回了一句，身体纹丝不动。

舵工不满意，说："本来这不是搭客的地方。"

"本来应当坐在家里，爱躺就躺一会儿。"

"本来应当坐在学堂里。为几张钞票，哼？"

这两个顶起来了，舱门那里的三只眼笑道："师傅，没有钞票，饿肚上学吗？"

官也笑起来，不过不叫师傅，叫道："大姐，我看你驶船，不是新手。"

"叫你看出来了！"

"我不会看别的，单单会看脚板。"

"脚板怎么啦？"

"方头，船家出身。"

"就你精。"

"只怕比我们还小的时候，就驶船赚钞票了。"

官转个弯盘"倒"了舵工，三只眼放声笑起来。刚才顶嘴的时候，肚脐已经绷起脸子，现在看着自己人笑了，也跟着放开笑声。

舵工盯了这个小孩子一眼，说：

"当心你的衣裳，还披着呢。"

"管我披着不披着……"肚脐咕噜了半句，警觉到人家把他当小孩子看，又绷起脸来说道："我买的是全票。"

舵工微笑起来，小嘴仿佛鲜红的鸡心，说：

"我是说今天雾大，背后伸过一只手来抓走你的衣裳，你都看不清是圆脸还是方脸。"

肚脐一激灵。回头，身后是白茫茫大地，下边是滔滔江水，大家都笑起来。

官先收起笑声，正色说道：

"大姐说得对，江上伸出一只手来，这种事情是有的，特别是发幔的时候。"

舵工不知道官又要转什么弯，先点他们一句：

"这种事情，你们矮凳桥不少吧。"

三只眼说："怎么我们就是矮凳桥的，作兴高凳桥也不一定。"

"你们的票买到哪里？"

"羊溪。"

"那你们是沿江来收个体户做的纽扣，背到羊溪去电镀，再背回矮凳桥去赚大钞票。"

官说："大姐，瞒天过海，也瞒不过车船店伢。一粒纽扣一滴汗呀。"

"这么点大，就会当行贩了。"

三只眼说："师傅，你也知道矮凳桥下只出鬼，不出产粮食。"

舵工口里小声说："出的人也鬼。"

三只眼叫道："饿起来真饿死人。"

肚脐叫道："我小叔就是饿死的。那年我小学毕业，亲眼看见。"

三只眼说："你小叔倒不是饿死，是胀死的。"

一直定定望着雾的憨憨，说了句什么，大家都听不清，他的眼睛还在雾里。官拍了他一下，才提高嗓子，说：

"不是饿死，也不是胀死。是水里，也是幔里伸出一只手来，把他拉下水里去的。"

肚脐点着头，他觉着得到了领头的支持，紧接着说道：

"那年矮凳桥还没有纽扣市场，卖纽扣给人捉住就和贼一样，和贼一样。我三阿公在县服装工厂当师傅头，那里缺货。我小叔东钻西钻想钻到县里去，半路上叫人捉住，捉住了。投机倒把分子，帽子戴起来了，戴起来了，关起来担烂泥，那里正造房子，担了十天，没有吃过一碗米饭，只给番薯吃。放了出来，脚骨都软了，都软了。不用说纽扣，连路费也全部没收。走到汽车站，那天有雾，想趁着雾腾腾，混上车再说。三脚两步，踢着一个什么，踢得飞起来，看着像个钱包，趁势扑过去，钞票已经撒出来几张了。这时间，汽车那里有人叫：钱包！钱包！我小叔拾起两张大的，赶紧闪开，闪开。有雾，有雾，几步就溜走了。先找一家饭店，要一斤老酒，要肉，要没有骨头的，端来一盘肉丸，吃了，又要一盘，又一盘，又一斤酒，吃得肚子满登登，满到喉咙，盘子里还剩一个肉丸，还剩一个，也放到嘴里咬着牙筋咽了下去。买张车票上了车，气也透不过来，车一走一颠，迷迷糊糊了。下车走回家去，走到矮凳桥边，口渴难熬，走到溪滩水边，蹲下来。两手捧一捧水，低头张嘴，不料哇地掉出来一个肉丸，扑通落在水里，再一个，再一个，三个，四个……沉到水底，滚到石头缝里，金光闪闪，啊，是金蛋，金蛋！我小叔两手伸下去抓，眼见抓住了，还在手指头前边，再往前伸伸，总是差一粒米冬瓜般大。我小叔快要爬到水里去了，还好，想了一想，这是什么缘故呢？这才看见有一只手，雪白，拨着金蛋，抬抬头，水面上有幔，幔着，什么也看不见，想站起来，两脚一软，栽倒在水边。后来有人看见，抬回家里，在床上翻来翻去，第二天，死了。"

肚脐讲完这件事，勉强笑了笑。该笑不该笑，他不清楚，看看大家，只有三只眼冷笑一声，别人都不声响。舵工眼睛盯到雾里去，紧紧抓着舵把，轻轻地摆动……

雾里边，有一个黑影，慢慢地推过来，越近，越大，越黑，越沉重，仿佛一片山，山又带着哈哈的哈气声音，这哈气最吓人……忽然，黑影里冒出来一个清亮的男高音，悠悠唱着，细听大约是：

"二月清明花不开，

三月清明花开败；"

舵工皱着眉头，生着气，张嘴发出火来一般，火辣辣的不带一个字，只是：

"哦——呵——"

接着，恨恨地骂给自己听："不要命了，这样的雾，这样重载。"

黑影里的男高音倒更加快活地悠悠唱下去：

"花开花败由不得你，

好时好节由着我来。"

黑影慢慢地落在后边，隐隐约约缩到雾里去了。

"你笑什么？"官伸手拂落拂落憨憨的长头发，"憨笑，憨笑。"

憨憨的眼睛一直还在雾里，拂落他的头发也只安静地笑着说："雾里什么事情也有。"笑笑，"不管多么奇怪，在雾里就不奇怪了。"又笑笑，又说，"不管多么难看，在雾里就不难看了。"

"你说什么呀！"官沙沙叫道，"吞吞吐吐，真是个憨憨。"

三只眼说："他在说梦话。今天起早了，他的梦还没有做醒。"

"本来就和做梦一样。我爸爸先做点小生意，常年在外边跑，我要我爸爸带我出去跑一趟，我说也不想别的，只想坐一趟轮船。我爸爸说，呸，你做梦。出门一里，不如屋里。晒，晒你个半死，冻，冻得你只想转世再做回人。生意有赚就有蚀，只剩条裤子回家过年，那还不如一条狗。我爸爸后来当了个林场工人，说，好了，总算有个坑好栽在那里了。不料现在我出来又轮船又汽车，赚的钞票比他还多。我妈妈说，命。我爸爸说，政策。"

舵工忽然插嘴问道："把你当女孩子养大的吧？"

官说："养了个憨憨。"

舵工不耐烦，说："最好你由他说。"

"有天发大雾，我爸爸凑了两百块钱，顶现在两千块只怕还不止，放在一个带拉链的黑人造革皮包里。紧紧捏着，坐在轮船码头等船。清早，雾大，天亮也亮不起来，码头上影影绰绰有两三个人。我爸爸这边，只有我爸爸独自一个。忽然，一个硬东西顶在后腰上，不知道是刀还是枪，伸过一只手来，戴着个银圈圈戒指，拉开皮包拉链，拿走了钞票。这都是一眨眼工夫，等我爸爸清醒过来，雾沉沉，身边连个鬼也没有。接着，轮船到了码头，我爸爸糊里糊涂上了轮船，心口疼起来。他有这个老毛病，丢钱蚀本，准定发作。找个舱角落'猴'着，心疼得刀割一样。船到了大码头，大家都站起来下船，挑担的，背包的，人好像潮水一样，把我爸爸推上去了。上了码头，人都散到雾里不见了，我爸爸这才觉出来皮包怎么有分量呢，拉开来一看，两大捆钞票，白纸条子封着，就像银行里刚拿出来的，总有两千块……"

三只眼叫道："顶现在两万，哼，丢了两百回来十倍，哼！见鬼……"三只眼"哼"得那么用力，当然没有什么虫子爬到鼻子里去，不过鼻子里倒是痒痒的。

"……我爸爸吓了一大跳。若说是不喜欢吧，心口马上不疼了。若说是喜欢吧，也没有喜欢起来，立刻看出来这个皮包不是他的，颜色、料子、款式都是一个牌子，雾又大，人又挤，不知道和谁拿错了！抬头看看，只见雾当中有个警察大盖帽，正朝着他拱过来。我爸爸是个老实人，抢前一步，把皮包双手递上去，说明缘故，大盖帽叫我爸爸跟着走，走到警察局，推到一个铁栅栏门里边，咔嚓一声锁了。里边有人朝着我爸爸歪牙咧嘴，我爸爸看也不敢看，就在门边角落头蹲下来。天昏地黑，过了不知道几个钟头，打开栅栏门，叫我爸爸出来，说，没有事了，你们两个走吧。怎么是两个呢，我爸爸这才看见后边跟着个人。警察又把一个黑皮包给后边的，说，你的，拿走。那个人伸手去接，我爸爸看见他手上戴着个银圈圈戒指……"

"哈！"肚脐睁圆了眼睛，"哈"出一声来，接着看看别人都不声不响，认真听着。这个孩子赶紧合上嘴巴。

"……我爸爸是个老实人，心想，今天只怕是碰着'鬼打墙'了，低头钻出警察局，和逃走一样。后边的人跟过来，叫道：大哥，大哥，慌慌张张做什么？前面有'大肚子'吗？投胎吗？你看看，这个皮包像是你的……我爸爸回头看皮包，不错，正是他的那个。这个人怎么叫自己大哥呢？雾已经散开了一点，我爸爸这才抬头看看人家，哈哉，这个人是我表叔……"

三只眼叫道："你有几个表叔？这是哪一个表叔？我认得不认得？"

官说："你三只眼都认得，别人只有两只眼睛。你看肚脐，听得眼睛眨也不眨，嘴也张开来了。憨憨爱看小说，上初中时候，女同学都叫他文学家。你们叫他编下去，这不就是电视连续剧？不过你们胳肢窝钻出一张嘴来一吵，他就不作兴编下去了……"说着，伸手拂落憨憨的长头发，"憨憨啊，骄傲……"

舵工的厚脚板跺了一下甲板，说：

"你又胳肢窝钻出一只手来！别人是文学家，你们呢，听懂没有？世界好比叫幔幔着，千奇百怪，你当是看清了，其实雾腾腾……"

三只眼的质问，官的辩白，憨憨都不在意。他只望着雾，微笑——也许是憨笑。舵工的这几句话，先带着火气，后头又添上了她自己的心事。憨憨倒更加温和地说道：

"我也不知道世界不世界，只是我喜欢看雾，觉着奇怪的、脏脏的、丑的，幔在雾里就好看了，哎唷，你们看，你们看！"

这时候，雾散开了些。雾散，不是全部一下子消失了，也不是全部慢慢地淡薄了。总是先有个把地方，起激烈的变化。现在就像有一群羊，头羊惊跑，羊群呼隆隆一拥跟了过去，立刻空出来一条巷，一条街。这条街巷里，近前现出江水，远处现出草地，一直到蓝蓝的天边。清清爽爽，全都刚刚洗过、淋过、擦过。江水澄清，绿叶鲜嫩，蓝天干净透明……仿佛是另外一个世界，仿佛云头的天门开了一下，现出一条天街。

"看是好看……"官说了半句，刹住。他看见两边的雾塌下来，漫过来，天街模糊起来，天门要关了。

三只眼接下来说："好看是看起来好看，雾里来雾里去，生意人吃了多少苦头。都说矮凳桥发财了，矮凳桥人吃的苦头呢？只看见和尚吃馒头，没看见和尚求戒。这雾是水雾，世界上还有火雾。矮凳桥人做纽扣生意，哪个角落不走到？别人走不到的你走到，才有钞票把你。朝南走，越走越热。一个矮凳桥人说，先成天出汗，人好像从河里走出来，站一站，地上一滩水。后来，越走汗越少，再走汗倒没有了。见水就喝，见河喝，见井喝，见尿桶都想喝，身上又一粒汗也没有，不是不出汗，是一出来就烤干了。你说这个地方热不热？第二个矮凳桥人说，这还不算热，我走到个地方，母鸡下的都是熟蛋。下雨天，下松花……"

舵工嗤的一笑，骂道："烂舌根！"

"……第三个矮凳桥人说，那里还不算热，还没有火雾。我走到个地方，山和火焰山一样，山脚干黄干黄，好比火灰；山腰是乌棕，好比烧焦的；山头火红。山连山，好比火堆连火堆。一株草也没有，一只鸟也看不见。太阳一出来，山头袅袅地冒烟，吐着火舌头一样。太阳到了山头，烟就漫下山来，雾腾腾一片，这就是火雾。山谷中间有水有树有村庄，我找到村长，摆出我的扣子来，村长一样挑两三个，叫来一个女孩子，把扣子都缝在女孩子衣裳上，一推，女孩子出了门，跑到火雾里去了，跑了个圈子，站到一株树下，靠在树干上，只见扣子一个两个三个……自己掉到地上。扑落，扑落，落地有声音。村长说，你的扣子不错。我想扣子怎么掉下来呢？怎么掉下来才不错呢？这时候，一股火雾冲过来，靠在树上的女孩子跌倒地上，咔嚓，碎成两三段，墨黑，和焦炭一样。"

舵工想踢人，不过只把厚脚板踢了一下脚边的提包，笑着骂道：

"良心呢？难怪矮凳桥发财，丁点大当小贩，良心也烧做焦炭了。"

"大姐"，官沙沙地叫了一声，"我们矮凳桥穷山恶水，大姐你吃饱了不知道人家的锅是漏的。"

口口声声叫大姐，舵工不好骂过去，心想，难怪叫他官呢！只见官回过头来批起三只眼来："开头倒还是说赚碗饭吃辛苦，说到后头就作孽了。三只眼你听着，我说个有情有义的三兄弟给你听。三兄弟朝北走，越走越冷。走到一个地方，撒尿要带条棍，撒完了拿棍一敲，'扑落'——掉了……"

官一直半躺在甲板上，叉着腿，说到这里，拱起小肚子表示站着撒尿，又做了个棍敲的手势。舵工眉头一皱，想骂声"恶作"，还没有张嘴，三只眼已经放声哈哈，肚脐也跟着笑起来，舵工心想：小孩子，这也笑！

"……三兄弟看看这里有是有生意好做，多又不多。老二说，大哥，这里用不着三个人，再朝北走，还要冷，你身体不好，有咳嗽毛病，就留在这里，我和老三再闯闯看。老二老三走到一个地方，住在旅店里。早晨，看见人家到对门豆浆店里打豆浆、手里只拿条绳子，豆浆从热锅里舀出来，朝绳子上一浇，人家就拎回家去了。老三说，这算走到头了。老二说，不，你看旅店里住着生意人，要走到没有人肯走的地方，你年纪小，就在这里。老二再朝北走，走到一个镇上，冰天雪地，关门闭户，白天街上也没有人影。

"那天有雾，那雾里有雪花冰丝，糊冻冻的，人好像走到冰激凌里去了。老二路上准备了个牛角，拿出来吹，呜哦呜哦，听听，没有声音。憋憋气，吹得头暴青筋，到底吹不出声音来。只好回到旅店里暖暖身体，把牛角朝火炉边上一挂。手脚刚刚活动开来，呜——哦，呜哦——呜哦——声音从牛角里出来了！接着，街上也呜哦起来，跑出来一看，啊，太阳出来了，冰激凌一样的雾化开来了，刚才冻结的声音一个个出现了……"

这回，舵工也禁不住嗤地笑出声来，正要说什么，只见船舱里有几个人探出身子，这几个也是到羊溪电镀厂镀纽扣的。

舵工叫道："到了到了，到羊溪了。"

官应声跳起来，船还没有靠岸。前边拖轮上传话过来，雾大，靠不了码头，有要紧的，只好蹚水上岸。要不，再走五里路，下一个码头好靠。

这时，雾在动乱。一团团朝东推进，一条条又朝西钻、朝西拱。因此，破坏了均匀。有的地方浓重发黑如铁，有的地方清浅如半透明的纱巾。船边上，雾又从水面升起一米高，仿佛掀起了幔的一只角，清清楚楚看见了水面，看见了好像刚刚冲洗过的羊溪码头，那码头上的房子，上半截烟云缭绕。……

船舱里的几个客人说，水冷，石头滑，雾大，提包重……还是下个码头再上岸吧。

官却叫一声："上。"

说着甩掉一样脱去鞋子、袜子，一双雪白的脚踩在甲板上，接着脱外边的长裤，脱"夹克"……

三只眼也脱鞋子、袜子、长裤……他和官一起动作，又总比官慢一步，好像真有第三只眼睛看着比着别人……

扑通，官翻过船沿跳到水里，三只眼叫道：

"官，水凉不凉？"

肚脐也脱了鞋袜，叫道：

"官，水深不深？"

官都不回答，只高举两只手到甲板上来，沙声叫道：

"把提包给我。"

憨憨解开绳子，只递给官一个提包。官把胀鼓鼓猪娘似的提包，朝肩膀上一扛，踢着水朝码头上走了。三只眼也下了水，绳子勒在肩头，胸前背后各一个猪娘，甩着手在水里走不稳当。肚脐也下了水，嘴里叫着"官"，"官"，就像孩子叫着哥哥姐姐。最后下去的是憨憨，这工夫他只马马虎虎卷上了裤腿，满不在意地穿着鞋袜下了水，不过他身上是三个大包，自己的两个勒在左肩膀上，右肩膀扛着官的那一个。

官到了码头，放下包，飞快转身回来接肚脐，接憨憨。孩子们踢着水，笑着，叫着，跑着，好像是旅游，是在海滩上玩……他们的下半身清清楚楚，上半身在云雾里，在神秘的幔里……

舵工看得出神，忽然发觉脱去"夹克"，穿着紧身运动衣，留着分头的官，胸前出现曲线，又尖锐又饱满，正如藏着两个鼓胀起来的花蕾，天啊天，怎么这一个倒是个丫头呢！一直没有发觉，又一直地嫉妒她。憨憨身上三个包，一吃力，肩膀和胳臂都隆起成块的肌肉，这个长头发的文静的孩子，显出了牛犊一般农村后生的体格……

轮船开走了，船舱里没有下去的客人议论着，又叫这些孩子抢先一步，到下个码头再走五里回头路，赶到电镀厂，只怕这些孩子已经镀完走了。这些小贩不得了，那个官已经在矮凳桥赚下一间店面，租给她的妹妹，一个月租金两百，分厘不少。她背纽扣回去，卖给妹妹，又比行市少算一厘。她再赚下一间店面，就要"娶"一个后生进来……

同　学

矮凳桥小品之三

　　这个女人不笑的时候，看起来有二十八九岁了。不过她爱笑，老是笑，笑声又响亮，好像十八九的大姑娘。

　　这时候还是早上，还看得见太阳斜斜地落在地上。一会儿，纽扣摊子全摆出来，人来人往，就会把太阳挤得看不见了的。这时候街上的摊子也不少，那是笼屉蒸着，油锅炸着，汤锅煮着的早点摊子。还有夜潮打回来的鲜鱼活蟹，还有带着露水的青菜……这些摊子等会儿大部分要退场，不退的，也会叫纽扣摊子挤得看不见了的。

　　这时候街上人也不少，买菜的，吃早点的，买菜兼吃早点的，买菜吃早点兼谈生意互通信息的。

　　那笑着的女人转着身子，让着来往的人们，招呼着跟在她身后的一个男人。这男人也不过二十八九吧，不过头发已经悄悄地在额角那里，往上拔了。

女人笑着转着眼睛四下溜着，看中了一个汤圆摊子，那里刚生上火，还没有开锅，也还没有主顾，正好坐下来说说话，女人说：

"坐着坐着，想不到你会到我们这个乡下地方来。"

"乡下地方？现在是大名鼎鼎的纽扣市场，先进地区。"

"先进不先进，还没有'定性'呢。不过你来做什么？是买还是卖？都不是吧？搞调查？办案子？"

女人单刀直入。男人慢言细语，上半句总是试探，下半句总留着余地。他又诚恳又细心，又处处藏着精明，他说：

"你看我像个干什么的？"

"我看你就是个老同学。"

"我来开开眼界呀！"

"你们在城里的同学，常见面吗？"

"也常见也不常见，不过见面常常说起你。"

女人高兴，又笑又叫道：

"是吗，骂我吧，笑我吧。"

"前几天我还说，回忆中学时代，你给我的印象是：勇敢的化身，快乐的象征。"

"真的吗？你咬文嚼字，可不要嚼舌头。你说，怎么会给你这么个伟大印象？"

"因为你特别，你突出。那时候大家都不谈恋爱。有的不懂，有的不敢，有的有一套大道理：妨碍学习啦，影响不好啦。你呢，偏偏恋了又爱，爱了又恋。"

女人又笑起来，这回不是大笑，不过嗓音又厚又亮又气长。说：

"想不到落在这个乡下地方，猴着，成了现在这个样子。"

男人估摸着火候，照直说道：

"是想不到，真想不到，那么多人追你，却怎么选上了他。"

"那时候不嫁给他，活着都没意思了似的。嫁了他，才知道这个人真坏。"

"听说蜜月期间，就打了你了。"

"打还打得刁钻古怪。我跟他到乡下来，没有几天，我觉得沉闷，不习惯，我就唱歌，本来我最喜欢唱歌……"

"你就是唱歌和笑。"

"我一唱歌，就有些人站到窗外来听。那时候乡下真叫闭塞。有一天，他在窗外吵了几句，气冲冲跑到屋里来，叫我脱掉衣服，趴着，打我的屁股……"

男人顺下眼睛看着桌面，不让人看见他这时候的眼色。那女人却不知觉，只管说下去，也不小点声，她不怕满街的人都听见。说着还带着笑声，开朗到这个地步：

"……打完了，下命令，不许穿上衣服。他出去锁上门，我只好钻进被窝里。"

"封建恶霸！听说你闹过离婚。"

"闹过。"

"怎么没有结果呢？"

"闹是闹，真想到离婚后的生活，我就傻了。一个孤单单的女人，多空虚，多困难。"

这回男人笑了起来，他的笑是不出声的，可又扬扬得意的：

"放心好了，你现在也还又年轻，又漂亮，又爽朗，包你走到哪里，哪里有人追。没有工夫空虚，只怕接待还接待不过来呢。"

对男人这一番话，女人倒不笑了，只说了声：

"老了。"

这时，摆摊的端过来两碗粉白细嫩，珠子般的汤圆。女人让了让，在这让的工夫，她打量了老同学：

"你倒还那么漂亮，不过原先那种女性美少了。那时候女同学都喜欢你，偏我觉着你太'女'。"

"我的黄金时代已经白白过去了，现在也还是孤家寡人。不过不要说我了，说你，你要是想找个比他好的，太容易了。"

"他给我一个深刻的印象，男人就是那么坏。好的男人或者有，不过我挑人家，人家也挑我呀，怎么会挑上我呢。"

"请问——"又咬文嚼字了，"好坏之分，主要分在哪里？"

女人好像是认真想了一想，但又很快回答道：

"在人前是这样，背着人还是这样。太阳光下是这样，黑夜里还是这样。"

男人点着头，靠近点女同学，说话更加细软，但也更加明显的字字背后是精明：

"你不能太便宜他了，越便宜他越不识货。你先离开他，给点颜色看看再说。要他拿出钱来，他发的财里有你的一份。衣服要带走，首饰铺盖要带走，不能傻子一样，走出个光身子就算了。"

"好可怜啊！"女人爽爽快快地叹息一声。

"一口气也不叹给他。现在这种事情太普通了，都算不得悲剧了。"

"离开他没有什么，长离短离都不要紧，我已经没有一点点爱他了。只是我到哪里去呢，哪里马上有住的有吃的有安身的地方呢。"

女人家说着拿起汤匙，却不吃，只搅着珍珠似的粉团子玩。男人再靠近一点，再细软一点说道：

"放心，你有那么多同学呢。要不，要是你愿意，先在我那里住下来也很方便……"

女人从汤碗上边抬起眼睛，望着男人，眼睛里出现笑影，忽然一抬头一笑，忽然笑里唱出歌来：

> 你要是嫁人不要嫁给别人
> 一定要嫁给我
> 带着你的财产
> 还有你的妹妹
> 赶着马车来

女人是压着嗓子，小声哼哼的。不过那声音还是浑厚，特别是元气充足。男人听了头半句，就低下头来捞汤圆吃，再不愿意别人看见他的眼神。

女人唱完了，望着男人已经悄悄上拔的额角，说：

"你有办法解决一部卡车吗，要有，我立刻跟你一道走。"

"什么，你们……"

"不，他做他的纽扣，我自己搞了个运输组，还不敢叫公司。"

这时，太阳已经全部落下地来，但是街上已经严严地摆齐了纽扣摊子，好像都看不见太阳了。

李　地

矮凳桥的女镇长李地

惊

这是五十年代的故事。

李地接到通知，叫到陈十四娘娘宫去"学习"。当时大家都有一套下乡或"学习"的行头，李地这回是三进"学习班"，行头现成。无非是一身"稀"旧蓝制服，一双两头包皮青布鞋，背上背包——一被一褥，斜挂书包——笔记本纸张，女人用的手纸不必细说，手拎网兜——面盆口杯。稍微花哨点的东西、犯点嫌疑的好比茶叶，都不作兴。

李地这个样子，兵不兵民不民，实是当时的时装。陈十四娘娘宫在县城角落里，一路是拱肚砖墙，茅草瓦背，露天茅坑……时节是秋后，秋风钻到这些角落里，就把阴凉变做阴冷了。天上灰一块黑一块旧棉絮一样，还没有下秋雨，地上已经滴滴答答，糟湿，滂臭。脏水横流，粪水从阴沟渗上来，五颜六色……

47

五颜六色，这回是什么颜色呢？李地第一回学习班上的"学习"，叫得最响的是"揪出尾巴来"！第二回是"夹起尾巴走"。当然也还有"割尾巴"、"翘尾巴"、"甩掉尾巴"、"留点尾巴"种种说法。同志哥对同志姐说："脱下裤子，看看你的尾巴"，同志嫂说同志哥的尾巴："翘起来旗杆一样"。这些话都火红滚烫，都是在战场般的会场上，子弹那样射出来。完全没有闲情杂念，神经都紧绷如弓弦、钢丝、缆绳，凡圆脸都拉成长脸，长脸都生毛如驴脸。

世界上有的事情说不灵清，动物进化到人类，耗费了亿万年时间，把条尾巴退化到只剩下一块尾骨。倒又作兴在尾巴上做文章：口头上有，小说书上也有，西方有，东方也有。不好说是谁学谁的样，就说是都从一条路上走过来的就是了。

走到陈十四娘娘宫门口，李地看见中学同学小个子，站在台阶上和两三个人说话。小个子现是学习班的副主任，现管"尾巴"。李地是老资格学员，知道到了这种地方，大家都会摆出六亲不认的面孔。这一下对面相逢，是打个招呼好还是不打为妙？拿不定主意，先拉开一个笑容，又笔直朝门洞走，只拿眼角睃着点小个子，准备随机应变……小个子看见了她，倏地转过身体和别人说话，好像是没有看清楚，也好像是有要紧话赶紧要和人说。

李地腮帮上肌肉僵硬了，只好僵硬着走进大门，心想你也不用神气，塞到这种班里当什么主任，查查别人的"尾巴"，都不是得意的角色，都还有一个地方，暗中在查你们的"尾巴"。

陈十四娘娘宫是城里的小庙，这种小庙在茅坑街拉尿巷里轧着，门外完全没有城外寺院的气派，门里地盘狭小，偏偏又讲究两进的格局。前进天井只有半个篮球场大，办班的倒又立起两个篮球架。两廊和大殿上的泥塑木雕，早已收拾干净。大殿叫作教室，实际是会场，两廊改作宿舍。后进的天井不过狭长的一条"槽",不如叫作"天槽"。又是殿,又是廊,又是厢房,格局齐全。因此两步一台阶,三步一转弯,门洞对门洞、屋檐搭着屋檐,摆布得处处是阴暗角落。人走进去,好像走进了"蛐蛐笼"。

西廊宿舍本来都是成排的玻璃窗,又把下边的玻璃都贴上了旧报纸,好像是隔离病房,传染了一种怕光的毛病。从上边的玻璃看进去,只看见一条条毛巾,可见住了不少人了,倒又鸦雀无声。

有人端着一盆水走过天井,好像后颈生疮,把头低在水面上,走到走廊转弯角,差点撞着别个人。那个人走路猫一样不出声音,虽说没有撞翻面盆,也洒了些水在身上。那个人打了个哈哈,小小的县城,又都是干部,不认识也面熟。这个突然发作的哈哈,得不到回音,空荡荡仿佛落不到地上。

女宿舍的门,开在后殿山墙西边。后殿墙中间的佛龛还在,用布幔幔住,里边储存着陈十四娘娘的塑像。不是说泥塑本雕都收拾了吗?怎么单留下这一个?其说不一:有说这是民间塑娘娘出名的娘娘豹的作品,有文物价值,特批保护。另有一说说的人更多:收拾泥塑木雕时,泥水匠,木匠连粗工都是不动手的,专请一位有名的光棍叫光眼狗。他先收拾两廊两边,最后到了娘娘面前,才擎起榔头,对面灰尘蓬起,眼睛睁不开,立刻肿起来和烂桃一样。

李地走过布幔,看见边上露着一条缝,大概总有人好奇,掀开一点看看。李地也顺便看一眼,不觉站住了细看起来。李地不迷信,却也差点儿看出了冷汗。

这个娘娘不穿中国宫廷式的珠冠凤帔,也不是印度传过来的尼姑领宽袍大袖。却是老民国的乡下时装。桃红斜襟褂子,月白百褶长裙,裙下露出双大脚,一双粉红绣花鞋。

李地从边上缝里看过去，看见的是侧面。只见胭脂花粉抹在一脸横肉上，粉白的后颈粗壮如牛，是男人——还是乡下种田男人的肌肉。整个是戏曲舞台上胖男人扮演的媒婆。也叫作丑旦，又丑又是个旦。我们现在还讲究什么什么相结合，这个娘娘是美和丑相结合的老式样板。

那脂粉横肉裂开一个媚笑；那柳叶眉下边一双男人的眼睛，骨碌碌盯着布幔。布幔紧贴着鼻头，眼泡沉沉下垂。若在明亮的舞台上，一掀布幔，相结合惯了的观众会开心一笑。若在冷清清的地方，布幔忽然掀开，这么个相结合的高峰，要留心心脏顶不顶得过山。

李地看得身上凉沁沁，就朝宿舍那里走，心里说着自己：现在死都不怕了，还怕什么呢！

李地走进女宿舍，暗洞洞的，塞满了木板床，有五六个灰布蓝布女干部，有的在铺床，有的双脚并拢，端坐低头打毛线，好像念阿弥陀佛。李地多半认识，只对着空间笑一笑，表示向全体打了招呼。找一块空着的木板，解开背包，接着就歪在铺上，避免说话，也实在疲倦。

前边天井里竟有人打篮球，蓬、蓬、蓬，一声声均匀落地。没有奔跑的脚步，没有急促的喊叫，只有篮球落地的声响……可能是办公室里的小王或是小李，凑不成班子，自己一个人投篮玩玩。听起来是一个球自己蹦起来，自己落下，自起自落。

蓬，蓬，蓬……空气也自己裂开，自己合拢，又裂开，又合拢，裂开时候空落落，合拢时候静悄悄。

蓬——李地忽然觉得自己的肚子里也蓬了一下，伸手摸摸，仿佛还在颤颤的。李地还是个姑娘，但肚子里肯定有一块肉了。

这当然是个错误。多少英俊同学，糖一样饧过来，李地水一样化开去。有权势的头头脑脑把锦绣前程哗啦抖开在面前，李地不过一声冷笑。却在不久前，在"立刻死了都不怕，还怕什么"的时候，把自己随随便便给了个男人……给了就给了，做人做到处理品，还挑什么？

蓬，蓬，拿奋斗搓就是了，一搓一蓬，蓬……李地朦朦胧胧起来。

忽然——平白无故，没有虫咬，没有火烫，忽然心惊肉跳起来：有人揭发肚子里这块肉了吗？这回叫来"学习"，会不会为的这块肉？什么"尾巴"不"尾巴"，割一百遍好了。若是割到肚子里的肉，那就死了算了，死了算了，死……李地觉得汗毛呲呲的，要出冷汗又还没有出来，拉过毯子搭在身上。这时，有人进来。

进来的也是个姑娘，李地认得是供销社的一个会计，怀抱一堆本本，看来有账本、笔记本，作兴还有一个少女的日记本。她在门外站一站，乌溜溜的眼睛朝屋里转了转，也不对着谁，只对空间微微一笑，啊，笑得绉绸一样温柔。

她跨进门槛，不想轻轻绊了一下，怀里的本本接二连三掉落地上，她还是微笑着弯下腰，又蹲下一条腿，啊，连那柳肩细腰都格外温柔……不过她没有站起来，只见肩膀抽动，咽喉抽气，她哭了吗？不，她是泣。

端坐打毛线的站起来，李地也从床上翻身起来，谁也没有问一声为什么流眼泪，也没有劝说不要哭，只是帮着拾起地上的本本，说：

"给你放在这里。"

"放在这里好不好。"

会计两手捂着脸，走到角落里去了。再也没有把手放下来，不叫人看见她的眼泪，也没有谁再看见温柔的微笑。

天黑下来了，有的洗洗，上了床。关了灯，一会儿，却有人说起话来。这些都是凡人，连说话的欲望都还没有"干净"。点着灯一句话也没有，关了灯谁也看不见谁，就把嘴巴上的封条撕下来了。

　　说到陈十四娘娘，说到叫陈十四娘娘弄得眼睛烂桃一样的、有名的老光棍光眼狗。说这个光眼狗当初也娶过媳妇，花容月貌。头天晚上，新娘在初窝里解开腰带，还把腰带在铺上甩了甩，好像是抖一抖，松散松散。光眼狗伸手去摸，那解下来的不是腰带，是条毛茸茸的尾巴，一尺多长……

　　有的女干部不免在被窝里摸了摸自己。

　　……光眼狗大叫一声，跳起来朝门外跑。这件事情本来没有人知道，隔壁老人家、兄弟姐妹、做喜事走来帮忙的大舅舅小姨妈，听见这一声叫，都从床上跳起来，朦朦胧胧都朝门外跑，糊里糊涂有撞倒的，有踩了脚的，有赤条条的，老人家说，这若在兵营里，叫作"惊营"。这一惊，丑事传千里……

　　会计说了一句，那声音也温柔：

　　"还是因为没有爱情。"

　　打毛线的接着说道：

　　"是没有爱情……不，不是爱情不爱情，爱情是一种人情，这不人情，太不人情……"

　　有一位小声说道：

　　"陈十四娘娘也有尾巴。"

　　"没有听说过。"

　　"她是牛魔王的外甥媳妇。不信，你去掀开布幔看看。"

　　有一个声音，不知为什么气大声小，用气音叫喊：

　　"不要说了，不要说了。"

　　又有一个声音，蒙在被窝里，牙齿相打，惊冷一般：

"不要说了，不要说了。"

宿舍沉入黑沉沉，后进和前殿都落在黑洞洞里。老鼠从地洞里钻出来，蟑螂从板壁上爬下来，窗外细细碎碎的，是风吹落叶？还是陈十四娘娘掀开布幔，也出来透透气、散散步呢？

李地身上疲倦，头脑昏沉沉快要睡着了，肚子里蓬的一下又挣醒起来，蓬、蓬、蓬，耳朵里有个篮球自己蹦起来，自己落地……

是半夜还是下半夜了？篮球落在李地肚子上，李地摸着肚子想道：不论是男是女，都叫他打篮球好了。叫他四肢发达，头脑简单。想着，在黑沉沉里，迷迷糊糊里，漾开小母亲的微笑。

就这时候，前殿，黑洞洞的深沉地方，忽然，没有任何前奏，一个男人挣破嗓子一声叫喊。起点高，再朝上叫就不像人的声音，像宰猪，像狼中了枪弹，叫破黑夜，叫坍屋顶……不过还没有叫完，听见六七张床板乒乒响，是十来个人打滚起来，一蹦起来，手打脚踢起来。立刻是脚步声音，开门声音，劈啦啦一声打破了玻璃，这声音最尖锐……女宿舍里也是谁也看不见谁，仿佛得到一声口令，全都从床板上跳起来，跌跌撞撞没命地朝外跑，前殿后进，东屋西廊，一片叫喊，喘气，杂乱的脚步，有朝前冲的，有朝后跑的，这个小庙地盘小格局大，人和人在台阶、栏杆、转弯、角落处处相撞，相叉，拥挤，挣扎……

叫喊的声音都没有字，只是声带的振荡，喉咙的紧张，三十六个牙齿的咬嚼，是一片的梦呓。

好不容易，有一个女高音叫出了两个字：

"尾巴！"

挤挤撞撞的人们应声摸屁股后面，也有摸了前边的，也有摸着别人的，也有两只手都动不得只好干喊的……

这时，刷地，后殿上的电灯亮了。

刷地，两廊的路灯亮了。

刷地，前后进中间的门灯亮了。

好像清凉的水朝人们头上浇一下，又一下，再浇一下。头脑清醒过来，面面相觑，没有地震，没有火灾，也没有阶级敌人破坏……各回各的屋里去吧。

查了一查，有扭伤手臂的，有踩肿脚指头的，有肋骨痛的，总算都没有大损害。只有这个班的副主任小个子挂了彩，脸上见血，不过也只是玻璃划破了皮。小个子住的是主任小单间，他从床上弹起来，影绰绰看见一个长人，在窗外抬脚踢窗户，跟着这一脚，甩过来一条好像是长尾巴。小个子脑子里一闪：是人？是妖？抓起床头一本砖头般的学习文件汇编，打了过去，蹦回来的碎玻璃划破了面皮。

亮灯以后，小个子回屋时看看，原来窗外晾着一条长裤，是他自己的裤子，昨天黄昏他自己洗了，也是他自己挂在那里吹风的。

这种事情叫作惊营，也叫作炸营，有的地方还叫作鬼偷营。古书上都有过记载的，不是随便空讲。

亮灯以后，女干部们先清醒过来。因为她们立刻发现自己身上暴露过分，老鼠一样成串朝宿舍逃走。走进屋里却看见唯独李地一个人，稳稳当当高卧被窝中，惊问：

"你没有起来？"

"你没有跑出去？"

李地说："我也起来过。我见大家都跑出去了，我也跟着出去，黑洞洞里寻不着门，我就拉灯。那里有三根灯绳，我一根一根拉开了，看看没有事，就回来又躺下了。"

李地没有说肚子里有个圆轮轮小球似的，一拱一拱。李地在被窝里的手，一直贴着肚子；她猜想，这圆轮轮的是脑袋还是屁股？怎么圆球上鼓起来一个小指头似的？啊，会不会是尾巴？

李地一晚上几次都像是要出冷汗，其实没有出来。只有这时，大家都安静了，她的胳肢窝、背脊骨、手心脚心，全身上下冰凉，好像躺在凉水里。

蛋

这是个六十年代初期的故事。

有一个小干部，那年下放到山头角，担了大半年的粪尿——那时候粪和尿不分，因为一天喝两顿番薯粥。有一天叫他回机关来，走到半路走不动了，弯到一个熟人土郎中家里寻吃的。寻不着，看见桌面上放着几粒桑菊感冒丸，乌鸡调经丸，杜仲降压丸，都柔软有油性，如元宵点心地可爱，抓过来统统吃下，才走回机关。

过两天汇报情况，他想想吃药丸讲不得，什么也不讲舌头根又痒痒的，那就讲讲大丰收吧。他说乡下有一爿柿山，去年高桩柿一个个和寿桃一样，乡下人说：成爿山好比王母娘娘的后花园。这句话他都写到诗里，诗也写到山岩上。可惜劳动力都调去大跃进，高桩柿自生自落，今年走过柿山，诗还在，不过高桩柿落地过了个冬，一堆堆比牛屎还黑，还臭。

过两天领导问他户口转回来没有？他说正在转着。

"先不用转了，学习学习还回去吧。"

"？　？　？"

"你劳动不错，也吃得苦，这回下去，首先要抓世界观改造。高桩柿怎么好比牛屎呢？这叫什么世界观！"

小干部当然不能随便嘴痒，元帅胡乱开口，也会一撸到底。那老百姓呢，却又好笑。

有个小学堂，请来一位贫农老大娘。在操场上摆下两张书桌，铺上床单，放几把靠背椅。校长、主任陪着老大娘坐靠背椅，也就是坐主席台。全体师生整队进场，学生席地而坐，老师站在学生后边，用大小声压住阵脚，真是要阵势有阵势，要气氛有气氛。

校长先讲话，讲"忆苦思甜"，是当时当饭吃的题目。讲完，自己先拍巴掌，全场师生跟着拍巴掌，接着欢迎贫农老大娘"开诉"。

老人家本来只把小学当作隔壁邻舍，小学生肚子里有三瓶墨水也还是孙儿孙女，走来和他们诉诉苦还不是喝口茶一样。没有料到是这么个场面，一时张不开嘴。

小学生里有咻咻的声响，站在后边的老师嗷嗷地镇压，这可怎么得了！幸好地上坐在第一排正当中的，正好是老大娘屋对面的小姑娘。一年级学生，真是眉清目秀，文文静静，她身后坐着个光头眯眼的小淘气，不知道做了个什么小动作，小姑娘倏地一扭头，龇牙咧嘴，挤眉瞪眼，凶得来好比小狗小猫相打。倏地又回过头来，立刻又是清秀文静，变来变去都如闪电。老人家心里一动，这个样子和孙女儿娟娟一模一样。

老人家开口了：

"你几岁了……"

大家都不知道这是问谁，没有人答应。老大娘也不等人说话，她心里自有回答：

"……我娟娟若是在，也背书包上学了。也一样秀气，也淘气。那张脸变过来变过去，比做猴儿戏戴假脸儿还快。三岁时候，还一身肉圆鼓隆冬的。五岁那年，下巴尖了，面黄肌瘦了，皮包骨头了。没有吃的，清汤照得见人影，小人儿顶不过山。我看她青空白日，眼珠散了神。我叫她娟娟，娟娟，你想吃什么？吃什么？娘娘（奶奶）去寻，去讨，去买、买、买来给你。我娟娟说：花生。伸出三个手指头，自己又缩回去一个，只要两夹花生。我走隔壁走对门走个团团圈圈，一粒花生仁也没有，真没有，米缸柴仓都和水洗了一样……"

校长听着听着，一想，这说的是眼面前的事，文不对题呀，就歪过身体，斜起屁股说：

"老人家，老人家，讲讲老地主那时候……"

"老地主那时候，我心里也想呀，那时候若舍得这张老面皮，朝老太太告诉，我孙女儿饿得七分八厘三了，只怕馒头也讨得出来……"

校长再斜屁股，若不是主任在身边挡着，椅子也会斜翻了。

"……走回家来看我娟娟，出的气粗，吸的气细，我抱她起来坐坐，把棉被垫在她背后。这个小人只剩一张皮，和风筝一样。还晓得趣笑，说：娘娘，我靠在花生囤，花生囤，花生囤上呢，说着还扭个头来，朝我做个鬼脸。我还没有笑出来，看见鬼脸一闪，眼皮一落，我伸手去摸，断气了，真和风筝断线一样飞走了……"

校长怎样收拾场面，全体老师总动员起来消毒，都不细说。

只是把这个贫农老大娘怎么办呢？什么"怎么"也没有，镇里生产队里连句响话也懒得说。从元帅到小干部都可以一撸到底，这些老贫农本来就在"底"上，还有什么地方好撸！若还有地方调调口味，巴不得。

娟娟爸爸爱做点小头生意，人也是个讲究和气生财的，就是在小头生意上有股子犟脾气。干部们偏偏爱抓他的生意经，吓他说：

"有地方放你。"

这个和气生财的人犟得来，竟随口答应：

"好道，有地方开饭了。"

到了这种地步，那"地方"不吓人了，土地爷儿真真不好当了。

有一天黄昏前，将黑未黑。矮凳桥街上西头独家经营的供销社，本来就"乌秋"，这时候和暗洞洞一样。推门闪进来一个人，柜台里的定睛一看，叫了声：

"李老师。"

进来的是李地，她下放在锯齿山林场劳动改造不知道多少年了，反正来时一个人，现在带着三个女孩子。个个好看和面人儿一样，街上的人都说罪过，偏偏三朵花开在"暗角落头"里。不过李地究竟戴着什么帽子，连林场的人也说不清。有年冬天，李地帮着街上办过扫盲班，从此街上的人，明公正道叫她李老师了。

李地闪到柜台前边，微微气喘，没事，这年月后生家也出气不匀。李地双手插兜，左右看看没人，倏地伸出右手，把个鸡蛋放在秤盘上。站柜台的不动，等着第二个。李地微微一笑，伸出左手一摊，空的。站柜台的看看那一个鸡蛋，花皮，潮湿。想是一路捏在手心里，手心一路出汗，不知是人虚还是心虚……站柜台的不多问，低头仔细慎重轻轻拨动秤锤……

正在毫厘计较的时候，李地飞快抓起鸡蛋，捏在拳头里，拳头插到衣兜里，人也退后两步，坐到凳子上。

站柜台的先也一惊，立刻听见门响，看见一前一后走进来两个人。前边的骨骼粗大，壮人新瘦，眼似青绿铜铃。后边的那位看不出来年纪，弯腰佝背像一朵虾米。这个样子跟着人走，街上的人说好拾个屁吃。

站柜台的年约三十，衣着整齐，招呼前边的道："队长，开完会了？"

队长要了一碗烧酒，端到靠街窗下方桌旁坐下，袖口里掉下一块番薯在桌面上。虾米觉着仿佛店堂里一亮，脚下不觉朝桌边蹭蹭。站柜台的也齐了口："队长今天高兴。"

队长拿指甲一小片一小片抠下番薯皮，喝一口烧酒，接上和虾米一路进来的话头：

"我不是和你说，人要知足，老古话说：知足福禄……"一般是说知足常乐，"……知足就是福，好比高桩柿……"

指的是站柜台的。原来这一位就是因高桩柿倒了霉的小干部，街上的人竟顺手拿来做了名号，这一位也答应如常。

"……高桩柿我们看他表现不错，担粪桶也担了有年数了，调他到供销社来帮帮忙。晒，也晒不着。淋，也淋不到身上。这就不用去想城里了，坐机关七长八短头发也白得快……"

队长抠下一小片一小片番薯皮，堆在桌板上，咬一小口番薯下一大口烧酒。

虾米一双眼睛不看酒，也不看番薯，那都是天鹅肉。只是盯着番薯皮，一边点头说：

"娟娟爸爸若是学学高桩柿就好了，嗨，哪里学得来呢，高桩柿有肚才，娟娟爸爸两眼墨黑……人倒还'条直'，只是爱做点小头生意，叫他不做偏偏做，偏偏犟……"

"犟是犟，人要吃饭也是'真生活'。我给他敲警钟：'有地方放你。'他随口答应：'有地方开饭了。'我嘴上不说，心里想：你做梦！真有地方开饭轮不着你，我先去了。我还和他说，你老娘在小学里放了屁，我们连句响话也不说，总不能把人家撸到外国去。你若是老实坐着喝番薯粥，多放几个屁也撸不着你。你做生意，好了，有得撸了，好了，生意生意，这回做出政治问题来了。娟娟断气的时候说：花生囤，花生囤。偏偏这个小人儿叫人心疼，满街传说花生囤，花生囤。我们听过去也就听过去了，乡下地方只晓得大老美土名叫作花旗，是个番邦。晓不得花旗也有个首都，首都就叫作花生囤……"

老古话说：听话听音。听音实是华盛顿。若争辩说音同字不同，好了，别人本来就是译音，什么字不字。这种事情本地倒有句土话，叫作"冤生孽结"。

队长喝了口烧酒，扭扭头，说：

"李老师，花旗的花生囤，你们是晓得的。"

正好李地发现裤脚管上有泥星，弯下腰来拍拍，不出声。虾米点着腰——本来应当是点头，他代替回答：

"晓得的，晓得的。"

"只怕高桩柿也心里有数。"

又正好这位站柜台的，回身擦着空空的货架。也是虾米点腰回答。

"有数的，有数的。"

队长咬块番薯在嘴里，嚼着说：

"上面问，你们那里打击自发势力，怎么一边打还一边发呢。缘故是你们没有大批判开路，典型材料摊出来一样多，你们只会推不晓得。花生囤华盛顿，你们当干部的都不晓得那是个什么地方，他们家才五岁的小丫头，临断气还要靠着华盛顿。五岁的孩子有什么脑筋，脑是有的，豆腐一样幼嫩，还没有生筋。这些歪藤八翘都是大人的缘故。娟娟的爸爸是个老牌自发势力，你们割过他几回尾巴？割一回长一回，比先还毛蓬蓬。不挖挖立场，挖不出自发根子，你们的'心气功'就都泡汤了。"

虾米立刻答应道：

"对，对，泡汤了泡汤了……"两眼朝李地高桩柿那里一溜，改口说道，"上面说的，上面的时辰准……"

队长三口酒下肚，一问一答学一段对话，问话的讲的是"正音"，答的是本地土话：

"'华盛顿，交代华盛顿。'

'没有花生囤，这又不能藏不能瞒的……'

'你没有？'

'没有。'

'真没有？'

'有，有，我卖过熬炒花生。'

'什么肮脏花生！'

'不肮脏，熬炒，卫生还是晓得的。'

'狡赖！'

'交代，交代。'

'扯蛋！'

'茶蛋，茶叶蛋吧？'

'花旗！'

'花皮？花皮一角六，白皮一角三，把茶叶一煮，白皮也当花皮卖，这是有的……'"

队长喝一大口，笑一大笑，青绿铜铃眼睛都闪出光来，说：

"这下好了，有救了。我们这些人做梦也梦不着花旗，华盛顿朝南朝北也不晓得，怎么批，翻过来倒过去也只有两句半。批判会又不能早散，总要开到太阳落山才像个样子。他交代出来卖茶叶蛋，我心里两百斤石头落了地。眼前正好收不着鸡蛋，大家守着鸡屁股，出来一半就伸手去接，藏起来私下卖了买油、盐、酱、醋。上面催任务和逼命一样。一说到蛋，这个会半天也开不完。闹闹热热眼见天黑下来了，我心里念声阿弥陀佛，好了，功德圆满了。开这个会，比担两百斤重担爬锯齿山还吃力，还不抿两口酒，散散筋骨。……"

队长喝干了酒，看见虾米一直盯着桌板上的番薯皮，一边站起来一边问道：

"你要？你吃？"

虾米连忙伸手去"掸"到手心里，解释说：

"喂鸡喂鸡，不喂不肯下蛋。"

一边又把肉头厚点的塞到自己嘴里。

队长说声酒钱过一会儿拿来，朝外走。虾米也弯着腰拾屁吃那样跟着走了。

屋里十分清静，高桩柿也不说话，只拿眼睛望着李地。

李地稍微静默一会儿，轻悄悄走到柜台前边，衣兜里伸出手来，再把那个鸡蛋放在秤盘上，只是更加潮湿。

高桩柿慎重拨动秤锤，又拨算盘珠，不多说一个字，只说：

"六分。"

说罢，拿起鸡蛋放进抽屉，静静望着李地。李地轻悄悄，但清清楚楚说：

"两分盐。"

高桩柿包一小包盐递给李地，在算盘上拨掉两个算盘珠，又静静等着李地再说话。

"两分——一分黑线一分白线好卖吗？"

高桩柿稍稍犹豫一下，回头在线圈里抽出三根黑线三根白线，拿张裁得巴掌大的旧报纸包了。李地说：

"难为你。"

高桩柿动动嘴唇，没有出声，只在算盘上又拨下两个珠子。

"一分石笔。"

高桩柿在石笔匣里拣了一支粗点的，也包了。这一笔小到不能再小的生意，在静悄悄中进行。本来这个数目用不着算盘，可是要严肃，要庄重，就要算盘在寂静中嗒嗒地帮衬着。

又拨掉一个，算盘上只剩下一个珠子。

"一分冰糖。"

高桩柿没有动手，望了李地一眼，说：

"冰糖是成块的，稍微动动凿子，五分也不止。"

"难为你包点末末吧。"

高桩柿望着李地，还是不动手。李地不再说话，也没有改变主意的样子。高桩柿认真开动脑筋，说：

"刚才鸡蛋是六分四厘，四舍五入，四就抹掉了。不过秤杆稍微软一软，就是六分五厘，五就入，一入就是七分。"

说着"啪"的一声真叫清脆，李地眼见，算盘上多了一个珠子。高桩柿宣布：

"现在还有两分，你拿个糖球走吧。"

"我要冰糖。"

高桩柿顺下眼睛看着柜台，不动手也不看李地。

李地轻悄悄地说出一番话来：

"我大女儿笑翼四岁的时候，看一本小人书叫作冰糖甜瓜，是一个童话故事。我们在屋边种过甜瓜，笑翼知道甜瓜是什么样子，就是不知道冰糖。我说是成块的、白的、半透明的、甜的，她要一块尝一尝，我没有办法，只好说，等你上学时候，给你。以后她把小人书翻烂了，也没有再提起过。三年过去了，上学那天，我给她整理了书包，背上。她说：妈妈，冰糖呢？原来都还记在小脑筋里。我只给她一个手指头，捏着，领她到学堂去。她眼光光跟着走，我只寻些别的话来岔开。现在上学也大半个学期了，昨天放学回来，说，妈妈，大家都吃过冰糖。说着，眼睛里渗出来两泡泪水，嚅着。原来老师讲到童话故事冰糖甜瓜，问了一声同学们，吃过冰糖吗？一片连声回答：吃过……"

高桩柿失声叫道："娟娟……"立刻又改口骂道，"该死！"立刻又解释说："我骂我自己。"又说，"我是说笑翼也是个好孩子。"

说着回身到货架上，在冰糖糖盘上，在碎末里挑了一片指甲盖般大，指甲盖般薄的，拿报纸包起来，小小心心，不可捏碎，还要包得四方整齐……

这时，听见门响，两个人都从眼角里看见了骨骼粗大的身影，高桩柿提高嗓门，说：

"李老师，你的孩子读书一定是好的，只怕你自己，比学堂里的老师还会教呢。"

李地也笑起来答应道：

"我还会教什么呢，认得的字都拌饭吃了。"

笑着和进来的队长点点头，朝外走了。

队长睁着青绿铜铃眼睛，走到柜台前边，把一个粗大拳头落在秤盘上。高桩柿脑筋飞转，准备应对。

那拳头收回去，秤盘上却是三个鸡蛋——娇小玲珑，倒像是鸽子蛋，不过的确是鸡蛋。高桩柿心里放下一块石头，用不着为李地编两句什么话了，朝着鸡蛋笑道：

"好秀气的小母鸡，叫人心疼。"

茶

这个故事长一点，牵连几个年代。故事中心却又是"开门七件事"中，末末一件："柴、米、油、盐、酱、醋、茶"的茶。

现在有人回想大约三十年前，有的地方是三五天，也有热闹两三个月的，但，算总账时大多是一个会上，叫作高潮的两三个小时，定了乾坤。

小礼堂、会议室、最穷的单位就把会客室装扮起来，点起单百支灯泡，铺起雪白桌布，泡起清茶，点起清烟，书记走进来拍肩膀，张三李四都是老战友好朋友，局长走进来递茶递烟，请大家团团圈圈坐起来清讲，清讲，仿佛清唱，字面上叫作鸣放。有把一句话做三句讲的，有语不惊人死不休，有把枕头边的眼泪，肚底角的心事端了出来……眼光光把自己讲了进去，眼光光把自己讲死了。

李地那个局里，先讲的是前门砌了花坛，没有地方打羽毛球。后门厨房里做的汤菜，缺盐少油，讲的听的都清太寡淡。挡不住单百支灯泡，烟、茶，和拍肩膀，讲到了局长身上，一下点着了干柴，烧起了烈火。

局长外号螃蟹。螃蟹有一对大钳，八条腿脚，口吐白沫，走路横爬。因此大家把团团坐着提意见，私下叫作掰螃蟹脚。

螃蟹这个外号，原是李地凭着少女的敏感，也是少女的糊涂，少女的想象力，也是少女的单条筋脱口而出的，不料不翼而飞了。天地良心，李地当时的依据，表现上是局长一讲话，就会有白沫在嘴角起泡。内底不过有一样说不得的心事。那是色迷迷伸过来一对钳子，吐着白沫，钳着了自己。再了不起也是"个人问题"，会上大家掰的八只脚横着爬，是些公事，李地有的不大同意，有的懵懵懂懂插不了嘴。

一天，灯下烟雾腾腾，有一位声泪俱下，歇下来调整呼吸，李地听见这边那边角落里，总有两三个人用力控制咽喉。顿觉得屋里的空气，只要划一根火柴，就会爆炸。恰恰在这时候，白桌布上有只手，从对面把一封信推到李地面前。对面坐着的是位支部委员。李地随手抽出信纸，一看，平平常常，不过是一个学校要请她去当辅导员，写信到局里来征求意见。可是信纸右上角有两行小字，不用看签名也认得是螃蟹的横字，说：李地有问题，还没有结论。真是一根火柴，点得心头火起。暗自叫道：这就是钳子、钳子。真想一拍桌子，火辣辣地统统叫出来。不过好比急火攻心，不免咽喉焦干，先要喝口水。恰恰面前的玻璃杯喝干了，只剩下茶叶在杯底。起身到门口，走廊那里靠墙放着张小桌子，桌上有热水瓶。李地倒了水，倒得急点，杯底的茶叶乱糟糟翻了上来，不能够马上喝下去。端着杯，等着茶叶沉一沉。那年，李地喝茶还没有讲究，茶叶也随便抓一把来就是。只见一片片在灯光里翻身，竟有几片闪闪着金属的光彩，仿佛镀锌镀镍镀汞的东西，这些东西是有毒的……李地的少女敏感，忽然跳到坐在对面的支委那里，觉得那眼睛里闪闪着的，就是这样的光彩。心里问道：难道也有毒？又自己回答：别人也是一种热心，不好这样随便怀疑。不过这种镀出来的光彩，至少是生硬，俗气，虚假……

为什么偏偏这个时候，当场当面把信递过来呢？是不是大家掰得虽说闹热，却都是小腿小脚，还没有掰钳子的。这一封信是掰钳子的材料。批的几个字里边，实有不能容忍的侮辱和陷害。这的确点得着一个少女的怒火，若是火花爆开，的确烧得起一场义愤——愤如焚。

这是当场当面递过火柴来了，不过他自己是个支委，为什么不自己来点呢？

他不能够吗？

一个少女就能够啦？

不点破钳子的居心，显不出螃蟹的可恶。点破了呢？对一个少女来说，无论如何是个丑闻。尽管女边水一样清，雪一样白，也还是丑闻。尽管大家支持女的，把口水吐到男边，也免不了是丑闻。过去有过把这种事拿到会场上抖开来，聪明的少女私下议论："呆大，官司打赢了也是蚀本生意。"这种事情对少女来说不是官司，正好发挥少女特长，叫胜利讪讪地挤进门来……

李地本来口干，这杯茶水却叫她恶心。啪地倒掉，换杯白开水，也咽不下去。用李地的话来说："白开水到了咽喉，和有渣的一样。"这这句话是从这里起的，从此讲究起茶叶来……

讲究茶叶，那是后话。不过这时想着茶叶，心火就退烧了。李地走回会场坐下，把那封信也从白桌布上，照样推回对面，轻声可又清楚地说道：

"这封信是给办公室的，不是给我个人的。"

对面的支部委员眼睛一眨，落下眼皮。坐在不远的螃蟹，正在面现诚恳，手脚勤快地记着提出来的意见，倒也有工夫留意这封推来推去的信，听见李地轻声的话，眼珠嘲李地一横，哟，李地看见了更加像是电镀出来的光彩。

不多天，局里忽然阴静了，走路无声，说话无元气。头头们都看不见了，关在小屋里熬夜，熬得眼睛和酒糟一样，研究出来就是那一天的会，是这个局的鸣放高潮。把那一天的表现，作为分配帽子的主要根据。螃蟹说：

"我看见把那封信递过去了，硬起头皮等候重型炮弹落下来，没想到李地倒还有组织观念。"

因此，李地没有摊到帽子。

现在有人把当年这些事，叫作"历史的误会"。还没有人把那些会，直接叫作误会——开了个什么会呀？开了个误会——没有这个说法，倒是可惜。

李地从此挑拣茶叶。也和多数外行差不多，先在名目上认真。"香片"、"毛尖"李地不喜欢，觉着俗。"旗枪"、"龙珠"也没胃口，太实。"雨前"好，叫人想起江南早春，山上朦朦胧胧滴得下水来。"雀舌"那意思和"毛尖"也差不多，可是叫人觉得幼嫩，灵巧，新鲜。

这时候，李地在锯齿山上听说一个故事。锯齿山是个山圈，圈里圈外少不了佛法道场，寺院庵堂。大地回春，新绿初吐。和尚尼姑把花生装满麻袋，挂在门口树上。黄昏，老猴子先来看过，一声呼啸，小猴子们从山岩上树丛里扑了出来，把麻袋抬着拖着背着走了。过了几天——一定会有这么一天，清早，和尚或是尼姑做罢晨课，推开山门，云雾朦胧中，看见麻袋重挂在原来的树杈上，立刻双掌合十：

"阿弥陀佛——吭噪，老猴子是个算盘精，今年的花生是有丁点空壳，你看就不把麻袋装满。"

说着走到露水滴答的树下，解下麻袋。麻袋里边，花生换作茶叶了。本地人情来往上的土话，叫作"回盘"。若照文理说作"以物易物"，那太生意经了。

这"回盘"的茶叶，是深山绝顶上的野生茶树，刚吐舌尖的新茶。那些地方常年云雾缭绕，个把采药的人非去采宝不可，也要带些花生把猴子作买路钱。

这茶叶也有名目，这名目把传说若隐若现，叫作云雾茶。有的茶叶清淡爽口，有的浓重苦味。这云雾茶多放点茶叶，到口发苦，转口发清；少放点茶叶，到口清爽，回味却浓。两者兼得，好像做官和作诗，两样都拿手。

矮凳桥老小都知道这个传说，说起来都有鼻头眼脑。不过要打听哪一位真真亲眼见过？他们就反问：这是军机大事吗？这样认真做什么？和尚都一个个勒令还了俗，讨老婆做生意去了，尼姑庵里晒着尿布。猴子现在只有动物园里还有几个，好比蹲在"孤老堂"里等死。现在不论矮凳桥还是锯齿山，都是钞票满天飞，留下个把神话传说听着就是了，你还认真？

要认真，就要认真抓钞票。和尚、尼姑、猴子都不见，云雾茶却有茶场养出来，茶厂做出来，不装麻袋装塑料袋，出国放洋都有份。今非昔比，寺院庵堂哪有这等阔气！

李地虽说没有摊着帽子，也难免下放劳动。这里三个月，那里小半年，等到锯齿山放个卫星办起林场，李地就树一样栽在山上了。

李地只晓得局里把她当包袱甩掉。她的身份干部不是干部，工人也不是工人。受审查又没有审着查着，没有帽子又顶着个不锈钢扳子："？"。

刚到锯齿山时，身上热气未尽，兴兴头头和后生家比着挖树坑，别人挖两个，她拼命也挖出一双来。夜里筋骨酸痛，还熬着给"战报"刻蜡板，得过场长的表扬。这位场长一身乌黑，不像是晒出来的，倒像是染缸的产品。偏偏脑门上有几个白点子，是白癜风吧，衬着黑皮好比黑夜的星星。

大家叫乌场长，不叫黑场长。本地土话乌和黑有一点区别。本来该黑的叫作黑，本来不应当黑却黑，叫作"乌了"，"乌抽了"，"乌干了"。乌场长爬山如走平地，两只脚自会步步高，用不着加大"肺"

门。他也拿锹拿镐，但来回走的时候多，拿尺量地，拿手指头数数，把大家脱在泥地上的汗衫收起来，搭到树杈上。把女的叫到一边，小声通知休"例假"——他能从面色上看出"例假"来吗？

卫星工程——引水上山刚刚开始，伙食已经紧张起来，干稀搭配，菜汤没有了油星。工地上的休息时间，由一支烟到两支烟、三支烟，还懒懒散散把哨子当作猫头鹰叫。

有天晚上李地印好"战报"，已是下半夜。这种"战报"油印单张，上有新闻有诗歌，凑巧连社论都会有的。自编自写自刻自印发行，讲究一人独吞。起初送到区里县里，广播站还会采用一段，后来就捆作一捆，塞在柜顶上或是床底下。起初工地上休息时，组长叫组里的文化人读一段，后来是卷烟、擦屁股派了实际用场。李地早把定期改作不定期，乌场长说："放卫星不出战报，好比哑佬娶亲。"催了三遍，李地才熬个夜出一张。

下半夜两点，李地摸回家合一合眼睛，路过厨房外边，看见有点火光，心想做早饭还早。走近一点，闻见油香。谁要是连吃半个月没有油星的菜汤，隔两里地，都能叫油香牵住鼻子走。李地不觉走近厨房，看出来有火光又没有灯光，自然放轻了脚步，不过两只脚还是叫油香哄着。走到门外，半开门，朝门缝里一看：乌场长坐在灶洞那里，那是烧火的位置，火已烧过，残留火光。两手都抓着油条，正朝嘴里塞，塞得满嘴，三十六个牙齿正如"战报"上的诗："猛打猛冲干干干，一鼓作气战战战。"

李地是见过世面的主顾，心不懂，肉不跳，细细观看起来。只见那张嘴能够张得畚斗一般大，火光里，手上脸上的乌皮都油光光，脑门上的几点白癜风都油星星。这几个白点本来早叫李地觉着怪异，只是吃一亏，长一智，没有心思起外号。不想意外的遭遇，叫老毛病发作，不禁要比方个什么还没有比方出来，眼角上又看见了一个人。

这人是个新媳妇，当姑娘时就叫作"雀跃"，也是矮凳桥的一朵花，现在厨房当火头军。什么叫"雀跃"？本地人一听就明白，翻作文字却又难得"落字"。只好请外地人望文生义，再稍加想象。

"雀跃"站在灶前，油锅已经收拾过了，手里拿着毛巾，是洗脸洗手吗？只见领口散开，暗里胸脯闪白，眼睛闪亮。"雀跃"生成一双眯眼，眯到闪亮时，好像那眼珠缩到洞里去了，洞中就有春情荡漾起来。

李地倒觉得好笑。这几年见识一多，以为若只是这样恶作恶作，不过是苦中作乐。李地悄悄走开，当作没有看见。

引水工程中有个硬仗要打，开一个山洞。有天中午，李地在洞口里边蹲着，量量尺寸打算写一条豪言壮语，好比说"叫山肚穿孔"。乌场长从外边进来，正好，火头军"雀跃"从洞里格格笑着跑出来，洞里嗡嗡了一阵，不知道是"雀跃"推了哪个男人一把，或者男人摸了"雀跃"一下……乌场长喝道：

"以后送饭送水，只用送到洞口。里边黑，摸不着碗，叫人乱摸、乱摸。"

两人都没有看见蹲着的李地。"雀跃"口念"战报"：

"送佛送到西天，送饭送到火线。"

眯上眼，哧哧笑，乌场长把她叫到身边来，就在洞口那里，又小声又着重交代了几句，李地只听见着重的几个音：

"……危险……会坍……"

李地一屁股坐在地上，这可不是恶作，是作恶了：转过来一想，说不定是这个乌龟吃醋嚼舌根……

打山洞越来越吃力，乌场长宣布把工程后期放的鱼塘，提前放干，改善伙食。放鱼塘本来是一件喜事，大人也跟小孩一样围着看，早早卷上裤腿，网兜拿在手里，水桶放在脚边。闲活多得很，说这个鱼塘下过几回鱼苗，鲫鱼多少，草鱼多少，白小鬼是数不清的……眼见水一寸寸放走了，没有一条鱼蹦一蹦，钻一钻，看的人都说不出话来。鱼塘露了底，只有烂泥，一条鱼毛也没有。你看我，我看你，小眼睛如铜铃，大眼睛如灯笼。疑心叫人偷了吧，哪个贼有本事偷得这样干净。是不是鱼瘟死完了，又没有人见过死鱼漂起来，鱼是不会钻到烂泥里去死的。剩下只有一句话：叫山魈"闪"走了！这句话又不好一口叫出来的，怕得罪了山魈，"闪"走自己家里的七长八短。

忽然，几个人一齐欢呼。烂泥中间，有个什么东西，拱了拱，袅了袅。嚯哟，总有猪儿那么大！啊呀，全身乌溜溜！呸噪，是一条鱼！一条大鱼！不等把鱼捉住，早看出来是条乌鲤，乌鲤！乌鲤是土名，大名叫作七星鱼吧。身上乌黑，脑门上有几点灰白点子。乌鲤乌鲤，这东西是水里的饕餮，会把一塘的鱼吃光。这东西脑门上有几个星，就有几条命。开了膛，摘了五脏，放到水里还会游着逃命。这东西外貌难为情，内里倒又白嫩、细腻、鲜美，炒作鱼片上得头等台盘。原是囫囵吞了同类做营养，养出来一身贼肉。

什么人都不怕的"雀跃"，却怕乌鲤。对什么人也有戒心的李地，却只把乌鲤当作一条鱼。李地帮厨做鱼，忙到天黑才开饭。

第二天早晨，李地起来先泡茶。这时候她已经把喝茶提到"开门七件事"之首。茶叶也专用云雾了。李地一手拿着玻璃杯，一手冲开水，只听得"崩"的一声，手上只剩下一圈杯口。开水烫着脚背，碧绿的茶叶和碎玻璃撒了一地。

李地一想，听人说过，做鱼吃鱼时拿过的玻璃杯，特别是胶多的大鱼，胶质粘到玻璃上，见开水会炸。这本来也是个做道理处，做到这里就够了。不料又带笑想道：乌鲤显灵了。

笑着，心头一跳，有个形象蹦起落下，落在另一个形象上边，两个重叠成一个。一个是乌鲤，一个是乌场长。这感觉本来放鱼塘时就蹦出来过，李地不等落下就甩开了。现在牢牢地重叠在心里。

五十年代李地把口吐白沫的局长，和螃蟹重叠在一起，弄得一世受用不尽。后来自下禁令，每到禁令边缘，自会汗毛倒竖。不想这回一炸玻璃杯，又炸出来一个重叠，自己的脚骨都软了。

上班钟响，也仿佛隔山隔水。李地站不起来，也不想勉强站起来。

站队的哨子吹过去又吹过来——当时实行"军事化"。李地心里叫道：乌鲤，乌鲤，会吃同类，会把林场全吃下去，吃得乌皮油光光，皮里的肉细腻白嫩，脑门上星星闪闪……

李地瘫在椅子上，大约两个钟头，听见轰隆隆一片声响，李地也没有警觉。接着人声叫喊，脚步杂乱，皇天三宝都哭出来了……

山洞坍方。上班的人只跑出来几个，乌场长也埋在里边了。"雀跃"送水到洞口，没有朝外跑，倒朝里钻，也受了伤。

惊动了矮凳桥镇上，组织力量抢救。到了第二天下午，听见里面有声音朝外挖，赶紧对着声音朝里刨。两边一打通，只见朝外挖的就是乌场长。他又缩回去，把受伤的搭出来，把死了的抬出来，自己最后走出来。只有他一个人手脚齐全。真是有几个星有几条命，真是个乌鲤。他看见李地，神志清醒，说了句别人还没有想到的话：

"你天天上班，偏偏今天请假。命里有救星。"

从这以后，李地三顿饭放下饭碗，都要泡一杯云雾，水要新开，杯要玻璃杯。不为解渴，为的看一眼碧绿的茶水，还有茶叶的浮沉。就是忙得腿肚子朝前，或是心乱塞着一团麻。端起玻璃杯，腿肚子也会正过来，心口那团麻也会化开了。

光阴好像流水。李地不明不白落在锯齿山的光阴，正如矮凳桥溪，日夜哈哈哈地哈着气，幽静里有阴森，平坦里埋伏着礁石和石头滩，还有那神秘的桥洞。李地喝着茶，管自生下三个女儿，一个个"十八变"才变到一半，就叫锯齿山和矮凳桥街上都说：要把后生家想死了。

所有的辛苦，所有的烦恼，所有的乐趣，仿佛都是一杯清茶做主。这茶里的缘故，李地却又深藏连和女儿也不说。暗想这才叫作不解之缘。解不开，也不好解释。

山林荒僻。十年浩劫落到锯齿山山口林场的时候，乌场长已经"闻风而动"，到矮凳桥镇上造反去了。成了造反派。

老古话说："在劫难逃"。矮凳桥，锯齿山，无处不在劫中，想逃也无地缝好钻。一天，山上也贴出了"第一张大字报"。贴的地方也和许多单位一样——饭堂。林业工人手粗，字写得叉手叉脚，又舍得用墨，墨水眼泪鼻涕一样挂下来。最后一句也是传遍全中国的之乎者也："何其毒也"，外带西方引进的"！"。

外边的世界已经走进敲锣打鼓，迎接最高指示阶段。林场的"第一张大字报"虽说姗姗来迟，好比俗话说的拜一个晚年，究竟也带来做喜事的兴头。饭堂里走进走出，无不在大字报前面站一站，无不笑起来，无不一张嘴的两个功能同时使用——又吃饭又讲话。当场就有张三李四，要写这个那个贴一贴。有斗大的字认不得几升的，当场寻着李地"代书"。"代书"原是一行生意，要讲价钱的。这时群众手里擎着个大题目：支持不支持革命？无价钱好讲。李地先是沉默，等到众人的眼睛盯在她身上了，才笑笑，大声叫和乌场长近的远的人都听得见！用反问口气表了态：

"我吃了大猫胆子吗？还敢不支持革命？"

其实李地的血，早几天就热起来了。本来喝了这么多年的清茶，自以为里外都已清净淡薄。哪晓得自己的血里面，好像有生成的发热基因。李地由给不识字的"代书"，发展到给识字的"代抄"。"代书"的都是三言两语，土话叫作顶心拳的。"代抄"就有引经据典，下笔千言，离题万里的批判文章。李地都放下细心，照着原话，又把自己的思想掺进去。这种时候，李地心跳，觉着热血好比在地下的河流里翻滚起来。

李地计算：这是自己第三次血热。第一次在五十年代，第二次在六十年代前后脚。这第三次不由自己，仿佛是叫"热头气"熏热了。

李地在大家眼里起码是个犯错误干部，起码！有人还说她看起来文静，待人"细漾漾"，其实是个拉硬屎堆的。弄得像个没有娘的孩子，掼在山场上谁也不管。也只有乌场长这样的角色，有伎俩派她当生产组长。现在别人闹革命没有工夫生产，也还只有李地不能眼看着小树干死了，老树叫虫吃了，自己加班加点浇水打药。里里外外，又支持革命，又支持生产，忙得日夜颠倒。闹生产的可怜她的可笑，闹革命的可笑她的可怜。

她的大女儿笑翼二女儿笑耳，住在矮凳桥中学宿舍里，放假才回家，小女儿笑杉也托给林场幼儿园。她自己天天夜里摸黑回家，连壶开水也懒得烧，扑到床上就眯过去了。早晨有时候月亮还挂在天边，就有人来叫门。那天有人叫了叫跑了，李地抬抬身体又放倒，半醒未醒。跟着又有人擂门，叫道：

"快走快走，集合集合……"

边叫又边走了。什么事情这样紧急？若是平时不是失火也是走水。这些日子大人都犯小孩子脾气，动不动有股子"人来疯"劲头。走两步路，也像是穿着外婆才送过来的新鞋。

李地支撑着起床，烧开了水，洗了洗玻璃杯，没有吃鱼，也少不得洗一洗。多放点茶叶，正要平日那样端到饭桌边上，眼睛却落在衣柜角落里。这是衣柜和书架中间的空地，一尺多宽，派不了用场。站个人进去，也像站在站笼里。这个角落天天在眼面前，偏偏这一天吸住了眼睛。初冬新上山的太阳，从窗户上格斜着进来，红红的、落在黄黄的衣柜上。好像是新发现的：平和，暖和，温和……怎么早先没坐到这来喝茶？

李地拿张小板凳塞进角落，把自己贴着衣柜缩进去坐下，好比小孩子玩"藏猫"。把玻璃杯放在书架上，碧绿的水色正好在眼前……

一片童心，忽然无端，如雾，是升起也是落下。

在那悠悠的年月，冬天，老人和小孩都要寻个背风地方晒太阳，一晒半天半天，土话叫作"晒晒暖"。老人晒着过去，小孩晒着未来，其实正晒着的是现在。有过去和未来好晒，现在的艰难就晒淡了，现在的纷乱也晒化了。现在，暂时，又暖和又安静……本地人不论在什么时候，一提"晒晒暖"，就会出现静定的微笑。

云雾茶泡开了，深山野岭上，新春的嫩绿化在杯里水里。茶叶经过滚热的冲击，经过变形变色的混乱，现在静定在嫩绿的水底，有的在沉思过去，有的冥想未来，有的还悠悠地上下飘浮，懵懵地左右横移，不过，全都暂时静定。

外边有七八个人，有男有女，一阵风一样竟撞开大门，叫道：

"李地李地，出来出来，快走快走。"

一个女的求着人说："我要煮饭……"

不等说完，一个男的喝道：

"都要去都要去，一个也不能少。"

说着推开了屋门，衣柜挡着眼睛，女的说：

"咦，没有人。"

"只怕上山了。"

那个男人下命令说:"到山上叫去,眼见树死了,也要去矮凳桥。快走快走。"

李地心头一跳:当真,响来响去的雷还是打下来了,到矮凳桥揪乌场长去了。

李地一点劲头也没有,一声不响,听着七八个人乱糟糟走远了。只觉得多少天来的肌肉板结也随着柔软了,紧张的神经也随着松散了……

老托尔斯泰在小说里提过一个问题,人究竟需要多少土地,结尾是只需要躺得下来那么大。中国老古话常说一抔土,一个土馒头。本地土话有把人叫作馒头心——就是馒头馅儿。若这么说,现在提倡火葬,土馒头都用不着,立锥之地都不需要。

现在需要的,是静定。永久的静定是死亡,暂时的静定是生命的滋味。人要生活、要工作、要斗争、要前进,这些是不管需要不需要,一定会来到。"树欲静,而风不止。"阿门!此时若问需要,李地的回答是:静定。实际倒也容易,只要一杯绿茶,一个衣柜角落。

李地静定了一天。夜里听说这天到矮凳桥去揪乌场长,人家在那里已经有了战斗组织,占了座楼房,挂了棺材板——本地人用这三个字称呼衙门牌牌。乌场长躲在三层楼上,楼下有把守大门的,只准推三个代表进去。大家站在门口喊"语录","语录"喊不应,也不知道谁先动手,轰隆打了起来,楼上朝下掼石头,浇开水,大门口抢棍棒,放鸟枪、气枪。这边组织进攻,叫着冲呀,跟我来,"下定决心,不怕牺牲"呀。砍刀、梭镖、扁担,还有双响炮仗。轮番冲锋,冲进大门,一层一层朝上打……说的人说不过来了,就说:和电影上演的一模一样。也有伤亡。

第二天，叫李地去开大会。一进饭堂，满眼是花花绿绿的纸张：横标，直标，大字报，小字报。纸张上，满眼是"×"，顺写的名字上有"×"，倒写的也有"×"，大人物上打"×"，小头头上也是"×"。黑墨的"×"挂下来点点黑泪，红墨的"×"流着条条红血。这个"×"不过两笔，若是一横一直就是红十字，叫人觉着和平。若是一上一下平行，是公正的等号。为什么一交叉，就杀气腾腾？不知道多少年前，把人绑上法场去杀头，背上插的"监斩牌"就打着"×"。也许还要早得多，是上古的巫发明的"×"，巫这个字里就藏着两个"×"……一开门，风灌进来，"××"飘飘忽忽，"××"窸窸窣窣。前两天还是做喜事的兴头，一下儿变做办丧事的灵堂。

原本有一个一步高的讲台，现在坐着站着造反派。台口是乌场长，叉开腿，弯着腰，两手朝后上举，叫作喷气式。身上挂满红绿纸条，条条有"×"。头戴一只铅桶，铅桶也打着"×"……满眼的"×"，满屋的"×"。

李地看不见乌场长的眼睛，只见乌黑的脑门上，那白癜风好像也是个"×"，朝地上滴着汗珠。

叫着口号，叫着名字上台陪斗，竟看见了早已不在伙房的"雀跃"。"雀跃"才朝前走一步，有人朝她头上套下一串破鞋，皮的、塑料的，还有烂糟糟的草鞋，臭烘烘的小脚鞋。"雀跃"挺挺胸，抖抖肩膀，有人拿粉笔在她背上打了个大"×"。"雀跃"一步上台，扭了扭腰肢，走出两步"台步"。也有人喝彩，笑，骂出下身来。

台上问什么话，乌场长用力抬抬头回答，李地这才看见了他的眼睛，那乌油油汗水淋淋中间的眼睛，竟是静定的！

李地心里一凉，不禁看看周围，周围的眼睛上都是"×"，都是"×"，凶狠的，刁钻的，笨头笨脑的，糊里糊涂的，恶作的，狂热的，嬉笑的，滴着黑泪的，流着红血的，各色各样的"×"们。偏偏只有这个会吃光同类的，叫七手八脚抓住，只差开膛的乌鲤，那眼神，嘿，静定！当真会有七条八条命，开了膛也会游出去丈把两丈远？

李地眼花头晕，偷偷朝后缩，摸着墙摸出饭堂。

以后也有人要揪李地，要抄她的家，要她交代问题。倒也有人拉她参加战斗组，叫她"代书""代抄"一起打派仗。李地都笑笑，只管上山浇水、打药、松土、剪枝。一早一晚在衣柜角落里坐一坐，泡杯云雾茶，看看颜色浮沉，过过口。

可怜和可笑她的人，倒都认为既是贱骨头，随她自贱去好了。从此锯齿山上都叫作翻天覆地的种种事情，在她，也近在眼前远在天边了。

一个头上顶着不锈钢扳子的人，竟平安过"劫"。"开门七件事"，茶算老几？

梦

这个故事发生在八十年代，也就是眼面前的事。

眼面前的矮凳桥忽然变作花花世界，叫老人家都不放心，擦擦见风流泪的眼睛，仔细看看，哟，花花朵朵脚下，还是陈年八代的破砖头烂泥，老伙计都还在这里。生意场上，老古话都造反一样兴头了："无酒不成市"，"烟酒不分家"，"烟酒开路"。酒楼饭馆的墙上、门上、窗上，竟有骚人墨客题道："话不投机因无肉，人逢知己是有酒。""宁可居无竹，不可食无肉。""店小名气大，酒好醉人多。"街上铺路的石板，也软绵绵暖昏昏，人踏上去，脚底心先就醉意矇眬，春情荡漾了。

从酒楼里走出来的人们，又分等各别。有的虽说气色飞红，但神志冷静，手脚机灵，他们爱靠近街边走，三步五步一闪，钻到自家店面里去了。这些是东道主，是到酒楼放血的。有的把中山装散着领口当西装穿，有把西装连衬衣卷起袖口好划拳，好从汤汤卤卤上边过，是穿中装的办法。这些人嘴里衔着牙签，还衔香烟，还要翻转舌头北调南腔，他们是批发客人，在街上横着走过来，斜着走过去。还有的整整齐齐穿一身蓝布或是灰布制服，虽说红光满面油光满嘴唇，却摆出来全无滋味应付差事的面孔，爱走街中央，不慌不忙。就是万头攒动，蚂蚁也没有缝好钻的地方，他们走过去，自然会闪出一条路来。这是本地的大小官员，花花朵朵在他们眼里，好比豆腐咸菜。不过心里打的什么主意，老百姓猜也不晓得从哪里猜起。方德贵县长是个"酒龙"，喝老酒和喝水一样，现在肚子胀胀的过街到镇委会去，心里说：

"你们看看吧，矮凳桥不叫矮凳桥，叫作小香港了。再不扳扳车头，明天就会比香港还香港。"

通用局长跟在后边，这位是小酒人，大吃家。白鸡烧鹅原是命，见了海参鱼翅会把命也革了。他走过一座三层木头楼房，眼角里看见挂起一块油漆新招牌。不及细看，却警觉这是女镇长李地的大女儿赚下来的房子，楼下的店面是二女儿经营着，老招牌叫作"酢艋舟"，你说奇不奇，花样经多得很，这块新招牌少不得有本戏好唱。……心里一跳，叫声啊呀！我们这个公审大会准备了三个月，从头到尾都没法子瞒着李地，那原是专门放在她的镇上开，压一压矮凳桥的"热头气"，瞒不得镇长。为了扩大教育作用，还有陪斗、听斗。分别对待——这一套局长是熟路，在脑筋里油炒荸荠一样又滑溜又清脆。李地的大女婿憨憨陪斗逃也逃不了，和小女儿来来往往的车钻，只怕也是指名到会听斗的角色。没有点到大女儿笑翼头上，已经算是留个面子给祖公爷。不过这些人都是有翅膀的人物——先前叫作尾巴，现在尾巴变作翅膀了。我们这里审出个天来，他们也只看作草帽般大。我们这里还没有审，他们那里倒挂出新招牌来了。可惜刚才直起眼睛摆架子，没有看清楚。现在若是回头去看，去看就显出特别关心了。现在的事很难说，你说香港是臭的，他说是香的，又有的说也香也臭，还有说香的拿进来，臭的踢出去……这都说不清，也还说不定，先开只眼闭只眼稳当点，等"热头气"过一过好商量。

局长好脑筋，牛皮筋样转得过来扭得过去……这"热头气"是本地土话，原是南方夏天的太阳，会把地面晒出气味来，不但皮肤觉着烫，还会钻到鼻孔里，又打不出喷嚏。

一行官员一步是一步地走到镇政府，上楼，走进会议室。不比街上，楼梯和楼道都属政府机关。这里有自然习惯，或是习惯成自然。要鱼贯而行，顺序而进。这天是方德贵县长官位最高，自然他领头。后边是局长，局长不只一个，通用局长明显地资格最老，自然行二……

镇办公室主任是位刚转业的军人，还穿着草绿衣服。偏偏文静，招呼大家坐下，细声说话，大家听不清也用不着听清，知道是招呼就是了。有个女孩子泡了茶来，主任就帮着端茶杯，自然，第一杯端到方县长面前，方县长问道：

"李镇长呢？"

当兵的主任恭恭敬敬回了句话，这句话方县长是要听清的，也还是听不清。照旧想道：李镇长呢？

主任回身去端第二杯茶送给通用局长，局长也问："李镇长呢？"

主任也恭恭敬敬回了一句，局长听出来是"喝茶喝茶"。想道：李地是喝好茶的。朝茶杯里一看颜色，却是大路货。当兵的主任再端第三杯，以下就是女孩子帮着端了。这女孩子穿紧身套裙，——这裙看也还好看，就是名字叫人笑：包臀裙。光生生丝袜，空落落高跟鞋——"港式"，比一屋子的领导都阔气。

"李镇长呢？"方县长还在反复想着这句话。

主任看看在座的都有了茶了，才说：

"李镇长县里去了……"

话才半句，县长局长还有这个长那个长都在酒后，接二连三抢出问题来，当兵的主任也不作兴提高点嗓门，下边的话就谁也听不见了。只听见大家说：

"叫我们来开会，她倒走了。"

"她是不想开这个会。"

"怕动手术。"

"俗话说，开刀千好万好，也伤元气。"

七嘴八舌中，当兵的主任有一句话落在夹缝里，叫大家听见了：

"……调查组把镇长叫了去……"

通用局长立刻不说话，找一张元宝式的单人大沙发坐下，他"通用"了二十多年，好像只有这一回的调查组"用"不"通"。来的人单位很大，大到顶在天子脚下。年纪又小，行动像个"老插"。通用局长这回摸不着底细了。

别的长们有的端起茶杯，有的剔牙齿、打饱嗝、揉肚子。方县长也选一张元宝式单人沙发，这两张沙发若合在一张，正好是个大元宝。现在分开对面放着，方县长坐下时想道："调查组把镇长叫去了……"他在元宝里半躺下来，和对面通用局长差不多是脚碰脚。继续想道：

"调查组把镇长叫去了，调查组把……"

"港式"女孩子走进来，在主任耳朵边说了几句话，这位当兵的轻轻宣布道："来了电话，调查组和镇长动身回来了，请大家稍等。"

有几位走出屋子自寻方便。方县长半躺着努力想道："调查组和镇长动身回来了……"酒力悄悄地爬上来摸着脑力，县长还挣扎着想道："调查组和镇长动身回来了，调查组——"他的思路是原地踏步。忽然呼噜一声打了个鼾，自己听着也像猪拱槽头，也还接下去想道："——和镇长动身回来……"以后就自己不知道自己了。

通用局长也半躺在元宝沙发里，心里转着圈子，他知道转圈子是自己的拿手好戏，通用了二十多年……张三十个肖梨，卖五个给李四，五个给王五，也还是十个，没有多出一个来，没有创造财富——一圈。张三十个肖梨，没有卖出去，李四王五没有肖梨吃，张三吃不完，烂掉，等于没有十个肖梨，没有财富——又一圈。张三十个肖梨，卖把李四，李四卖把王五、张三李四王五都赚了钞票，肖梨十个还是十个，钞票哪里来——又又一圈。张三、李四、王五都自做自吃，不买不卖，天下太平——转回去半圈。做肥料的吃肥料？做锄头的吃锄头吗？——又转回去，转到哪里了？把人都转糊涂了，脑筋也转不动了，哪里了？糊涂了……

均匀的鼾声，烟、酒、肉混合的气味，空气也沉甸甸，光线也昏昏沉沉起来。会议室好比沉睡的山洞。

只有当兵的主任坐在桌子边上，抓紧时间看着几张表格。表格联系着外边的花花世界，那世界里日新月异的花样经。屋里沉沉，连时间也中了魔法"定"死了……主任听见有人咬牙、磨牙床，有人咕噜咕噜。啊，这里还有一个睡梦里的世界，在那里大脑细胞没有休息。也可能有激烈的争吵，可能转出个圈套叫别人钻，钻了进去就出不来。

可能原地踏步的飞起一脚，踢别人一筋斗。可能把酒当水喝，把水当钱花，把钱当肉吃，把别人的肉贴在自己身上，把自己的肉腊起来……

忽然，通地，方德贵县长从元宝沙发里跳起来，主任从来没有见过县长有这样大的劲头，这样猛的动作。县长用力睁眼睛，也只睁开一条缝，胸脯大起大落真是风箱一样……

主任秉性文静，虽说吃惊不小，却还没有叫出声来。倒是想着过去拍一拍县长，扶他坐下，不过没有来得及……

通地，对面元宝沙发上的通用局长，也直挺挺跃起来，两眼半开，紧咬牙床，腮帮蹦筋。县长和局长，这样面对面站着。

主任的两条腿，一时竟不听指挥，支不起身体。

突然，只见县长飞起右手，一个巴掌拍在局长脸上，那是拍得死一个乒乓球的。忽然，局长也飞起右手，一巴掌仿佛打条蜈蚣，闪电般落到县长脸上。

主任叫了声天，没声音，连声带也吓哑了。

不过，不要紧，两个人都只是眯着眼睛，喘着粗气，一，二，三，竟同时朝后边一坐，又都半躺在元宝沙发里，胸脯起落，呼呼沉睡。

当兵的主任眼见屋里又是昏沉沉的岩洞，空气凝固，时间叫魔法钉死。……不觉起了疑心，莫非自己在做梦？或是在人家的梦里充当了见证人？低头看看表格，已经捏成纸团，赶紧摊到桌上，伸开手掌烫平，手心冷汗水湿。

主任盯着表格，表格上的字一个也看不进去。自己的心思倒走出来了，一丝丝地钻进了表格，条理分明起来。第一格是这两位都在做梦。第二格填着两人做了同样的梦，即两人同在一个梦中。这事虽说稀奇，却常有听说。括弧：（今日得见，如中头彩。）第三格上写着问题：为什么互打巴掌？查此二人并无打巴掌之历史背景及现实因素。

再有些推测之词，只能填到备考里去：若掌打李镇长，倒有蛛丝马迹。不但可以意会，且有言传在耳。然事属太虚梦境，实难外调。若非取得二人以上之直接证明不可，目前只可入档暗挂……

这时，"港式"女孩子推开门，在门口招呼：

"来了，来了。"

立刻皱皱眉头，登登地走进屋里，"啪啦"打开一扇窗户，"啪啦"再打开打开……

主任随着清醒过来，起身叫道：

"来了来了。"

睡着的都睁开了眼睛，听见楼梯那里有两三个人的脚步声——是笑着说着走过来了。

打头走进屋子的是调查组长，这时屋里的人全都起立而向门口。方县长只是垂手站着，没有近上前去，别人也只好先不动步。方县长面露笑容，却把眼皮奄下来望着地面。这位调查组长实在太年轻了，长头发乱蓬蓬的简直是个"老插"，方县长不忍细看。

通用局长只好从县长身后轻悄悄走开点，仿佛无意中发现自己站在最前边，这才慌忙抢两步去握手。

跟在后面进来的就是女镇长李地，今天不穿天天穿的深蓝制服，穿了一身白西装白运动衫，竟有女大学生的派头，连眼睛也开着花，气色热腾腾红扑扑，莫非血也烧开起花了。

等到大家次序坐定，调查组长笑道：

"对不起，让大家久等了。因为发生了一件意外又不意外的事情，李地同志拿来一个报告：辞职。辞掉镇长，去当舴艋舟纽扣工艺公司经理……"

通用局长脑子里一闪：街上李地女儿楼门口，那块看见又没有看清楚的新招牌……

"……这件事情我做不了主，带她到县里找书记，书记基本同意了。"调查组长回头和李地说，"是有条件的，你不要只管笑。"

李地还是笑着不说话。

方县长想道："辞职。"再想道："辞职。"这两个字的意思那是明明白白的，不过当了几十年干部，不但自己没有用过，也没有批过这两个字的报告。因此继续想道："辞职……"

通用局长本来拿手的是转圈子，心里已经演习过成串的圈子了。这一个辞职，却哪个圈子也圈不进去。仿佛一闪，闪到了大小圈子外边，因此嘴巴也生锈转不动了。

调查组长看看场面，和李地说：

"你说两句吧，提供点情况帮助大家思考。"

李地点点头，伸手去拿桌上的茶杯，她若说点有斤两的话，总是先喝口茶的。站在她身后的"港式"女孩子，碰碰她的肩头，递上来李地专用的玻璃杯，泡好了她自备的云雾茶，李地看着碧绿的水色，收起了笑容，不忙开口。

"港式"女孩子又在她耳边说了句什么，李地也点点头。女孩子回身打开靠墙的柜子，搬出一摞塑料盒子，每个盒子上都有一张大红请帖。主任也站起来，帮着一份一份送给大家。自然，没有规矩，不成方圆，第一份先送到方县长面前。

大红帖子印着金字，是公司开张喜帖。这样讲究的帖子拿在内行人手里，那是闻得见山珍海味、茅台白兰地的，不禁内分泌袅袅地暗自活动起来了。

只有通用局长注意到，定的日子，恰好是暗中准备开公审大会那一天，他眼皮一眨，心头原地转了个一百八十度。

塑料盒子是透明的，里面五彩斑斓，主任、女孩子都说："样品样品。"

李地补充说："也是纪念品，纪念品。"

里面粉红丝绒垫上，别着十二个圆形纽扣，纽扣是木头浮雕着动物，一个一样，正好是十二生肖。颜色和形象都和动物的本色又像又不像，也不知是什么派。现代派和民族传统到了分不清的地步，若用现在作兴的话来说，说得生意经一点，叫作"高档"。说得理论经一点，是"启示力的厚度"云云……不过这屋里的人都不管这些，这点点木头是什么派也不值一文钱，那闪亮的托子怕是好东西，不像电镀，若是银子就值钱了。

十二生肖中间，还嵌着一个竹片雕刻的鲤鱼，鱼头鱼尾部极力上翘，鱼身弯得像虾一样。这是跃龙门的腾飞鱼，也是吉庆有余的谐音鱼，是装饰的艺术鱼，可以扣在领口，可以别在小孩的帽子上……竹片算什么，那竹片身上网着金丝网，网眼正好是鱼鳞。金丝当然是合金吧，若是开金，那还了得！

大家研究的结果，无论如何都是贵重的礼物。喉咙痒痒的要说话，只等方县长先开一开口。好顺序而言。方县长看看左手的帖子，看看右手的盒子，原先准备下的当面锣对面鼓，全用不得了，想道："想个新词。"想着说道：

"恭喜恭喜。"

老古话说：千锤打锣，一锤定音。其实应当颠倒过来，一锤定音，千锤才好打起锣来，屋里响起了一片的喜言喜语。通用局长一口称赞竹木工艺，无视金银。

调查组长这位"老插"也喜洋洋地和李地说：

"我看你总有两三天睡不好觉了。书记一同意，你一上车就睡着了。才有现在的精神头。"

李地盯着碧绿的茶水，好像反问自己：

"我才两三天睡不好吗？"

"这一点观察能力还是有的，一路上你睡得香是香，不过也不老实，又皱眉也咬牙，好像和人相吵相打。"

"我做了个梦。"

当兵的主任听说做梦，嗖地插上来问道：

"是个噩梦吧。"

李地晃晃茶杯，看看茶叶浮沉，才回道：

"噩梦还是好梦，有时候也分不清。"

这一来，大家都安静下来。从小的时候也是从古时候起，听人说梦总比眼前的流水账有味道。

李地放下茶杯，抬起眼睛，雪白的西装衬得脸如火盘，说：

"我梦见方县长打我一巴掌，我一闪，巴掌落在老局长脸上。"

主任倒吸一口冷气，别人抢着问道：

"怎么打起巴掌来了？"

方县长通地站起来，摇手道：

"做梦，做梦，做梦嘛，有什么凭据！"

李地面带笑容，接下去说道：

"老局长也打我一巴掌，我也是一闪，又落在方县长脸上。"

通用局长也通地站起来，拍着巴掌圆梦道：

"喜事喜事，拍巴掌了嘛。"

当兵的主任说不出话来，只指着成对站着的那两位。"港式"女孩子失声叫了个"呀！"

大家这才看见县长和局长的脸上，一模一样五个指头印，都在左边，都胭脂红。

乡镇上有财政局民政局邮政局……没有通用局。只因老局长什么局都干过，常常不清楚他现在任哪个局，背后叫作通用局长稳当点。通用两个字是从全国通用粮票那里借过来的，有凭有据，不是空口白话。

<h1 style="text-align:center">爱</h1>

这个故事不论年代。

李地早熟，当中学生时节就有一个思想：这个世界上，没有爱情。那时节她看世界，还好比老古话说的"雾中看花"。每当雾腾腾中闪出这么个冷冰冰的思想，她总是心惊肉跳，把雾也冲散了，花也谢了，血也凉了，真是可怕极了。

其实没有来由，也没有故事。若勉强凑凑，也凑得出来几个情节。若把这些情节认真当起事情来，又只会叫人可笑，离可怕远得不搭界。她还分不清什么是爱一个英雄，什么叫爱一个男人，就有一个英雄，照现在作兴的说法是：走进了她的生活。

这个英雄神出鬼没，领导着学生为民主、为解放斗争。

春天，淡淡阳光，毛毛细雨。公园里树木失修，河岸倒坍。龙爪槐本当像一把伞，卧地松本当是游龙，现在都断肢缺腿，乱蓬蓬。只因季节、气候，还有人都看不起又都看不透的泥土，草木尽情生长，失修倒茂盛，残缺偏偏厚墩墩。那转弯角落上，碎石头烂泥成堆，堆上钻出来山茶花，一枝一簇，薄薄的花瓣，粉红的颜色洒着血红的斑点，这样的光彩照人，这样戳眼的生命力，在这样破公园里，分外叫人觉着寂寞了。

有一张折断了靠手的长椅，李地坐下来等候英雄的到来，中学生的深蓝制服袖口，拆开了一条线，藏着一个密写的纸卷。

英雄走来了，散着的风衣飘飘的，暗红的气色，明亮的眼睛，淡淡的阳光照着，一笑，花开了一样。

英雄在李地身边坐下，李地抽出纸卷，偷偷塞过去时，觉着手在抖，手心汗湿淋淋。

听见背后？树后？石头烂泥堆后？不知道哪里有人声，脚步声，英雄伸手搂过李地的肩膀，偏过头来，把嘴巴贴在李地的嘴唇上。

李地没有缩一缩，没有推一推。照理说，这是严重又神圣的需要，这是掩护。

英雄又说了几句话，但李地模模糊糊听不到耳朵里去了。英雄前后看看，站起来飘飘地走开。

这究竟是少女第一回头一个吻！

李地软瘫在长椅上，全身发热，看着烂泥上的山茶花。想到自己一定直到耳朵根，也那样红，红出血点子来——这一簇簇山茶，一生一世印在脑髓里了。

过些日子，李地拿着块布，夹着纸卷，到城边一间裁缝店里找英雄。那是单间店面，裁衣桌板占了一半地方，一台缝纫机又占了小一半。裁缝出门两天了，只有一个徒弟踏着机器。李地说声过两天再来，回头要走。不过她来过几回，是熟人。那徒弟停下缝纫机，做了个鬼脸，嘴巴朝楼上一歪，又踏起机器来。

李地本应当不理，一种说不清的缘故，竟叫她没有考虑规定，没有划算危险不危险，连想也没有多想，侧身走过裁衣桌板，后面有个又小又黑又陡的楼梯。李地上了楼，上面却是弯弯曲曲、有阔有狭的走廊，说不清有几个楼口，有几个房门。李地没有上过楼，走廊里没有人，李地也不出声，凭着说不清的直觉，朝右手转角上走去，正好，那里的房门半开。李地朝里看了一眼，多不过两三秒钟，全部看清楚了，或是凭一个少女的敏感，全部感觉到了。李地猛烈一步闪开，接着是两腿摇铃，扶着扶手下楼，楼梯好像风中小船。

李地看见的是：桌上汤汤水水，鸡骨头鱼骨头，床上斜着裁缝的年轻老婆，一个乡下美人，面上红喷喷，身上红花裤头，白生生两条光腿。英雄坐在床前板凳上，捧着美人的赤脚，勾背，偏头，拿着剪刀修剪脚指甲……

难道这也是为了那神圣的需要，为了掩护？李地不能想象，也不能追根寻底。只是公园里飘飘的英雄形象变化了，变作佝偻着的肮里肮脏的角色。

过两年，英雄在枪弹下，叫着口号牺牲。他的事迹现在写在纪念册里，的确是个英雄。公园里和裁缝店楼上，也的确用不着写出来。

不过李地想着：理想、责任、正义、牺牲都是有的，还有道德也应当有，多看看也看得见有在那里。只是爱情，这个世界上寻不着了。

转眼李地当了干部，转眼当了科长，在科长的靠背椅上，还没有坐稳当，转眼倒了霉。一倒二十年，李地不耽搁，生下三个女儿。就是土里刨不着食的年月，也把女儿养大成人，一个个有了着落。

女儿一个个从身边走开时节，李地也从山上走回社会中来。在山上年年服侍果树，睁眼就看见花开花谢，谢了花结果，结了果就轮到落叶冬眠了。原来想着做人。做到冬眠就是长眠。老古话说，草生一秋，人生一世，不想轮到自己头上，冬眠过后，又走到社会上来，还要重新开花……

思前想后，爱情还是不会有的，还要加上一句：自己，没有眼泪。

有天黄昏，拎着个菜篮，朝溪边菜园里走，想摘点毛豆。看见四五个淘气，赤条条在水田里这里摸那里捉。李地吓他们，抓起脱在田边的裤头，塞在菜篮里拎走。淘气们追上来，泥手不敢碰李地，只抓住菜篮，叫"镇长"，叫"经理"，李地都不答应。淘气们马上改口叫"婆"，叫"娘娘"，一边抓泥鳅、抓蛤蟆朝菜篮里塞。

李地笑着说："一个个都还没有变全呢，倒晓得走后门了，塞包袱了。"坚决不要，说自己不会收拾。

小淘气立刻动手，这个拿小刀朝蛤蟆下巴一划，把绿皮成张褪下来。那个捏住泥鳅，拿指甲挤肚子。本地吃泥鳅不开膛，只挤。

李地把菜篮拎回家，灯下一看，一堆血淋淋。蛤蟆脚掌上挂着绿皮，白纸肚皮还一鼓一鼓地鼓动，泥鳅的嘴边腮下，挂着肠肚，渗着血水……李地把菜篮朝地上一掼，一震，泥鳅袅袅起来，那滑溜溜的身体，这个朝缝里钻，那个朝别个身下藏，个个扭弯身体，挂着肠肚，渗着血水……李地是见过世面的，也心里抽紧。忽见一条泥鳅弓身一弹，半尺高，渗着血水，却没有挂着肠肚……

李地赶紧抓个玻璃空鱼缸，放上清水，把那条泥鳅放到缸里，只见它冲出去，撞着玻璃，掉头又冲，又撞，三两回后安静下来，平浮在水中央，一动不动，只有无声的呼吸，小小的灰蒙蒙的眼睛，有针尖般的光彩。……静定，超脱，死里逃生，不显痕迹。

本地有养金鱼，田鱼，也有养热带鱼的，决没有人会养条泥鳅。它丑、它贱、它怪。李地倒不怕别人笑话，只是的确怪了点，自己心里就觉得奇特。因此，李地把鱼缸放在厕所的窗台上。

有天，鱼缸空了。李地心头一声轰隆，也好像空荡荡了。再一想，家里没有猫，厕所虽小，倒严紧，连蛇也不容易钻进来。

泥鳅哪里去了？除非是成了精？

这个想法一出现，立刻笑起自己来。这一天忙东忙西，竟在忙中几回想起——除非成了精！

幸好到了晚上，李地独自坐在灯下，忽然想起昨天夜里，听见过厕所里扑哧一声，像是什么东西掉落地上。李地拿上电筒，照照马桶背后，翻翻脚盆，在角落里三角架底下，寻着了泥鳅，滚了一身尘土，李地抓在手里，有一个麻酥酥的颤抖，从手心到手臂到肩膀头，李地赶紧掼进鱼缸，那泥鳅也颤抖，颤抖，一会儿，又静静定定平浮在水中央。

李地心想：什么事也没有，什么也是胡思乱想，只有一样是真的，它有坚强的生命力！

从这以后，李地躺在床上，能听见厕所鱼缸里的跳动。若是跳落地上，梦中也会知觉。李地几次爬起来，去把地上的泥鳅放回水中，慢慢地有了话说：

"淘气！"

"摔痛了没有？"

"你要走？这里不好？"

"若是想回家，和我说家在哪里，送你走归。"

"为什么总在半夜里跳出来？啊，想到床上来……"

无意中说出这么句话。李地年近半百，饱经坎坷，夜深无人，也还觉得这句话不好，难为情，连声"破除"："呸噪！呸声噪！"

有天夜里，李地坐在马桶上，听见窗台鱼缸那里"扑落"一声，看见泥鳅一跳一扭，正好，把鳍搭在鱼缸边上，撑着上半身，翘着头……好像戏台上一个公子扒上楼台，撑着栏杆。

它前胸金黄，后背黑花花，它的头圆溜溜光秃秃，不晓得是好看还是可怕，是文明还是野蛮！那眼睛又小又模糊，差不多是没有……啊，有时竟射出针尖般的，还是金色的光芒，盯在自己身上，一眨不眨地盯牢自己！

李地逃出厕所，钻到被窝里，却想起一个故事。

这个故事是姨妈喊喊喳喳说给知心女友听的。没有防备还是中学生的李地，坐在门边椅子上看画报。李地后来知道这样的故事多得很，有时还要曲折离奇得多。不过都没有像这个简单故事，好像不是听进去，是个个毛孔都张开来吸了进去的。

姨妈说的是她的姨妈的真事，这样的故事都是说作真事的。姨妈的姨妈定亲那天，面色煞白，手脚冰冷，她住在小阁楼上，从这以后，吃饭才下楼来，一天没有几句话，小阁楼有木头格子窗，窗下放张书桌，姨妈的姨妈成天伏案画画，画鸟画出一根根毛来，画蝶看得见一粒粒粉末。窗台上有个鱼缸养着金鱼，对着鱼缸画金鱼就不消说了。

画困了，就到在床上眯一眯。有天，朦朦胧胧中，只见窗口一片红光，站起来一个人，披着金红斗篷，红光飘飘的。鬓角上，插着金红的英雄绒球，颤颤的。

她想叫，叫不出声来，她想爬起来，手脚动也动不得。

这本来是姨妈的姨妈的事，这时节，李地觉着是自己叫不出声来，自己的手脚动不得。

金红斗篷飘飘的，金红绒球颤颤的，英雄走下窗台……

李地觉得心脏也停止了跳动。

金红飘飘到床前，一片红光落在姨妈的姨妈的身上，姨妈的姨妈身上的纽扣全都散开了，凡是带子全都自己解开……

李地觉得一个火烫的嘴巴，贴到自己嘴唇上，身上的血都涌上来，一定山茶花那样红到耳朵根，红出点点血点来……

姨妈的姨妈后来懒得画画，没有精神，成天只想倒在床上，似睡非睡。后来家里人听见她和人小声说话，和人忍着笑，和人娇娇滴滴……请了医生开汤药，请了道士画了符，到城隍殿告了状，到观世音那里许了愿。

三伏天，暴雨，一声闷雷落地，一头野猫从窗口扑了进来，撞翻了鱼缸，一嘴把金鱼咬着跑了。

再后来是姨妈的姨妈结了婚，生下三个儿子两个女儿，儿子上了大学娶了亲……老二娶的就是姨妈，亲上加亲。姨妈又生了儿子，生活就水一样流下来了。古诗说："不废江河万古流。"老古话说："抽刀断水水更流。"

漫长的倒霉日子里，李地有时候想着快点老了，老了算了。觉着花已早早开过去，"更年期"大约也会提早点来到。不想倒霉倒到尽头，来到的却是"出运"日子。

又做官，又开会，又发财，又明争暗斗，这当中，女儿又个个有了着落。日子过得闹热，也乱哄哄。

自从那天夜里坐马桶，泥鳅跳起来撑在鱼缸边上，李地走进厕所，就觉着泥鳅隔着玻璃隔着水盯着她。不禁在马桶上多坐一会儿，心里悠悠地思念什么，又什么也散漫无边。

那盯着的眼光是金色的，那圆秃秃一个头也是金黄的……忽然，耳朵里响起一个金属的声音，厚重的男声歌唱。怪不得欧阳修看重"三上"，这厕上倒是一个想想心事的舒服地方。解开裤带就身上松散，当少女时节，听说金光罩到姨妈的姨妈身上，里外纽扣腰带全都自己散开，觉着恐怖紧张。现在想来，却有一种轻松自由的快感……

三十多年前，李地在中学里组织了个歌队，发现一个乡下来的男生，有金属嗓子，把他培养成领唱。不久，传出了一张黑名单，那神出鬼没的英雄，指示李地和几个同学撤离，把歌队交给乡下来的男生。

秋天，黄昏，校园角落里倒塌一半的紫藤凉亭。紫藤滚在地上，绕在亭柱上，好像四世同堂的大蛇和小蛇。

乡下男生直挺挺站着，听着李地小声交代。有三两个同学说着话，穿过校园。李地拉了他一把，退到紫藤后边，忽然两个人落在缠着绕着的枝条中间，好像一步踏进了另外一个世界，大蛇小蛇掩护着一男一女，李地不禁一笑……

现在坐在马桶上，李地看见了这一笑，看见了自己，看见了三十多年前水仙般的少女，笑得娇，笑得花开，笑得春浓。

面对这一笑，乡下男生模模糊糊的眼睛里，闪闪着针尖般的金色光彩。

李地靠近乡下男生——当然是为了保密，小声把话说完，感觉到他呼吸沉重，男人的汗气腾腾。

李地转身走了——现在清清楚楚看得见自己，走得飘飘的，英雄风度。

公园的一吻，校园的一笑。女生的满面飞红，男生的两眼闪金。李地觉得有想头，应当想一想，只是马桶上的思想散漫，竟不论身份，跳出来一句老、古、俗话："一报还一报。"竟把思路冲散，只好云抬月一般。

李地倒了霉，那个乡下男生也跟着倒霉。若说"株连"，本来不在一"株"上，却也"连"着了。

李地出了运，那个男生正好也在这条街上，白发苍苍，坐在一间小店里，又是钳又是凿又写字，有几手手艺。没有了金属的歌声，不过说起话来，还是金属的厚重。气色在不在的，没有什么出运不出运。

有天晚上，李地一回家，直冲厕所，拉开门，直望窗台上的鱼缸——李地回家走过那间小店门口，眼角里看见，作兴是感觉到店里射出来一股针尖般的金色的眼光——李地看着鱼缸，玻璃里水里两个眼睛模模糊糊，实有两点金光如针尖。李地心慌，倒退一步，推上门。

三更半夜糊里糊涂，有一个什么——说不清是什么压到身上，想叫，叫不出声音。觉着滑溜溜的在身上又扭又袅袅的，手脚也动不得，仿佛"袅"到自己身体里去了，自己的身体也滑溜了，接着，软瘫热化了。

早上起来，李地想道："只怕是更年期来到了！"拿出一个破布兜，把鱼缸放到兜里，拎起来朝外走。走街背后，想走到溪滩上。半路有块空地，立着倒着水桶粗的水泥水管，李地随手连兜朝水管里一掼，扭头就回来，听见鱼缸破碎，泥鳅蹦跳。

好多日子李地不走街背后。

过了个年，街背后空地上起楼，破土开工那天请了些贵宾，当然有李地。

空地已收拾过了，原来立着倒着的水泥水管也搬走了。李地第一眼就落在掼鱼缸的地方，平平，空空……那草根里，藏着一条笔直的泥鳅！

李地不觉停步不动，只怕面色也变了吧。身边有位"招待"顺着李地的眼睛，弯腰拾起来，左右看看，是一节金黄带黑斑的树根，那"招待"笑问李地："你喜欢树根雕吧，这好雕个什么？"

"泥鳅。"

"对，对，用不着几刀。"

"招待"顺手把树根递给李地，李地接过来却朝袖筒里一塞，仿佛是偷来的。

再朝前走，李地觉着袖筒里滑溜溜的了。

贵宾们都要拿锹铲两铲土，李地趁势把袖筒里的树根甩出来，铲上土，拍拍，再铲上土，再拍……

这些举动都不合贵宾身份，不过不会有人看得出来。

有人讲几句喜庆的话，大家拍掌。李地站在那里只顾想道：

"……这个世界上，爱情作兴也是有的，不过只会火花一样，哧啦一下。好比中学生时节那一吻，三秒钟，再加上面孔飞红，也不过三分钟，那时节实在还全不懂爱情……正像世界上著名的童话里说，小孩子还不会说话的时候，会和猫呀狗呀的说话。等到一学会说人话，立刻把动物语言忘记了……"

不过有一条是千真万确的，李地自己，没有眼泪。

哆　嗦

——十年十癔之一

浩劫过去两年，有人说："好肉自己挖烂了。"再过两年，有人说："肉有霉烂，挖还是该挖。"又过两年，有人说："挖肉补疮不是办法，改革。"这以后忙起改革来了，没有工夫说回头话，只是社会上留下不少的癔症。这个癔字早先就有，不过不多见，不像现在高楼大杂院都能撞上。

麻局长当副局长的时候，中学生拥进办公室，把他揪出来陪斗。他立刻笑着说：

"我去我去，我支持革命。"

那时候已经没有"公"好办，他把桌上的报纸整理了一下，让中学生们拥着走出办公室，快走到院子门口，一边一只手攥住他左右手腕子，再一边一只手搭在他左右肩胛骨上，这叫作"揪"，是把"黑帮""揪"上会场的标准姿势。恐怕不是新发明，古典戏曲舞台上大家都有印象，因此天南地北，不教自会。麻副局长个不高，自动窝腰躬背，帮衬着中学生达到标准。还侧过脸来，笑着替局长说话：

"局长是大学生，老知识分子，那时候家里要没有几个钱，上不起大学。局长在大学里就参加学生运动，背叛了地主家庭……"

"喧"，屁股上挨了一脚，"栽"出了门口，幸好一边一个"揪"着，才没有倒地，跟跄跌下台阶，看见局长跪在院子中间，后背渗血。麻副局长心想：怎么这样了呢？昨天还是站着回答问题……

不由分说，在局长身后下跪，他还哄小孩似的自作主张，稍稍两膝分开，放平脚板垫着点屁股，跪中沾点"盘腿"。知识分子局长全不会，直挺挺硬跪着，那能"支持"多久呢！

中学生问道："什么出身？"

这是当时到处一律的"当头棒喝"，把个棒槌也认作"针"，不带一丝半点的玩笑。现在谁要是对这份儿心有些怀疑，势必"看不懂"后来的故事发展。这是敢跟诸位"拉钩"的。

不过这里说的"当时"，是漫漫十年浩劫的第一个回合，头场厮杀。

麻副局长也特意庄重起来回答道：

"三代贫农。到我父亲手里，已经是佃农了。我大哥，落到雇农。"

中学生们眼睛一霎，嘴里忙不迭地改不了词儿咕噜咕噜着，麻副局长又想：还是要把革命"支持"下去呀，补充说道：

"可是我四爷爷，给地主当个护院，挎过盒子枪。"

没想到一片口号，紧接着噼里啪啦一顿打。知识分子局长跪也跪不住，歪倒在地。麻副局长趁势盘腿伏下，护住前胸脸面。他少年青年时代挨过不少的打，痛在身上，却不惊慌。那贴地的眼睛，还能把眼珠转到眼角上，看看革命的革法。忽见十五六岁的女中学生，短头发，眉清目秀，解下三指宽的牛皮腰带，下手比男学生还狠，腰带头上的铜扣都带上血点子来了。当年地主打人，平常也不往死里打，还要留着做活呢……麻副局长暗暗惊诧。

这一夜完全睡不着。上半夜心里乱糟糟的，下半夜踏实下来。麻副局长还是有农民气质，心里越"嗷糟"，手里越要找活做；手里一做上劲，心里也麻木仿佛踏实了。一夜工夫，他写了张大字报，把半生经历和盘托出。十三岁当看牛的，游击队来了，跟着走了。头一回打仗，拾起战友的步枪，去拼刺刀，因为年小，叫敌人挑破肚皮。后来叫炮弹削过大腿，叫飞机炸到半天空摔下来……他也班长、排长、连长一级级提拔上来。立过功，得过军功章，从来没有受过处分，历次运动没有挨审查……

第二天早上到院子里贴大字报，身上的血疙疤全不在意，兴冲冲的对正取齐，做一溜贴过去，占了一面墙还带拐弯儿。一边贴一边就招人看了，时不时的有小声议论，他也不细听。贴完了去打扫厕所，面现喜色，手脚带出兴致来。

中午，七八个人一窝蜂围上他，围到院子里，围到他的大字报跟前，从头围到末尾，站住，散开一角，叫他自己抬头看看……

大字报末尾，照当时的规矩，都要写上敬祝领袖"万寿无疆"。麻副局长一看，怎么是"无寿无疆"了呢？脑子里"嗡"的一下要蒙没蒙，使劲镇定。再一细看，那千该万该该是个"万"字的地方，千真万真真是个黑黑粗粗的"无"字，麻副局长心里哆嗦起来，耳边听见叫喊：

"现行反革命！"

"罪该万死！"

"砸烂狗头！"

这些倒还不要紧，麻副局长知道还不会当场"砸烂"。要紧的是自己内心的哆嗦，电流一般通到外头皮，好像全身肌肉，全都颤颤的掉渣儿了。咬牙、绷筋、闭气，全禁不住这通电的哆嗦呀！

"还自吹自擂哩，怎么脸无人色了？"

"什么英雄？狗熊！"

这些也都是耳边风，连那个黑黑粗粗的"无"字也消失了。麻副局长的注意力集中在两个膝盖头上，这两个东西管自摇铃一般要摇着跪下了。他明白全身哆嗦仿佛冲开了闸门，再也阻挡不住。只希望拼上最后一口气，叫两个膝盖挺着……

"大家来看，还有个人样子没有！"

"满纸假话，一片谎言，撕掉！撕掉！"

这些事情都过去了。不过不是流水一样过去，也不能够像过去一场暴风雨，或拔屋伐木，或冲毁庄稼，都只是地面上的灾害。这些事情，是幽灵的噩梦。

那位知识分子局长折磨死了。等到噩梦做尽，麻副局长回归岗位就顶替了正局长。收拾残局，提拔一批青年当上科长。

有个青年科长常在麻局长跟前走动，有天，跟着出差郊区，在招待所里同住一个套间。晚上吃了郊区实惠的酒席，科长沏上浓茶解酒。借着酒兴笑道：

"那年揪您出来，我也在里头起哄，记不记得？"

麻局长点点头。

"我就是有一件事情不明白，搁在心里好多年，清查也好检查也好审查也好，都查不到这个事情上头……"

麻局长笑笑，可是眼皮也没抬。

"……倒好，在我心里越搁还越是问题了……您困了吧？"

"酒还没下去呢，不是跟你说过，郊区酒篓子可多了。"

"麻局长，就说借着酒劲儿吧，我把这个问题吐出来。"

"可见我官僚主义了，下边提个问题还得酒胆子。"

"跟官不官僚没关系，这完全是个个人问题。"

"哦！"麻局长端上浓茶，望着科长，"你还是比较直爽的，快别吞吞吐吐了。"

"那天揪您到大字报跟前，让您看那'无寿无疆'的'无'字，您看仔细了没有？"

"这有什么仔细不仔细，傻大黑粗一个'无'字。"

"傻大黑粗……您看了就哆嗦起来……"

"说呀，自己看不见自己，怕脸也不是人色了吧。事情都过去多少年了，你尽管说吧。"

"您越哆嗦越厉害，……"

"是呀，马上不就是现行反革命了吗？"

"您哆嗦得都，仿佛，快站不住了。"

"要命的是两个膝盖，它非得往下跪，你看。反革命还是现行，谁不肝儿颤呀！"

"可我怀疑。当时就有点儿怀疑，后来越发怀疑，直到您的历史审查清楚了，您大字报上写的全部属实，我的怀疑更解不开了。"

麻局长望着青年科长，想说什么，一会儿，喝口酽茶把话咽下去，挪开眼睛。

"麻局长，您本是个英雄人物，不说早先，就您贴大字报顶风，那是什么劲头！经过的事情太多了，您也多方面考虑了。"

麻局长又看了科长一眼，只见这个青年比喝酒时候，还血红，眼睛都充血了。他倒分外冷静起来，透出差不多是老年人的慈祥，笑笑。

"麻局长，您的一生见过多少生生死死，在敌人面前，在自己人面前，您都临危不惧。人生最多不过一个死呗，打成现行反革命，也还不会当场活活打死，离死总还有一截路呢！您怎么会那么哆嗦呀？我要说得对，算是酒后出真言。我要说得不对，算是酒后胡说，您哆嗦得真真不像个样，和您的经历完全不称！"

"你说的是真话，是实情。我自己也一直在怀疑，也有解不开的地方。"

青年科长说着怀疑，那表情仿佛咬着他的心似的。麻局长也说怀疑，却是老年人的心平气和。

"麻局长，请你回想一下，当时不过是个'无'字，你刚才说是傻大黑粗？"

"这我印象深刻，是傻大黑粗。"

"可我提醒一句，您的字体笔画细长条。"

"当时我脑子里也有个'转游'，可是已经哆嗦起来了，顾不上别的，一心只想控制住这哆嗦。"

"不过这一个字不是'别的'，要是这一个字上有点毛病，您就用不着哆嗦了。"

"我不是说哆嗦已经起来了吗。"

"好比说，这个字是别人涂改的。"

"我集中全身力量，使尽吃奶那一口气，也要压住哆嗦。"

"那么说，您这哆嗦和这个字，又有关系又没有关系。"

"你很机灵，年轻人，也别机灵过头。"

"过后好长时间，定案，平反，您都没有提出这个疑问？"

"大字报当场就撕了，没有证据，提什么！"

"当时拿您的大字报没法办，根子正，一色红，滴水不漏。可是派仗已经打起来了，不能让对立面盯着揪错了人，就有个机灵鬼出了个馊主意……"

"不要说了，事情也都过去了，好比大家做了个噩梦，你我全在梦中……"

"您得让我说出来，我在心里憋了多少年，您越心平气和，我越觉得对不起您……"青年科长跳了起来！"我——"

"坐下！"麻局长大喝一声，镇住科长，"你不要说了，坐着，茶也酽了，喝吧。"

科长遵命喝茶，果然酽得好苦口，酒劲好像也真的解下去了。麻局长这才慢慢说道：

"今天晚上，你跟我说了憋在心里多少年的话，掏了心窝子。那得一报还一报，我也得掏心窝子给你，要不，不平等了。我也有个情况，审讯也好，定案也好，平反也好，都没有说。一来说了也无济于事，再呢，怕副作用，怕误会，怕牵扯别人……我们老一代人，条条框框是比较多。当时我一见那个字，明明傻大黑粗，也立刻哆嗦起来。不过一边哆嗦，一边脑子还能'转游'。忽然，有件事情跳了出来，这件事情搁在心里多年了，平常也想不出来，到这节骨眼上，跟鬼似的闪出来了。这一闪，那个哆嗦也有了鬼了，浑身不听我的了，鬼叫两个膝盖跪下，可我总不能就这么下跪啊，我和鬼缠上撕掳上了……"

青年科长瞪着眼睛，支起耳朵，一声不响。

"……当然，鬼不鬼的是打个比方。我十三岁那年扛半拉活，当小看牛的。闹日本了，地方上拉起游击队，我跟牛说，你们自个儿回家。我就跟着队伍走。游击队司令是个天不怕地不怕，只有人怕他，连枪子儿也怕他。什么碉堡，什么高地，只要说声拿不下来，他带头冲上去。身经百战，没有一个要紧的伤疤。子弹、弹片进了肉，也不敢碰骨头。在我小心眼里，那是指天说地头号英雄。后来队伍越拉越大，到解放时候，大军南下，他已经开创了一个地区，自立成王了。不久，司令首次进北京开会。会议中间，点了十多个人，立刻是领袖召见。赶紧穿戴整齐，互相检查，眼睛查着别人，两手摸着自己的扣子呀帽子呀。倒也没有人紧催，自己紧紧张张地上了大轿车。拉进了红墙红楼红门，进门就下车，只见大道宽阔深长，绝无人影人声。十多个人自动排成队，单行前进。两边是茂盛沉默的柏树，没有飞鸟，没有爬虫，树下隔隔地站着警卫，沉默笔挺，仿佛是柏树的'树娃'。走进一个四合院，十多个人在北屋廊下站住，眼睛望着南边。南屋东头一溜白粉墙，墙下有过道。院子开阔，竟没有树，没有草，没有盆花。四面的房屋都闭门关窗，都朱红，谁也没有细看，只是视线穿过一片红糊糊，盯住南头过道。不知多久，听见南屋后边有说话声音，针尖落地也听得见的地方，这说话声音听得清楚，又听不清楚说着什么，立刻，白粉墙上出现高大身影。身经百战的游击司令，忽然哆嗦起来，他自己好生奇怪，枪林弹雨里没有手颤过。这一奇怪反倒心惊肉跳了，咬牙使劲也禁不住哆嗦了，两个膝盖竟摇铃一般，大刀砍过来也不知道下跪的这两个东西，遇见喜庆事儿，光荣事儿，怎么会要跪下跪下似的……这是多少年前说过的话，平常也想不起这个来。赶我站在大字报跟前，发起的哆嗦还能控制，这个事情鬼一样闪上心头，我就摇铃了，散架子了，挨刀也顾不上了。这顾不上的话也是司令亲口和我说过的，他顾不上听，顾不上答话，原先准备好的几句报告，一个字也没有了。司令是个直肠子，他原原本本跟我学了一遍。其实这里头毫无秘密，司令也说他心里绝没有藏着掖着的，就不明白这是怎么回事儿……我一直没跟谁说过，照你们考虑，恐怕扯不上什么副作用呀什么的。我们两代人是不大一样，今晚跟你说了，还是希望这屋里说这屋里了，不要外传。"

青年科长听了，说不出一句整话来。当晚休息。后来，还是当作茶余饭后的故事传出来了。传来传去，不免添油加佐料，麻局长也拿青年科长没有法子，只好叹道：现在的年轻人，全不管不顾的。

司令也在浩劫中据说是自己掉到井里，死了。那口井当时立刻填上了石头块儿。后来平反，家属要求扒井，捡出零碎白骨，又不同意火化，装楠木棺材，又专车运回故乡，造坟立碑。为了照顾家属情绪，一一照办。

哆嗦故事传出来以后，家属好不恼火。要求澄清，要求辟谣，要求追究责任。组织上让大家向前看，不要再"磨粉"这些事。

麻局长年纪也大了，有点精神不济。说着说着工作，会来两句相干不相干的话："这可是真事儿，还真是说不清。""知道是这么回事，不知道是怎么回事。"有时候也会看见青年科长的冷笑，仿佛尖刀一闪。后来也知道背后有人拿他这几句话，寻开心。也只好装不知道。有回走过走廊，听见一间屋里青年科长说话：

"这可是真事儿，还真是说不清——哆嗦。"

屋里年轻人笑。

"知道是这么回事，不知道是怎么回事——哆嗦。"

屋里年轻人大笑。

不久他就动员离休了。青年科长提升做副局长。

麻局长一离休，不但司令家属，连几位老战友都表示对哆嗦的气愤，青年副局长用商量口气，帮助老人们归纳意见：至少是损害英雄形象！是不是还影射着什么？

麻局长也不去老干部俱乐部打牌了，组织离休干部旅游、疗养、参观，一总不去。大白天，连窗帘也不爱拉开，谁也不知道他独自在屋里，怎么摸摸索索过日子。

有天傍晚，麻局长忽然听见敲门一声比一声急，嘭！嘭！！嘭！！！还没有答应出来，门外叫道：

"瞧您来了，给您送节日礼物来了！"

听出来是青年副局长响亮的声音，又听不出来说的话是什么意思，脑子转不开，禁不住全身一激灵，一快转身，一个冷哆嗦，扑通，竟对着门跪下了，那门自己拉开，青年副局长呀的一声往后退，后边有人跟着，连声问怎么了？青年副局长失声说道：

"怎么麻了？麻了？"

麻局长姓麻，从来不是麻子。

黄　瑶

——十年十癔之二

　　"浩劫"过去以后，有的机关做得干净，把漫漫十年里的"交代""检查""认罪书""思想汇报"，还有造反派弄的"审讯记录""旁证材料"……全从档案里清理出来，装在特大号牛皮纸口袋里，交给本人，任凭自由处理，一般是一烧了之。黄瑶拿回家去时，她的男人多一份儿心，悄悄藏过一边，只说是烧毁了。过了七八年，却派上了正经用场，交给精神病医生。据说，对治疗黄瑶的癔症，大有好处。下边是医生抄摘出来的部分，稍分次序，略加连贯。

　　黄瑶是个美人，五官细致整齐，不过女人们说她是冷面孔。冷面孔的意思是和男人对面走过，不会多看她一眼。男人们反映：没法儿，她老垂下眼皮，和她说话，她的眼睛顶多只瞧在人家胸口上。

　　什么"司令部"、"指挥部"，什么"兵团"，连七长八短的造反组织（出来一个"千钧棒"，跟着就有一个"紧箍咒"），都没有把黄瑶看在眼里。后来有头有脸儿的是共产党的都成了叛徒，沾国民党的都是特务，革命还要继续，清理到海外关系，才把黄瑶揪出来。

不知道从什么时候起，黄瑶脖子上总有一条纱巾，春秋正好合适。冬天掖在领子里，外边再围一条大围巾，也还说得过去。夏天起点风，蒙在脸上挡沙土，就显得勉强些。大太阳时候散披在肩膀上，叫人瞧着纳闷儿——这是哪一路毛病？和海外哪一条勾着？拿它怎么上纲上线？

人家和她说话，她会"嗖"地扯下来拿在手里。"嗖"地本来是动作飞快，为的叫人眼皮子来不及眨，瞧不真。可是一回"嗖"两回"嗖"，反倒显眼了。人眼里或愣或疑或恼，总之，眼不是眼了。

人家的眼神稍稍一变，她的两手就把纱巾绞来绞去……慢着，不是说她从不抬起眼皮看人吗？顶多只盯到人家胸口上吗？怎么看得见别人的眼神呢？看得见的，仿佛是时下新兴的热门话题儿：特异功能。只要人家的疑心或是恼心或是狠心或是不规矩心胖大了，眼色也随着古怪了。人家多半知道自己的心机，不知道眼神会泄密。可是黄瑶连眼皮也没抬，就会把纱巾越绞越紧，会紧到麻花似的捆住两个手腕子，把自己捆一个贼似的。

黄瑶老家在南方海边，是个侨乡。海外的亲属见过面的，上数能数到叔公，下数论辈分都有外甥孙了。北方的造反派没有见过这阵势，倒想也到海外"外调外调"，顺便也看看垂死的糜烂生活。可惜世界革命大约是过两年再说了，眼下还只可关门打狗。

因此，黄瑶落进了"无头公案"，比走资派还难斗倒斗臭。对她，只能打"心理战术"。

有一个造反派是个矬壮小伙，长一双孩子气的大眼睛。有天他审问黄瑶，灵机一动，一伸手，把那条纱巾抓了过来……

十几年后，才让医生分析出来，这个小动作非同小可，后头的坎坷都由这里起，差一点废掉小伙一双眼，送掉黄瑶一条命。

不过当时，矬壮小伙不禁微微一笑。他看见把纱巾一抓过来，黄瑶冷不丁一个哆嗦，眼睛由人家胸口收回去，盯在自己胸口上了，跟闭上了一样。那出名的冷面孔也黄了，跟黄杨木雕的傻菩萨似的。

小伙心里笑道：开局打得不错，这心理战有打头。脑子里闪闪着想象力的光芒：纱巾犄角上缝着什么？图案上有密码？浸过药水？是个暗号？

小伙走到黄瑶跟前，差不多是胸脯贴胸脯。小伙命令黄瑶抬起眼皮，瞧着他的眼睛。小伙矬壮，为了眼睛对上眼睛，踮起了脚儿来……看起来好像小伙把自己当作一部测谎机，不对，那是外国东西，非资即修。小伙子采用的是施公案彭公案里的国粹……忽然，嗖地，猫扑老鼠，鹰抓兔子，黄瑶两手跟两爪一般飞起落下，落在小伙两眼上。小伙一个激灵，一挣，一扭，转过了身体。黄瑶的两个爪子，还由小伙脑后包抄紧抠。小伙大吼一声，往前一拱，屁股一撅，把黄瑶背在背上，两手一托，打开两爪，腰背一闪，这小伙壮实，把黄瑶"趴蹋"摔在地上了。

大家闻声围上来一看，只见小伙上半张脸，一片的血"糊垃"。赶紧送医院，却用不着抢救。当时小伙和人家眼对眼、鼻子碰鼻子，黄瑶两爪上来不能直扑，只能迂回，就这刹那时间，小伙挤紧了上下眼皮，保住了孩子气的大眼睛。脸上不过是皮伤，抹点红药水紫药水打个大花脸就算完了。

黄瑶当然是现行反革命，铐上了铐——铁麻花，下了大狱。

矬壮小伙的大花脸上孩子气大眼睛睁圆了，说：这下可看见了黄瑶的眼神，好像，好像，黑色素沉淀了，干巴了，像两泡铁砂子，沉沉的，毛糙糙的，没有亮光……说到这里，小伙不知道他那孩子气眼睛也沉淀也毛糙起来，还只顾说别人，说：一句话，不像人的眼神。

若干年后，黄瑶从监狱里放出来，她有悔罪的表现。其中有一条是：常要求把她的手铐上。哪个犯人不怕手铐？那是刑具。绿林好汉把手铐叫作手镯子，可是没有一个要求戴上手镯玩玩的。

审讯记录里也有医生有兴趣的东西。

黄瑶六七岁时，家里日子不好过。爸爸妈妈到海外投奔叔公去，把黄瑶交给亲婆。南方叫作"亲"的，就是"干亲"。北方爽直，用"干"字，好比说干妈干爹。"干亲"本来不"亲"，南方偏叫它"亲"。"亲娘""亲爷""亲婆"。

亲婆有孙子孙女，和黄瑶上下岁儿。好比一块糕半张饼，黄瑶伸手要拿，亲婆的眼神一沉，黄瑶知道是留给孙子孙女的了。后来刚走到水壶茶碗跟前，亲婆在身后五尺地，黄瑶也会后脑勺看见那眼神沉下来了，就缩住脚步。在房檐下过家家，黄瑶稍稍不让，也会看见屋里的眼神。在院子里跳猴皮筋，正热闹着，也会忽然看见不知哪里来的沉重的眼神，扭头往家跑，亲婆正把一捆菜扔到地上，黄瑶赶紧搬盆洗菜。做梦憋着尿，也会叫那双眼神惊醒，起来坐马桶去。

那眼神好沉好沉，好像两兜铁砂子，不透亮，又毛糙。

等到上了小学，和一个山里来的小男孩同桌，只要黄瑶凑过去说句话，小男孩会"嗖"地抓本书挡住半边脸。黄瑶要是伸手抓书，小男孩就赶紧往一边闪，跌在地上两回，挨老师说还是这样。

慢慢地熟了，黄瑶盘问道：

"你们山里人怕女孩子？"

"不怕。"

"那你怕我？我可怕？我脏？我臭？"

小男孩连连摇头，吞吞吐吐，还是忍不住说道：

"你这个名字是谁给起的？"

"爸爸。"

"怎么起这么个名字，啊呀！"

"这名字好。我爸爸说，瑶是玉，黄色的玉比黄金还好看呢！"

小男孩说出了一种动物，是黄瑶本来做梦也梦不着的，谁知当天晚上就在梦里出现了。第二天第三天又央告又细细盘问小男孩，这个山里来的男孩也鬼，越说越神。

山里有种东西叫黄猺（两个小孩都不理会"猺"跟"瑶"偏旁不一样），狼也怕，猿猴也怕，连老虎都怕这东西。这东西一叫起来，离得远点的，抹头就跑。离得近的吓傻了，四条腿就跟钉子似的钉在地上了。

黄猺有多大？大不过狸猫，小的才比松鼠长点儿，就算全身是力气也才这么点儿。可是那两个前爪跟锥子似的还带钩，这东西就有一手本事，一上来，先不先，抠眼珠子。

这东西没有单个儿的，一把两把（一把是六个，两把一打）成群地跑，一包围上来，防得了前头防不了后头，蹿上一个抠掉眼珠子，瞎了，就都扑过来开膛了。

这东西跑得飞快，能钻缝，树缝地缝腿缝过来过去，穿梭似的。能上树，能跳能蹦，就是不能飞。这东西要会飞，老鹰的眼珠子也保不住，树林子全得瞎了。

黄瑶胆战心惊，问道：

"你认识，不，你见过黄猺吗？"

小男孩绕弯子说他们家有条黑狗，带它进山去，只要是人吃什么，也给它吃什么，人吃多少，它也吃多少。它就会没命地钻树林子，不怕累，不怕摔，不怕死。把野兔、野鸡、野猪给人轰出来。有天，在个山坳里，黑狗张大了嘴，舌头掉出来挂着不动，四条腿跟四条木头棍儿似的插到地里去了，打它踢它也不走。我们心想：闹黄猺了吧？钻到林子里一看，刷拉拉，五六个，东奔西窜，眨眼间，不见了。

"你们不怕抠眼珠子？"黄瑶的声儿都哆嗦了。

"不怕，这东西偏偏怕人。"

"它怎么怕人？"

"抠眼珠子这一招是跟人学的。"

这句话把黄瑶吓得出不来声儿。过两天，才盘问道：

"怎么是跟人学的？真还有人教它？为什么教这一招呢？"

"我听我爷爷说的。"

"你爷爷怎么说的？说呀，爷爷怎么说？"

说得溜溜的小男孩，到这儿也"卡壳"了。光说：

"我爷爷说：人最坏。"

过些时候黄瑶还盘问：

"你亲眼看见过黄——那东西抠——抠眼珠子吗？"

"我看见过一只瞎眼猿猴，叫抠了，没死。还能上树，可是从这树蹦到那树，得咬着别的猿猴尾巴。"

"别的猿猴叫咬吗？"

"怕是它爸爸妈妈。"

"可怜。两个瞎眼窝？两个黑窟窿？"

"不，还有眼珠子在里头，不过没有亮光，像两砣铁……"

黄瑶再也不盘问了，手心里都冒冷汗。

这以后，站在亲婆跟前，会"嗖"地把两手背到背后，十个手指头交叉上，叉紧了，有时候还冒冷汗。可也没有发生过什么举动，平安无事。

　　黄瑶照常长大，照常结婚、工作和海外的父母通信。信是平安家信，身体健康啦，生活如常啦，工作愉快啦，变来变去说平安两个字。不过每封信都变得重复了，也写不满两张纸。不能通信的年头，也不特别想念。逢年过节，也给亲婆捎点礼物去。只是生就了一副冷面孔，眼皮爱下垂，觉得世界上最难看的是眼睛。这东西好好的也会一变，那变出来的眼色就不是色了。垂下眼皮，眼不见为净。

　　"浩劫"中间，不知不觉间，小时候的"特异功能"又回到身上。不用说身背后，就是隔着窗、隔着走廊、隔着袼褙似的大字报，都能看见盯过来、斜插过来、瞄准过来的眼睛，都黑沉沉，毛毛糙糙，没有亮光，好像两兜铁砂子。

　　有天夜里惊醒，看见一只瞎眼猿猴在树梗上爬，后边五六只小猴子一只咬着一只的尾巴，全是瞎的，眼窝里全是两兜铁砂子。这个景象叫人又心酸又害怕又"嗝厌"。

　　那个山里小男孩也只说过一只瞎猴，没有说过一串瞎猴咬着尾巴。随着，在一串瞎猴藏身的树上树下，又添上蹿来跳去认不真的黄猊。这些景象起先好像小时候看见过，后来变做是活现在眼前的事实。

　　黄瑶见着人，又仿佛站在亲婆跟前，把两手背在背后，十指交叉，叉紧——可是年月不同了，不行了，叉不紧了。这才改用纱巾，绞住手腕，绞成麻花……

　　矬壮小伙打完心理战，看见女红卫兵把条纱巾掖在领子里头（不兴散披在外边），他总忍不住抓过来，抓到手又好像烫着他，立刻扔掉。仿佛怪人，女的不爱理他了。

　　"浩劫"过去，黄瑶自由了，海外关系转过来吃香了。黄瑶也还是写写平安家信，把字写得芽豆般大，好摆满两张纸。

　　当然也不免风吹草动，报纸上、广播上、小道上出现"打击"啦，"整顿"啦，"清查"啦……其实有的是好事，有的要坏也坏不到哪里去。黄瑶都会刷拉一下掉下眼皮，冷面孔冻冰。

　　有天夜里，她男人看见她在被窝里，把条纱巾绞住手腕子睡觉。问问，说是不知道是梦不是梦，总看见一串瞎眼猿猴，还有一串串铁砂子眼神。生怕糊里糊涂里，把贴身睡着的男人，当作那踮起脚来和她贴身站着的矬壮小伙，做出黄猺的那一招来。

　　她男人也思想开放了，竟想到这种事情，是可以去找精神病医生的。因为这里边有些麻烦，好比说把自己的手腕绞上纱巾，明是把自己当作黄猺了吧。可是黄猺只在眼前窜来窜去，长什么样，多大个儿都没有看清楚过。常常出现在眼前的，倒是瞎眼猿猴，那铁砂子眼窝。一只咬着一只的尾巴。叫人又心酸又可怕又"膈厌"，没有一点解气、报仇的痛快。那铁砂子眼神又不单在猿猴那里，亲婆那里，矬壮小伙那里，大道小道上这个人那个人那里都会出现，黄瑶自己也有过，矬壮小伙踮起脚来看见的，就是这种眼神，难道说她自己又是猿猴又是黄猺？她从小就有瞎眼猿猴的害怕。又生怕自己的两只手做了黄猺！……像这些景象，书记一般解释不了。到了医生那里，一口诊断作癔症，看起来是有把握治疗的吧。

五　分

——十年十癔之五

吓死人了，立这么个碑。

谢谢你们，我在这里磕头了。现在咱们不兴磕头，倒是日本还有保留。我一想到感谢你们，眼前就出现日本女人跪在"榻榻米"上磕头的形象，觉得那才能够表达此刻的心情。我还看见那女人身材苗条，头发厚重，脸色苍白，那就更好了。那是我姐姐。

家属只剩下我一个单身女人，我代表列祖列宗，如若不绝后，还代表未来的单支独传的子孙，感谢我姐姐的老同学、老同事、老朋友们，好心好意一片大好形势，给我姐姐修坟，还要立一个碑，刻上：

"一九五〇年错定为地主家庭。一九五七年错划为右派。一九六〇年错捕入狱。一九六八年错判无期。一九七〇年错杀身亡。"

乖乖，这可是一块五错碑。立在那里，叫人一看——惨！我不同意。

你们说我是惊弓之鸟，害怕又惹出事儿来！

你们以为我想着这样的碑，立不长远。你们会说要是形势再变，不是我姐姐一块碑的问题，全完！

你们也可能笑我死脑筋，怕影响不好。怕别有用心的人钻空子。怕后代不理解。

你们十九还得说我脆弱。有几位的眼光里，还流露出来疑心我落下了精神病。

告诉你们，我是怕。不过你们说的那些事情，我想怕，偏偏怕不起来。怕着一点好，省得又麻烦。可是"曾经沧海难为水"呀！

我心里恨着：怎么不是四错，也不是六错，冤家路窄来个五错。你们不知道我唯独见不得五字，先前也不这样，后来，忽然，要是冷不丁碰着撞着个五，我立刻血管紧张，胃痉挛，心慌，头晕……生理反应。要是说这也叫怕，行了。好比吃了肉恶心，叫作怕肉。我生理上怕这个五字。

我建议：碑的正面，光是名字。连"之墓"都不要，你们若觉得太"秃"，就要一个"墓"。"之"字坚决不行，我讨厌这个字，一写连笔还和"五"字差不多了呢，这东西！

背面，刻一首她的诗。这个想法怎么样？别致不别致？这是我梦里想出来，笑了醒来的！我姐姐生来是个诗人，临上法场还有绝命诗。她有一首诗叫作"蘸血的幽灵"……

我姐姐五岁时候，就跟我妈妈背"床前明月光，疑是地上霜"。一个小学生，就哼哼"魂来枫林青，魂去关塞黑……落月满屋梁，犹疑照颜色"。上初中迷上《红楼梦》，把"寒塘渡野鹤，冷月葬诗魂"

写在日记本上。凄凄惨惨诌起旧诗来了，中学老师只会新诗，拿她这一套没法办。到了大学，正经开课讲唐诗宋词，她倒写新诗了，倒风风火火了，大学老师又没法理她。她写了首《不要跑道上的白线》，反右运动中，正好上"线"。她老是不合时宜。生命不在长短，合时就好，君不见时装裤子？

进了监狱，旧诗新诗都写。她心里苦瓜炒辣椒，一半儿凄苦一半儿火辣。凄苦归旧诗，火辣交给新诗。那是六十年代初，"浩劫"还没有到来，礼拜五……

我又撞上个"五"了！见"五"就长毛。这个"五"是个会见的日子，按说该当一个好"五"。为这个日子，妈妈做吃的，一边想着要说的话，回回把吃的做煳了，我来重做。妈妈去睡觉，想着要说的话，觉也睡不着，心脏病犯了，还得我拎着吃的去，回回又把妈妈的话忘了大半……

现在我只记得铁门、铁窗、铁栅栏。我瞪着眼往里看，黑乎乎的屋子，往里看，黑幽幽的廊道，往里看往里看，飘飘忽忽的一个白身子，穿着白衬衣，长长的，没有腰带，飘着长长的白袖子，撕开了，飘着。长长的黑头发，飘着……白衬衣胸前，一个红红的大字："冤"。那是用血写的，那是血书，那是我姐姐，她有一首诗:《蘸血的幽灵》。那血是鲜红的，那是刚咬破指头蘸着写出来的，那是我姐姐，那是示威，那是蓄谋，那是明知道会见的时候要穿过监狱廊道，那是经过阻拦，经过扭打，撕开了袖子，还是飘飘忽忽从黑幽幽里飘出来了……那是我姐姐！她那首诗里说，人们看得到流血，看不到内心流泪。血朝外流比泪朝里流好受……妈妈说:姐姐疯了。

六十年代初期，有过一个叫"小阳春"的时候。我妈妈乘机想尽办法，证明了我姐姐精神失常，得到保外就医的准许。

我背上一包衣服，跟妈妈去"领"姐姐出来。在一个小小办公室里，填了表格签了字，警官一笑，拉起姐姐的手，交到妈妈的手里。警察拉开通外面的门，做个手势……谁也想不到，这时候，姐姐一声大叫，甩掉妈妈的手，往里面跑，大叫不出去不出去。警察拦她，警官拉她，姐姐跌倒地上，抱住办公桌的桌腿不放。妈妈骂她打她，我帮着妈妈拽胳臂，警察过来掰手指头，办公桌摇晃，案宗水笔掉到地上，全屋子大乱……我姐姐叫喊的是：

"我不出去……我出去了还要回来的……我不出去，他们放不过我的……我冤枉，里面铐子冤枉，外面帽子也冤枉……"

警官和警察起初都是带着笑容，使着眼色。意思是"保外就医"就"那么回事"，反正妈妈打通了关节，他们也顺水推舟。这一来，全都严肃起来，有的背后指指太阳穴，表示真的精神失常了。

差不多是把我姐姐死死抱着，才弄回家里来。到家，她一倒床就呼呼睡着了。是累了吗？

我问妈妈请不请医生。妈妈说："我可知道你姐姐的脾气！从来就疯，从来不管做妈妈的心！"说着哭了起来。在监狱里和一路上，妈妈只是又打又骂，只我一个人流眼泪，全家只我没有脾气。

我姐姐有一首诗，叫作《家的祭》。把这一首刻在墓碑背面，怎样？你们考虑——你们马上考虑到，题目就不"正的常"……哈哈。

我姐姐一"保外"，根本没有"就医"。妈妈自己倒老找医生，因为老犯心绞痛。

姐姐烫头发，画眉毛，抹口红，穿大花衣裳……妈妈给她钱，不说一句话。本来姐姐身上只是灰、蓝、白，我辫子上挂两个樱桃球儿，她也骂俗气，只许扎猴皮筋儿。

姐姐喝酒，抽烟，交男朋友，还在街上亲脸蛋儿。妈妈说，让她疯一疯吧。

她是挺高兴的，有回问我：

"你知道苏秦背剑吗？"

我点点头。

"傻瓜，我说的是监狱里的苏秦背剑。"

说着，把左手背到背后，上抻，把右手背到后脖子那里，下抻，说"铐上。"

我一愣。我相信姐姐不是撒谎，我希望是姐姐的眼见，可不是身受。那样铐的是杀人、放火、流氓、强盗，我姐姐只是思想错误……

"傻瓜，照样可以吃饭喝水……"

姐姐笑着做给我看，可我的眼睛盯在地面上，我眼皮抬不起来，我心里酸，我神经疼。可我不该忍不住问了一声：

"吃喝拉撒，那拉呢？撒呢？"

"小傻瓜，看把你紧张的！你不会不穿裤子，不就什么事也没有啦。"

姐姐大笑。她吸足了气，做了准备，然后放出豪放的笑声来。那时候我还是个小姑娘，不是小傻瓜，这一个"不穿裤子"，可把我吓傻了。再加上这样的先做准备的豪放大笑，好像刀砍在我脑子里。

还有一回，姐姐忽然问我：

"'一人飞升，仙及鸡犬。'你懂吗？哪里的典故？"

我一想，中学课本上有，就说是列仙传中淮南王刘安的故事。

"你还不错哩，有的文科大学生都不知道。"

姐姐喝多了酒，回家来乱脱衣服乱扔，都是我给整理。有回，我在衣兜里摸到一本油印小册子。一看，有诗有文。有一首寓言诗用的鸡犬飞升故事，这当然是姐姐写的。这是五言古……

又是一个"五"字，藏在拐角上等着我。我读那首诗的时候，还不怕"五"，马上背下来了。它要是七言，现在我一定还可以一字不错地背出来。可是这个"五"把什么也搅乱了，开头一句不知给搅到哪儿去了。

姐姐发现我看见了小册子，抬手扬起巴掌，不过没有扇过来，咬牙骂道：

"你找死了，小傻瓜。"回头又一笑，说："没事，我用神仙写无神论，没有造物主，没有救世主，也没有神话，也没有人的神化，变化的化。"

我不作声，姐姐转过脸来，又凶神恶煞一样，说："你要是想让妈妈犯心脏病，心肌梗塞死掉，你就告诉妈妈。"

我在姐姐眼里是个小傻瓜。我在妈妈心里，最好地道是个傻瓜。姐姐才五岁，妈妈就教她背诗。我呢，无论是诗是文，妈妈从来不教一句。我上学，那是到年龄"随大流"，妈妈连作业也懒得瞧。妈妈怎么啦？她看着姐姐的眼神，有时候阴阴沉沉，滴得下水来。有时候高高兴兴，开得出花来。可是不论什么时候，回过脸来就说我：

"不许你学姐姐，不许不许，有一个就够了，够了。"

随着"浩劫"的到来，妈妈清楚，我也明白，监狱会把姐姐收回去的。果然，不错。

幸好是街道上刚把妈妈剃了阴阳头，这叫作"三分像人七分像鬼"。不用说走到街上，就是在院子里，小孩子都可以对着吐唾沫，扔垃圾，骂脏话。妈妈和泥菩萨一样，自己的生死，别人的死生，都不相干了。

警车在院子门口。警察在院子里，妈妈瘫在屋里椅子上，只有我在姐姐身后，不知道该送送不该。满院子门里窗里，全是瞪着的大眼小眼。姐姐忽然吹起口哨，我忽然笑了。我当然记得不是哭，那是笑。

这回没有定规的会见日子，里里外外乱糟糟，也没有谁去计算年节日期。

有天我得到通知。走进铁门、铁窗、铁栅栏，人家告诉我，我姐姐宣判了：无期。我走进铁板似的屋子，门边窗边桌边，站着坐着铁青色的脸子。我姐姐坐在屋子中间，铁镣铁铐。我在姐姐对面坐下，我姐姐说话了，她的声音没有变。她吐出来的每一个字我都听得见，但我不知道说的是什么。也许是"你好吗""吃了吗""坐下吧""小傻瓜"……

我看见姐姐吸气，做准备，以后大笑出来。她比先前虚弱，苍白，气短，若不好好准备，只怕笑不成声。她大笑，狂笑，强调出来的笑，笑声里，我听出话来了：

"你看姐姐多神气，这么多人陪着。出来进去，前呼后拥。你可别小看了他们，这里有科长，有看守长，这长那长，让你看看姐姐的威风吧……喝水！"

一个铁青的"长"端了杯水过来。

"不渴！"

一声不响，捧着水走开。

我看着姐姐大笑，往后仰，张着嘴，我看见两个下巴，两张嘴，我眼里的姐姐是双的，双双重叠的。

我听见姐姐朗诵道：

"献给法官的五朵玫瑰"

这首诗响亮极了，刻到碑上都会当当地响。可为什么不是四朵，也不是六朵，偏偏是五朵玫瑰，还偏偏只有五句……我的脑子乱了，当时我当场记住背下来，当时我还不怕"五"，现在我乱了，好像街上忽然出了事故，和我一起的姑娘们忽然挤散了，一眨眼全找不见了……

街上打死人。黑帮斗死了叛徒，斗黑帮的两边对打死了，叫烈士。妈妈说幸亏姐姐住在铁门里，保住了一条命。

冬天，那年雪大，不化。雪地上的血点子好像冻干了的红梅，不走色，尸首也不臭。

邮递员送来一封信，和水电单、萝卜白菜勒令、煤球卡一起扔在窗户台上。信里说我姐姐业已"正法"，通知家属去交五分钱子弹费。

过两天，傍晚，我在街上瞎走。叫不出名儿的马路边上，踢着雪地上一个倒着的老太太，一看，是我妈妈。冻僵了的拳头攥着，杵在胸口上，她还是犯心肌梗塞了。我叫两声，还睁开眼来，还认出我来，还说：找不着交五分钱的地方，要找、要交，我们从不欠账！

我双手握住妈妈冻僵了的拳头，拳头松开，手心里有一个五分的"钢镚"。

我见不得"五"了，碰着撞着不论什么，只要是五，我就血管紧张，胃痉挛，心慌，头晕，眼花……那都是生理反应，心理没事。

碑上刻一首诗，这想法小桥流水一样别致。清风明月一样别致。只是刻哪一首好呢？我姐姐临上法场，还有诗，叫作《历史将宣告我无罪》。这一首好，题目八个字。八句。巴巴实实。

春　节

——十年十癔之六

春节。

来拜年的客人是老两口带着小两口，主人就老两口。主客两个老头是老同学，照老说法，同学又叫作同窗。两个老头都中等身材，都不显老，只是客人老头还在"二线"上站好最后一班岗，主人老头早两年就退居家中发余热。主人偏胖，客人偏瘦，一同说"恭喜恭喜"。小两口说的是"拜年拜年"，当然没有真拜，连抱拳拱手也不兴了。客人女婿是头回见面，主人老头不免找话应酬——其实女婿早已有数。

"我和你爸爸小时候同过学窗，到老来又同一回窗，这回是铁窗。"

大家都知道铁窗本是监狱，主人借用来说"浩劫"中的"牛棚"。主人说罢大笑，大家也只当头回听见，跟着笑。

只有女主人稍稍笑笑，就说："又来了，又来了，大年下的……"也没有往下说，忙着拿茶杯，摆瓜子碟子，开糖果盒子去了。

刚一坐定，偏胖主人指着客人女儿说：

"你没有送过牢饭吧？我的女儿送过，送的是烟。哦，你那时候还小，现在都结婚了。可不是吗，打结束算，也十年了。打开始算起那都二十年了……可是我觉着还像昨天似的……"

客人老伴儿自以为机灵，抓住这番感慨中，一个最不重要的烟字，说："还抽烟哪！花钱找——咳嗽……"本来要说癌症，因是大年下，改了口。这一改，她的借烟打岔也磕绊住了。

偏瘦老头明知主人已不抽烟，为了抓住这个烟字岔下去，说："过年嘛，抽一支抽一支……"

客人女婿掏出三五牌，照年轻人的"帅"劲儿，甩出烟头，还没递，主人摇手道：

"这得感谢'牛棚'，我见我女儿送烟挨'呲'，扭过脸来就走了，烟也捐献给'军宣队'了，我不抽了。"

说完又哈哈笑起来，客人也只好跟着笑。没等客人笑完，偏胖老头对着小两口说：

"你们年轻，没见过那阵势……"

小两口说："见是见过的，也上小学了……"

"小学也刚上吧，你一年级？你二年级？那还不懂事。那个阵势，一开批斗会，就跟上法场一样。我们这些黑帮都在会场旁边小屋子里跪着，挨个儿跪水泥地上，挂着牌子，膝盖并拢，不许叉开，大腿挺直，不许屁股后坐。主席台上一声喊！'带走资派×××'。会场上随声吼叫：'带走资派——。'那声音，都撞墙，震房顶。两个造反派走进屋子，从地上'提溜'起一个，造反派一边一个站在身后，一边一个巴掌拍在左右肩膀上，一边一只手攥住左右手腕子，这叫'揪'。一跨进会场，前后不知几条嗓子领头一喊，全场一片的'打倒'，这时候，耳朵震聋了，天崩地坍也听不出声响来了。……上了主席台，站到台口，拍在肩膀上的巴掌往前一按，攥住手腕的手往上提，这叫'喷气式'。戏台上唱戏也没有这么周全，就跟马上砍头一样。我那时候挂的牌子是'反动权威'，票房价值比'走资派'次一等，陪斗的时候多，经常是台边上陪着。没事儿，我光听着就是了。听来听去也就几句车轱辘话。有回，忽然听见背后揪着我的两个造反派，他们小声聊起来，一个说，揪人闪了膀子，疼了两天了。一个说手腕子也不得劲儿。我就扭过脸去，也小声，告诉他们一个偏方……"

客人女儿觉得这里应当来个惊叹号，慎重叫了声："啊！"

主人老头自己早就笑起来："一个偏方……"再笑："……后来为这个还斗我态度不老实，我说是支持革命……"大笑："……真有个偏方。他们说是不灵，罪上加罪。我说要灵呢，立一功不……"笑出眼泪水："……我是有偏方，它治跌打损伤。我扭过脸去，我告诉他们偏方，偏方……"

客人女儿和女婿一个说"风度"，一个说"幽默"，一个说"临危不惧"，一个说"方寸不乱"，都小声。客人老头和老伴又都不作声。

忽然，笑声刹住，急刹车那样一刹把人一蹦，偏胖老头从沙发里蹦起来，一手捂在小肚子上，嘴里含含糊糊说着对不起对不起，转身走出屋子，拉开厕所门，进了厕所。

女主人拎着开水壶，从厨房走到屋里，望着老两口，一个苦笑。

客人女儿接过水壶，客人老伴儿拉着女主人坐下。女主人说道："老了跟个小孩儿一样。"

客人女儿给大家沏着水，好像不明白，说：

"挺好的嘛，我们听着挺带劲儿，怎么跟小孩儿一样啦！"

女主人解释说："不能跟你爸爸比，他这两年更精神了。我们这老头可是返老还童……"

客人老头说："别老耽在家里，出来活动活动。"

"有这路病，怎么出来？"

客人女儿啊了一声，"什么病？看不出来。"

"你爸爸知道，他们同过'牛棚'，就在'牛棚'里做下的病。"

"爸爸。"女儿只好叫声爸爸，算作提问。

"没事。"客人老头一语封门。

"瞒着年轻人干什么？让他们知道知道，也好指望他们照顾呀。孩子们，你们伯伯胆子小，从小钻在资料啊图纸里头，没有见过什么阵势。又揪又斗的，他可真是俗话说的，吓出屎来了。直到现在稍稍一惊一乍，就得赶快上厕所，迟一步也来不及。"

"那就别提以前的事儿了，都过了十年二十年了。"

"不是返老还童了吗？刚才他不是说，十年二十年像是昨天。你们小两口没听出来？你们爸爸妈妈不是紧着给岔开来着！岔不开，张嘴就来，不让他说还不痛快……"

客人女儿指指厕所："阿姨，小点声。"

"不碍。"女主人照旧大声说："他憋着也难受，那就好好儿说说呗，不，还要吹牛。什么告诉人家偏方，没有的事，不可能有这份儿幽默，裤裆里夹着屎呢……"

客人女婿是生客，可又忍不住，还是压下嗓子说："那就让他吹吹好了，老人嘛，受了那么多罪……"

客人老头叹口气："你们不大能够理解了。"想想，解释道："吹着倒是痛快点儿，可是吹着吹着，会不知道哪句话上碰着哪根筋，当年的难受劲儿刷的、闪电似的、鬼似的钻到心里，揪心……"

客人老伴也叹气："我们老头有体会。"

"我还好。他那里，一揪心，坏了，水火不容情，立马得上厕所。"

厕所门响，小两口都压着嗓子说："别说了，别，别……"

女主人还是照常大嗓说道："一点儿也不体谅我……"

小两口这下真不明白了。可是偏胖的主人已经走进屋子，一个笑容好像冷天冻在脸上，说：

"是有个小偏方，不是吹，不论崴了筋伤了肌肉还是韧带撕裂……"

偏瘦客人岔开说道："今年春节你们这儿鞭炮怎么样？"

小两口一个赶紧说："我们那里放得世界大战，"急不择言，"窗玻璃都哆嗦。"

一个插上来说："楼下阳台都着火了，还好没着起来。"

偏胖主人笑道："有回，那也是春节边儿上，夜里审我……"

客人老伴儿才说了半句："过去的事儿了……"

"是啊，还跟昨天的事儿似的……"主人兴致勃勃。

女主人差不多是要求："别说了，别说了。"

"不是说鞭炮嘛！春节呀，哪能不说鞭炮。他们审我，非要我承认加入了特务组织，上学的时候，咱俩同学的时候……"

"没那事。我知道，大家全谅解，还提它干什么。"

"他们小年轻的可不知道，夜审哪，轮番审哪，审到后半夜了，一个把桌子一拍：'再不老实，毙了你！'嘿，好，'准备！'身后咔嗒一声，那是拉枪栓哪。'听着数数，由一数到十，可以数得慢点儿，给你最后的机会，不过时间是有限度的。听着：一、二、三、……'才到三那儿，身后'嘭'的一声，眼面前的桌子蹦起来了，地也裂开了。我是冷不防呀，栽在地上，顺着地板看见，身后边翻倒一个口杯，一个炸了的小炮仗冒着烟儿。他们拿口杯扣着放了个炮仗。随着拿杯水来，往我脸上一泼。我没晕，可我装晕装得够像的。他们当我什么也没看见，还说走火了，再来过，还给你机会，由一数起……"

女主人由要求变作恳求："别说了，别作孽了，别说了，别只顾自己……"

客人女儿从书架上倏地抽出来一本相册，做出惊喜的声音：

"那么多的照片哪，多好看哪，爸爸，过来看看。"

偏胖主人说："那上头有你爸爸，还有两个老同学，愣说是特务，愣把我们拉在一块儿……"

女主人"嗵"地站起来，往外走，又甩了那句小两口不明白的话！

"一点也不体谅我！"

偏胖主人笑了起来，说：

"我心想，口杯炮仗当枪子儿，这不是蒙我吗？你蒙我，我不会也蒙你，咱们，干脆，蒙着玩儿，看谁蒙得过谁，看谁笑到最后……"

说着大笑，笑容冻在脸上，撕皮捋肉地笑出来。偏瘦客人跟女儿说："不看相册。"

女儿顿时觉得相册也烫手，又倏地塞回书架去。

"他们问我承认不承认，不就填个表吗？我说，填了……"笑："发展了组织没有？发展了。几个？五个。都有谁？头一个我说了我们老校长……"笑："哪有学生发展校长当特务的？再呢，我说那话的时候，老校长也过世了。还有谁？我说我们教导主任。那是老国民党，老牌中统。他们说，你总算提到这老家伙了，好啊，有进步呀，是他发展的你吧？我说不，我发展的他。往下说，还有三个呢？我想，蒙就蒙个差不离，得说说同学了。我头一个说的是你爸爸，你爸爸是个老共产党呀，他能沾特务吗……"大笑。

客人老伴本来自以为机灵，这时觉着非岔开不可，可是眼看满屋子东西，竟不知道哪样可能不沾边儿，灵机一动，端起瓜子盘子，高声叫着："嗑瓜子嗑瓜子。"抓一把递给主人。主人竟指着瓜子说：

"就跟嗑瓜子一样，我回答得格、崩、脆，外带溜索……"大笑："蒙得他们几双手刷刷刷，赶紧记呀，生怕落下一个字，他们心想可捡了个大元宝了……"笑出了眼泪水。

客人女婿本来没奈何坐着，没奈何听着。这时动了下心，问岳父：

"爸爸，第四个是不是我家大伯？"

这位岳父好像没听见，跟老伴儿说：

"咱们活动活动吧，还得走一家呀，那儿有老人，去晚了不礼貌……"

女婿却又逗上心劲儿来了，一下子咽不下去，转身跟他的那口子说：

"我大伯老实，不爱说话，大婶说他跟哑巴似的。这下哑巴吃黄连，上吊连根绳子没有——'牛棚'里把裤腰带都收了，他是拿丝袜子连起来，后半夜，谁都犯困……"

偏胖主人从沙发上蹦了起来，一手捂在小肚子上，嘴里连声道着对不起对不起，可是迈不开步。

晚了。

客人们的鼻子都知道是怎么回事了，可是脸上都还像是什么事情也没有。小两口把眼睛盯到地上。老两口老练，连眼皮也不眨，直瞪前方。

女主人急忙进来，把偏胖老头一把拽了走。这时，窗外一个"二踢脚"上了半空，跟着有花炮吡吡，鸟炮啾啾，还有小孩子的欢叫。老两口和小两口都走到窗前，望着窗外。住的是高楼，看不见炮在哪里放。可是两代人都专心一意看着窗外，希望由半空中走进节日的热闹里去。

厕所里有声音，不想去听它，可又偏偏清清楚楚灌到耳朵里来。

"脱下来，快脱，不要擦着腿。"

"没有，腿上没有。"

"做的什么孽呀……"

"我自己洗，我洗……"

"自己洗，你自己洗……"

"我是返老还童。"

"说你返老还童，是给你面子。"

"我不说不痛快。"

"你倒痛快了，别人呢？"

"我有病，有病。"

"你有病，我有病没有？"

"我管不住自己。"

"你是返老还童吗？三岁孩子也知道体贴人，我不怨别的，只怨你有一点儿体贴我的心吗？你摸摸我的手，那手，这手脏，你摸呀。"

"凉。"

"冰凉，你明知道我也做下了病在身上，最听不得'牛棚'，一提'牛棚'，我手脚冰凉。"

梦　鞋

"我一生只做一个梦。做来做去，老只是梦见鞋；鞋丢了，鞋扔了，鞋忘了，鞋坏了，鞋叫人抢了，还有鞋变了——那就稀奇古怪了。我在梦里老是找鞋，抢鞋，抢住、挟住、护住鞋，为鞋拼死打架……有时候惊醒，一身冷汗。若是千辛万苦把鞋穿上，那就浑身松软，苏苏痒痒地睡沉了。"

诸位，这叫什么话？痴话？怪话？孩子话？说这话的人不该身高一米八九，大手大脚，也不该一大把年纪。更用不着脸容严肃，态度认真，影子都不带邪的正派，滴得下水的诚恳……各种优秀品德摆齐了在那里！不过以梦论梦，总还要添佐料好比是幽默才好。这好比吃炝虾，必须要有点醋。若没醋，就算炝不成。

故事还要说下去，看起来这位一生只做鞋梦的，合着五个大字"正经、老、大、汉"。指望他谈笑风生肯定不可能，那就大家伙儿多操一份心，帮着添点小趣味，蘸点小幽默——啊，你摇头了，白搭？少废话，先看鞋。

正经老大汉脚上，穿着一双黑色大盖松紧口的布鞋。有人竟敢叫懒鞋，脚一进去抻抻、拱拱就穿好了，全不费事。"浩劫"开始的年头，男红卫兵非这不穿，非这，难免和封资修沾边。其实红卫兵没有研究过鞋史，鞋史学家又说不得话，因为"史"和"屎"同音，当时划了等号。后来，到了冬天，估计是从女红卫兵开始，穿上翻皮高腰大兵式皮鞋。最好不是仿造，若是直接从大兵脚上脱下来，那女红卫兵的眼睛就滴溜溜转了。

请你不要小看了鞋，请你想想指着鞋有过多少俗话、笑话、成语、典故……还有心理分析，时代意识，审美观念……听着，正经老大汉说话了："我小时候家里穷，穿不上鞋，大冬天都光脚丫子。站在那里晒太阳，都是一只光脚落地，另一只光脚踩在落地的光脚背上，这样，两只脚都暖和一点。过一会儿，倒一倒脚，另一只落地，这一只踩上去，再过一会儿，这一只落地，另一只……好，好，简单点说。

"十来岁的时候，爹妈想着大半辈子吃的亏海了。总结经验，认定不识字、睁眼瞎、一抹黑是个大缘故。盘算着咬咬牙、勒勒腰带、硬硬头皮，好歹让我上学去。我们村里有个私塾，也不过一明一暗一里一外一个套间。老师住在里间，外间是教室，顶多十来个孩子圈在那里。可是不能小看，上方供着夫子圣人，跟孔庙似的，比土地庙神气多了。拿土地爷寻点开心是常事儿，谁也不敢和孔圣人嬉皮笑脸。规矩挺多，其中一条就把土地庙比下去：不许光脚丫子进学堂。

"我有个老舅，货郎出身，混成了个跑买卖的，也望着开店、有着有落、坐地分肥、当上掌柜。一力撺掇我上学，日后好给他写账、扒拉算盘，进出流水，这在我爹娘心坎里，也是一片锦绣前程。老舅给我捎来一双鞋，别说小孩家家我了，爹娘都仿佛没见过，捧在手里眼也花了，眼泪水也'漾'出来了。那是一双大盖松紧黑布鞋！和现在脚上穿的差不多，可能扣眼儿靠前点儿、鞋脸短点儿、鞋头方点儿。这路鞋四五十年没大改样，是经得起考验的。不过早先没有塑料皮底，都是毛边、袼褙、千针麻线。

"这路鞋也没有时髦过，仿佛生来就是老古板样儿。红卫兵那阵非它不穿，满街凡大模大样的，走路中间的，把人打翻在地还踩上一只脚的，都是这路鞋！这威武可是鞋史上史无前例的事。谁刚才说鞋史来着，真得写上一笔。对，写上男红卫兵。那女红卫兵脚头更硬，她们兴高腰翻皮鞋。

"不过半个世纪以前，农村穷地方，光脚丫孩子手里捧上这么双鞋，见都没见过，哪还古板？觉着洋还洋不过来呢？那松紧带，洋货。有扣眼儿又不管扣，洋花活儿。我洗洗脚，搓掉脚泥。怎么搓呀，我娘烧水让我烫脚，烫红了脚皮，使砖头碴搓一遍，使炉灰碴搓一遍，晾干、掸净、横下一条心，把脚往鞋里一杵、抻抻、拱拱、扭扭……不知打哪儿起，只知浑身酥酥痒痒——一点也不错，我一辈子都记得，是浑身酥酥痒痒。下细分析起来的话，血管先涨后酥酥，神经先热后痒痒。"

正经老大汉说到这里，脸面拉长绷紧，可是皮色透红，眼色带涩。听他说话的人里边，有两个本来已经张开笑口，也在两腮僵化。不由得纳闷起来：这脸色是什么成色？

"我家离学堂才二里地，可是要穿过杂木林子、乱葬岗子、坑坑洼洼不坑不洼还得说是洼子。别说刮风下雨，就是好天儿，我也是光脚丫走路，把鞋挟在胳肢窝里，到了学堂门口，拿块布擦擦脚，穿上。放学一出学堂门儿，马上脱下。上学的孩子还能不淘气，少不了逗我、哄我、吓唬我、捉弄我、推我、搡我、故意找我打架，我只要一张胳臂，鞋就掉地上了。他们抢在手里扔过来扔过去，忽然没了，藏起来了。我个儿大，可是总觉着本身是穷孩子，比人矮一头，凡事忍着点儿。可是只要一不见了鞋，我就按不住性子。我的性子是牛性子，不发作的时候骑着转圈都行，发作起来就犟头犟脑直往前拱。孩子们好比斗牛，不斗到拼命不开心。鞋就成了斗牛的红布，他们拿我斗牛玩儿。我常常为这双鞋鼻青脸肿，头破血流。"

正经老大汉是个说实话的主，说到童年的处境，实打实动人。说到自己的性格，除了实，还分析中肯。听说话的人里边，都有了一两声唏嘘。不过一说到发作起来犟头犟脑，他低低脑袋，抻抻脖子，脑袋上只差两个犄角，可也脑门蹦筋，眼白充血，那黑眼珠子呢，竟牛那样蛮，狠，昏暗无光。听者心惊，唏嘘声断。

"后来，日本打到我们村，跟着八路也到村里来了，我参了军。大家吃什么我也吃什么，要饿着都饿着，反正不用自己操心。鞋，穿的是公家发的，也是发什么穿什么。行军打仗，倒头就睡，顾不上做梦。零零碎碎做点，也还是鞋，也还是丢鞋找鞋那一套。有公家给鞋呀！同志们阶级友爱不抢鞋呀，莫名其妙。

"后来进了城，不但穿鞋不是问题，还有车好坐了。反右那年，要右派名单，要百分比。有个书记找我的毛病，我急了，我说要上，咱们两个一块儿上名单，我的牛脾气发作了，犟着非要名单上书记第一名，我第二。凭据？把眼一黑我也有。

"犟是犟，黑乎乎钻在被窝里也睡不好，刚迷糊着了就梦着鞋，鞋丢了、鞋没了、鞋叫人抢了。有回淘气的孩子们一声喊，鬼似的一'阴'没有人了。鞋呢，我遍地找，地上光溜溜。忽然看见一个坟头，下边有个黑窟窿，我趴到地上，往里看，黑乎乎里又有点暗红暗红的，心想那是我的鞋吧，伸手进去，进不去，抻抻扭扭的，进去了，摸着鞋了，往外退，谁知那鞋变了，翻过来攥住我的手腕子。我惊问：'谁？'那里边回道：'不认得我了？'我说：'看不见哪？'里边笑一声：'我是你媳妇，'我吓得跑、跑、跑……"

说到跑这里，跑，跑，跑什么？正经老大汉使劲咽住。听众或紧张或惊异或不禁怜惜，都没有心思追问怎么跑和跑什么。

不过正经老大汉这时坐在沙发里，稍稍偏着点身体，他素常不偏。微微偏着点脸面，他也有偏的时候！嘴唇露缝，竟有一个笑影在嘴皮子上出现，在嘴角里消失。这个笑不那么实打实，透着点狡性。它从生疏的地方来，出现在生疏的地方，它怯生生。

听众里有一位知觉到这样的笑影曾经见过，留有印象，还有过背后的议论。推推旁边坐着的一位，那一位也知觉了，两位对望一眼，小声说道："火车站。"

远在战争年代，正经老大汉的爹娘和操持上学一样，给包办了一宗婚姻。婚后三天？五天？小一个月？总是不多时间离开了家，随着战争变化，越走越远，竟没有回去过。战争结束进了城，他没有接媳妇来同享太平。那一阵农村进城的老干部，爱换老婆，有人也等着吃他的喜糖，全无动静。议论道：俗话说脚正不怕鞋歪，指的就是这一位，他能把歪鞋愣给穿正了。

后来搞运动，连着几个运动下来，发现正经老大汉怎么前言不搭后语了呢？组织上暗笑，做主通知他老家的媳妇进城来。到日子还得他上火车站接人，义不容辞。不过也有困难。相处不多天，离别二十年，火车站上人来人往，保不准相逢不相识，亲人似路人。还是组织上派两个青年前往协助，这两个青年跟他要张相片做做参考，哪来的相片？嘴上无毛，好不晓事。

火车到站，万头攒动，眨眼间，又如潮水退去。站台上只剩下三三两两不多几个人，其中有一个农村大娘——两个青年本想该叫大嫂为是，可是实在得叫大娘。手里挽着个包袱，包袱皮里一双布鞋露出半截：黑布、大盖、松紧、毛边。脚边放着个提包，茫然直视出口，视线无处着落。这时，正经老大汉走过去，说：

"是××县××村来的？"

她点头。

他回头往外走。

她拎上提包随后，距离五六步。人多处走得慢，人少处走得快，但五六步的距离不变。

他在前边稍稍偏着点身体，是偏。微微偏着点头，确有偏时，嘴唇上有个怯生生的笑影，也不那么实打实，透着点狡性。

不过她是看不见的，离着五六步呢。不过她是感觉得到的，在喧闹的车站里，她已经不茫然。她已经木木地跟着走，木木地走，跟着走。

她也有那么两下，盯一眼前边的他，一闪老花的灵光。仿佛说：

"好我的人也！"

他和她过起日子来。要说是老两口，他们没有过小两口的时候。要说是小两口，他从来就是老大汉，她比他还大几岁。他们住在四合套院里，因是老干部，占两间北房。他早出晚归，她哪里也不去，在院子里洗衣裳洗菜，帮邻居看孩子，扫地打扫公共厕所都积极，答应前院后院候着送煤饼的来，招呼着倒垃圾的去，都爽快，成了积极分子了。礼拜天他在家，关上门，她也不出屋，揉面包饺子。遇上来人找他，在院子里问在不在家，邻居就说你听听，那人听了听回头往外走，说："没声。"邻居就会告诉人家："没声才是在家。"

过了几年没声的日子，"浩劫"到来。有天黄昏，他影子似的

"阴"进院子，头包衬衣袖子、渗血。撕掉袖子的衬衣后背，墨笔三个大字："走资派"。红笔打"×"如"监斩牌"。她端了水来，还没有洗脸，声音嘈杂，脚步混乱，抄家的来了，打柜子翻箱子，随手往院子里扔。

勒令他双膝落地，直挺挺跪在院子中间。

抄家的走了，院子里家属造反，他继续直挺挺跪着，老大汉跪着也有造反的小女子高，怨不得人家加倍使气，把唾沫朝着大目标啐。

半夜，大家都累了，一哄而散。他站起来两脚麻木，踩棉花似的进了屋，外屋没人，里屋没声，在里外屋中间门框上，一根腰带挂着他的她。

这些事情都不用细说，大部分人心里有数，能够点到为止。个别的年轻，"浩劫"时候还不懂事，不免发生许多怀疑，到处打问号，这怎么可能呢？这怎么受得了呢？怎么这么窝囊呢？怎么这么稀奇古怪呢？但看看老大汉面容正经，气氛沉重，只好相信父辈兄辈的亲身经历，顶多嘀咕两句："要我才不干呢！没有那么容易。"又把父兄的窝囊一把推给"代沟"，自己落个轻松。老大汉还正经往下说呢，活该！

"我把她放到床上，天也快亮了，我也累瘫了，在她身边躺下。刚一合眼，就睡着了，刚一睡着，就是梦，梦见的还是鞋。鞋叫人扔来扔去，是些什么人？这回鬼鬼怪怪，可也看不清。后来鞋给扔到黑黢黢里，我一头撞过去，身子先飘起来，随着往下落，原来这黑黢黢是个无底洞似的。鞋在前，我在后，飘飘、落落、落落、飘飘、心里也落也飘，我抓不到鞋，可我死盯着鞋，忽然，眼前有了亮光，我心里扑扑乱跳，随着收紧、收紧、仿佛拧上、绞上、拧紧、绞紧、紧得出不了气儿、出不了气儿，我挣扎、挣扎、睁开了眼，阳光照到我脸上了，睡了个大觉了，晚了，误了，早上挂牌、站队、认罪、展览是有钟点的，我脸也顾不得洗朝外跑……打这里也总结经验，正反两面教训。"

正经老大汉说这一段话时，脸上也出现愁苦，事情过去总有十多年了，愁苦淡薄了一些。也可能当初就不怎么浓重，他有"总结经验""正反两面教训"……这些法宝，可以镇住苦难。对着法宝，年纪大的表现出可以理解。年轻的不能，反倒嘀咕道："老家伙，没治。"

"——这一条经验是，不论怎么斗：陪斗，游斗，跪斗，喷气斗……不论怎么审：夜审，车轮审，没头没脑地审……只要一躺下，必须睡一觉。才好坚持考验，继续革命。可怎么睡得着呢？我命令我自己什么也不想，积极主动去想鞋，拿想鞋来替安眠药。想着小时候一穿上鞋，那酥酥痒痒浑身舒展劲儿，想着想着，痒痒酥酥，迷里迷糊，果真睡着了。睡着了也还是丢鞋、找鞋、抢鞋，好哩，这不是睡了一觉了嘛！我能把浩劫'顶'下来，现在也还有'余热'，就是我能这么睡觉。有回我恨不能一头撞死，也找不着我的鞋，忽然在黑黢黢里摸着了，是无底洞吧又把鞋夹着，我使劲给拽出来，鞋面大盖都撕成黑毛毛，潮糊糊，紧抽抽，我使劲套在脚上，抻抻、拱拱、扭扭、再抻、再拱、再扭……我舒展了，我跑，我跑……"

又是跑呀跑呀，究竟跑哪儿去呢？听众也听腻了。谁知这一位说到这里，嗓门拔高，改成控诉腔调。正经老大汉的控诉是连珠炮般打出法宝，久经锻炼的耳朵也摸不着头脑。年纪大的和年轻的，全部只好想着怕是犯了毛病了，又全不清楚犯的是哪一路病。请听：

"……这一条经验也有正反两面，黑白颠倒，是非混淆，人面兽心，兽性发作，原始野蛮，返祖现象，低级趣味，失掉原则，丧失立场……我这把年纪，我这么个人，我落到这种无耻人类，我当着大男小女，该坦白，也该打嘴巴子，我跑了，跑了阳！"

万 岁

——十年十癔之八

古人有把卖茶的"堂倌"叫作博士，卖草药的"郎中"也有叫博士的。现在南方有些古朴地方，还兴着这等"重地"称呼。可惜近年评职称、定级别，学位是要紧条件，博士又是学位中最高者。平常时候胡乱叫起来，倒变作玩笑。虽玩笑，大多也善。

"我博士"出身微寒，只怕连小学文凭也没有拿到过手，全靠钻在书里，让人家叫作一条书虫。中年以后，在地方上，熬出了文字学家的名声。把那符咒似的甲骨文钟鼎文都认得差不多。

有年，本地中学广求贤达，请他执教语文。总还要写张履历，这位一挥五个大字："我博士出身。"别人也说不得短长，人家少年时候做过"堂倌"当过"郎中"，早已是市井闲谈的资料。将就着尊称"我博士"，隐去真姓名也算得两全其美。

这条书虫活到中年，还是光身一棍。有个农村大姑娘帮他做做饭，洗洗涮涮。屋里堆着的、捆着的、摊着的、连扔在地上的书，都不许动。不动不动，神不知鬼不觉，姑娘的肚皮却大了起来，养下白胖白胖撕书、啃书、尿书的小子一个。常把当妈的吓出冷汗来，当爸爸的却只凶凶地看着当妈的。

"我博士"应承到中学来，附带一个条件：孩子他妈也来上课当旁听生。这是从来没有过的事，校务会议一议再议决不下来，只好打报告请示教育局，不知哪位长官拿红笔打了个勾。学校领会勾者通过也，这是根据改卷子的习惯。

孩子他妈原名伊爱弟，爱弟和招弟、带弟、来弟、引弟同是地方上给女孩子的通用名字，作兴和抛砖引玉的典故有些首尾也说不定。"我博士"为上学给她取个学名，只改一个，叫伊爱我。

校务会议上笑不成声，还是校长说，有学问的人都有点怪，有点狂，这名字也给一勾了了吧。

"我博士"不但坐着，站着走着也可以看书。不但在屋里，在街边在街中在十字街口都可以看书。有时走过操场，左手托书，右手翻书页，左右在打球踢球，盘杠子，跳高跳远，全无妨碍，安详走过。

如若冒叫一声，他从书上翻眼——不抬头，光把眼珠子翻了过来，两眼凶凶射人。次数多了，大家觉出来博士有两种眼神，安神看书，凶神看人看世界。

博士两手细长，又留长指甲，倒是翻书页方便。这两只手安静在书本上，像是旦角的手。若上课来了劲头，发挥起来竟像龙爪。有回在黑板上写个"帝"字，抓住粉笔，戳过去噼地一点，紧跟轱辘轱辘飞转几个圈，最后自上而下一竖落地。这时，食指的长指甲刮着了黑板，疼！左手飞过来掌握右手食指。

学生里有几个失笑两声。

博士嗖地转身，两眼直射的就不只是一个凶字了得，还当添个暴字，暴怒暴动的暴，也叫人联想到暴君的暴那里去。

一眼就看得出来，伊爱我和别的女生不一样，她的胸前鼓鼓囊囊，没有轮廓，也不平整，不知道外衣里边塞着块布？还是内衣不扣，错扣，乱扣？点名册上没有旁听生的名字，一般老师都不理就是了。有天，有位化学老师偏偏问道：

"怎么没有你，你叫什么？"

"伊爱我。"

女生嗤嗤笑了。

"爱我？"化学老师板着脸又问一声。

男生哈哈笑了。

化学老师仿佛领悟，赞道：

"哦，爱我！"

全堂大笑。伊爱我也笑，面不改色，全不当回事。

下课后，有两个男生学着腔调："哦，爱我！"有两个女生正色质问：

"有什么好笑，有什么好学的，也不想想看。"

这倒好了，从此没有人取笑。伊爱我老是上课铃响后，急忙忙走进来，坐在后排位置上。刚一下课，急忙忙小跑一样回教员宿舍去了。要去照管孩子，要去食堂打饭，要另做点小菜。有的女生就帮忙给孩子缝点什么，带手代买点什么。

只有功课作业，没有人帮。因为伊爱我不当一回事，旁听生考不考试也不要紧。下课铃要响未响的时候，她就把书本笔记本水笔铅笔装到书包里，铃声一响，拎起就走。大概再也没有拿出来过，直到第二天坐到后排课桌上。她从来不把书包挂在肩头，也不像有的女生一上中学，就不用书包，把书本挟在胳肢窝里。她总是拎着书包，和拎菜篮子差不多。女生中间少不了的切切喳喳，三一堆两一伙的，她全不理会。有的女生和男生说起话来，总有些不大一样。她可是全不论。在男生眼中，好像她也不是女生。这倒好了，她和谁也没有矛盾，谁也可以不经大脑，随手帮她点忙。

伊爱我忙忙碌碌的是家事，是孩子。对家事她没有埋怨，也不显爱好，仿佛是该做的就做呗。连孩子，也不挂在嘴上，也不抱出来让人看看。

"我博士"进出课堂，从不和伊爱我说一句话。对面相逢，也不看她一眼。博士什么学生都不看，连他取名的"爱我"也一样。

下课回宿舍，谁也不等等谁，前后脚也是各走各的。

有回，伊爱我没有踩着铃声进来，课上到半堂，她才悄悄闪进来坐到后排。

"我博士"正在昂首扬眉，两臂半举，细长手指抓挠大有"咄咄书空"的味道。忽然眼角看见了伊爱我，他就这样举着手臂，仿佛张着翅膀飞下讲台，飞过课桌，伊爱我声音不大不小，迎着说道：

"退烧了，睡着了。"

博士两手落下来，细长手指鹰爪一样抓住伊爱我的肩膀头。若是没有课桌隔着，若是伊爱我往前凑凑，照这势头应当是个拥抱，至少也得是脑袋扎到胸前。不过没有，一抓就"定格"了，这个势头半道"定"了"格"。

就这半道，也叫全堂男女学生冷不防，估不到，先是吃惊，再是嗤嗤……"我博士"猛回身，两眼凶暴，全堂静默。也不一定都那么害怕，倒是没了兴味。

学生认为博士是个怪人兼狂人，肯定是因为做学问当书虫，成了这个样子，肯定。

学生又都说不好伊爱我是怎么个人呢？好像是没开化？只是服从命运？她没有心灵还是心灵还没有发现？她全只有自己还是全没有自己？

想象中，伊爱我在"我博士"手里，是凶暴鹰爪里的一只母鸡，到哪里讨这个爱字去。男生女生有事没事帮伊爱我一把，因此成了自然。

不想"浩劫"到来，中学生若不敲打敲打老师，先还叫作"保皇党"，后来就是"黑帮狗崽子"。

那时候满街贴着"万岁"，一个人从"早请示"到"晚汇报"——若是"黑"人，是"早请罪""晚认罪"，不知要喊多少声"万岁"，什么什么万岁，伟大的什么万岁，最最最伟大的万岁……到处都发生在"万岁"上头出了错，或写错，或喊错，或字有涂抹，或口齿不清，都会打成现行反革命，有真开打的，有当场活活打死的，打到监狱里去还算一时太平。

伊爱我不是老师，也不算学生，本来公认是鹰爪下的母鸡，大家都大把小把地帮过她的。这时候全变了，伊爱我戴不上"红箍箍"。入不了兵团战斗队。大家正说得热闹，见她来了，就噤声，扭过脸去。仿佛她是个奸细。只因为一夜之间，老师全变成了革命对象。

学生们发现，凡喊到万岁的时候，"我博士"闭嘴，有时候嘴皮动动不出声，有时候出声细小听不真。大家天天背诵着经典："……赫鲁晓夫式的人物，睡在我们的身旁……"现在，提高警惕的机会好不容易到来了。

几个人凑在博士身边，喊万岁时张嘴假喊，支起耳朵真听。果然，听见了，高兴了，好比扣住了鸟，钓住了鱼，包围住了蛐蛐，欢叫道：

"他，嘀咕嘀咕，嘀咕两个字。"

"狠毒。"

"没错，我可听清楚了，是、狠、毒。"

一哄而起，矛男女女，跳跳蹦蹦，快快活活拥到教员宿舍，来到博士家门口。只见伊爱我站在门前，挺胸直腰，什么时候她倒有了"一夫当关，万岁莫敌"的气势。

大家站住了脚，听见伊爱我喝道：

"我是五代贫农！"

就在当时，可是哐哐响的金字招牌。

不但出口不凡，还拍了下胸脯。谁也没见过她这么个做派，不禁愣怔。

有个瘦高男生缓过点劲儿来，叫道：

"我们喊万岁，他嘀咕狠毒。"

"是狠毒，狠毒。"几张嘴证明。

伊爱我捡一沉，只一秒钟工夫，叫道："很多。"又一秒钟嗓门开了闸一样："是很多。街上哪里哪里都是，院里墙上是门上是，屋里屋外全是……"

一个结结实实的女生叫道：

"他嘀咕的是狠毒，何其毒也的毒。"

"很多！"伊爱我斩钉截铁。冲着那女生，带几点讥笑。"他的口音，你还有我清楚？你是什么人，我是他老婆。"转过脸来对男生。"你们不要很多，要很少？不许多，许少？说话呀，站出来呀，我专候在这里，听听谁敢说出个少字来……"

学生们嘀咕着："别跟她废话。""我们破四旧。""这里的四旧比哪里都多。""四旧"指的是书，学生们在"狠毒"口音上二乎了，转移到"四旧"上。

伊爱我抄起窗台上一根炉条：

"我五代贫农！还有五代的没有？有没有四代的？没有。三代的呢？谁是三代？"举起炉条。"五代的打四代，是打儿子。打三代，跟打孙子一样。"

这一番大道理，经典上虽说没有，可觉得跟经典是粘连的。成分高的先就心虚，往后缩。低的也难数到五代，往前腿软。只好交代几句五代的祖奶奶，教育教育你们博士，就这么顺坡下驴了。

从此伊爱我把着门口，"我博士"钻在屋里，连影子也不露。

把这风风火火的日子熬过去，学生们有的满世界串联去了。有的入了大兵团在社会上打派仗去了。有的由路线斗争改成线路斗争，女生钩膨体纱。男生攒半导体。

"我博士"出现在院子里，长指甲剪了，好拿铁锹。把几年没归置的煤灰煤末，铲出来，掺上黄土，兑水，搅拌匀净了，平摊在地上，拿铁锹竖一道道横一道道，划成无数小方块。晒干晾干，铲起来堆起来备用。这叫煤茧。

他打的煤茧，不碎不板，好烧。

驻校的学生管老师的劳动，平常就是扫地擦玻璃洗厕所。也有临时任务，有天，把老师们集合起来，叫刨掉院子里的老树根。这本来是一人抱不过来的大槐树，多少年前有说是吊死过人，有说是死了什么人给锯下来打了棺材，剩下二尺高的树桩。倒是一个现成的棋桌子。

老师们使镐使锹，家伙也不齐全，整累了一天，刨出一丈见方的土坑。只见下边的根子四下伸张，没有个头。有的伸到教室底下去，岂不是还要拆房？学生们没了主意。

第二天，"我博士"指挥起来，叫使锹使镐不论使什么，把四下伸张的根子，挑粗大的砍断。弄一根杉篙用麻绳铁丝捆住在树桩上，两边能上多少人上多少，推磨一样往前推，推不动，往后拽，拽不动，再往前推，推来推去半个小时，老树根活动了。

学生们也说，倒是博士出身，见的活多。

世界上的事，也和推磨似的，磨盘推到学生们身上了，该他们去"接受贫下中农再教育"了。打着红旗，上山下乡，一下子落到生活的最底层。三年五年，五年八年，一个个流浪汉似的流回城市。

那瘦高的男生长出了一嘴黄毛胡子，拼命去啃中学里丢掉了的数理化，不考进工科大学誓不罢休。但他喜欢的是文史。

那个结结实实的女生，肩膀上扛起了腱子肉。她摆摊卖牛仔裤、健美裤、连袜裤、灯笼裤，发了财，想开冷饮热饮咖啡馆。男朋友多些，老打架让她瞧热闹。

学生听说"我博士"单身住在城边一个小庙里。原来他要写一部书，五代贫农伊爱我这时"后怕"了，惹火烧身还了得，不许写。博士偷偷写了，藏在铺底下，天花板上，都叫伊爱我搜了出来。后来一张张叠成小块，塞在墙洞里，煤球堆里，那也逃不过伊爱我的眼睛。哪怕博士暴跳，或是恳求，跪下磕头，也挡不住一把火烧掉。世界颠倒了，母鸡抓鹰了，说：你不要命，我还要孩子的命。你找死，死到外边去好了。

"我博士"得了"找死死到外边去"这句真言，逃到小庙里住下。瘦高男生找到小庙后院，举手可以摸到顶棚的小屋里，堆着摞着摊着的书本中间，找到了老师。"我博士"干瘦了，头发黑的还乌黑，白的又雪白，也怪。那两只手重新留起长指甲，细长的手指老只贴在身上，更像旦角的手了。男生坐了小半天，没有看见这双手鹰爪一样张扬过。好比递上烟去，都不摇手推辞，却按在胸口，轻声说：

"不抽了，抽不起，也好，省事。"

男生说屋子矮小，书摆不开，光线也不足，伤眼睛，还有股子霉烂气味。

博士也没有指点江山，倒把两手合着，说：

"安静就好，安静就好。"

男生问在写的是一部什么书。

博士两手按着桌上纸张，嘴里只嗯嗯两声。

男生来的目的，还是要打听这本书，就说同学们都惦记老师的著作。

博士把细长手指抠着胸口，仿佛抓心，不说话。

男生不肯罢休，说自己喜欢文史，愿意帮着找找资料，抄抄写写……

博士不抬头，只把眼珠翻到眼角，可叫作斜视，也可以说是窥探。

这时，瘦高男生发觉老师的胖瘦啦、头发啦、手势啦……其实都不要紧，要紧的是眼神。先前那种看书的安神，没有了。看人看世界的凶神，也没有了。现在像是六神无主吧，又像是闪闪着什么。闪闪的像是狡猾？狡狯？狡诈？都不准。离不开一个狡字吧，又阴森森。

瘦高男生自以为长了胡子了，不妨单刀直入，叫起来说道：

"你一个人，这么一个棚子，想写成一部大书？写了又谁给你出？同学们可以奔奔赞助，可你得告诉我，你写的是一部什么书？"

"我博士"脸上出现神秘了，说：

"万岁探源。"

男生握拳举举胳膊："万岁？"

博士两手贴胸不动，点点头，呶嘴指着对面墙上。男生早看见墙上东一方块，西一长条，写着许是画着字——又一个也认不得……博士呶嘴指的那张方块是：

"这是最早的万字，是个蝎子。"

"就是有毒的蝎子吗？"

"尾巴带钩，那里最毒。这东西，古时候，繁殖起来，转眼成千上万……旁边那个是岁字。"

"看出来没有？血淋淋。"

"没看出来。"男生真不明白。

"那是一把戈，能钩能砍，上下是两只脚，人的脚。古时候，有一种刑，叫刖刑，活活的砍下脚来。过年祭祀，要砍人脚上供，叫作'牲品'。"

"这可够狠的……"男生想起来了。"那年成天喊万岁，你嘀咕的是'狠毒'吧？伊爱我愣打掩护，说是'很多'。"

"我说的是狠毒，这两个字，一个毒，一个狠。可怎么成了最尊贵最崇高的称号？又怎么闹成了只许一个，若再出来一个，非得你杀我，我杀你……"

"你探源，就是探的这个？"

博士细长手指贴胸，低头："探的这个。"

"老师！"男生一声大叫，他进屋才第一声叫老师。"我敢说，要没有赞助，你探不成。"说罢站起就走。

瘦高男生去找结实的女生。过天，女生横着肩膀走进低矮小屋，她和男生不一样，只扫一眼堆着摞着的书，瞄一瞄墙上的非字非画。倒把眼睛落在小小书桌的桌角头，开动脑筋。那里一个粗瓷绿碗，不圆，当然是等外处理品。里边一方块豆腐，渗着水，估计洒了够多的盐了。豆腐边边变色发黄，缺一只角。女生判断：一只角，下一天的饭。

"老师，伊爱我大姐好吗？"

"她现在不叫爱我，叫饿我。"

"不同意你住在这里吧？"

"钱票不给，粮票也不给。饿我，饿我回去。"

"这里条件是不好，饿我其实还是爱我。我是'我博士'这一个'我'，没有别的'我'……"

"我是什么？"

女生不明白。

博士呶嘴指着桌面。那豆腐碗旁边，有一张长方纸头，上边是：

"带把带钩带锯齿的大斧子，杀人的武器，那就是'我'的原形。"

那样结实的女生，也一激灵。做了个深呼吸，才又开口：

"老师，你的书，我们同学都觉得深刻。可你这么饿着，坚持不下去。让我们做做工作，让爱我大姐不撕不烧……"

"她有病。一会儿明白，一会儿糊涂。糊涂起来，脸，煞白，眼，直直。就像'我'的锯齿，锯上了五代贫农的脖子……"

女生略一盘算，说：

"老师，你信得过我吗？要信不过，我找些同学来担保。你把已经写出来的，交给我复印一份，我们藏着。原稿还你。"

博士细长双手贴心，低头不语。

女生再一盘算。觉得目前必须来个紧急措施，进攻道：

"不说别的，伊爱我大姐要是找到这里来呢？听同学说，她要来，要来，要来……"

博士随着一个个"要来"，一步步惊慌，叫道："你转过身去。"

女生心想：攻着了要害。不但转身，还走到门边，面墙。听见后边撬什么，抠什么，窸窸窣窣……

"拿去。"

女生转过身来，双手接过一个纸包。

"这是第一章：导言。"

女生这时才看见"我博士"两眼闪闪，那眼光又狡，又神秘，又冷。赶快鞠了个躬，走了。

女生回家就打开纸包，读"导言"。大约万多字，可是一会儿就读完了。傻坐着，眼见天黑了。那样结实的身体，噤冷——从骨子里冷出来，很想钻到被窝里去。还是挣扎起来，连夜赶到瘦高男生家里，男生的父亲，是精神病专家。请他解释解释：

氤　氲

——十年十癔之九

前言

　　这是一位木雕艺术家在"牛棚"里交代的一件事。当时派出专案组，坐飞机以观天象，乘轮船可察海情，住宾馆品尝山珍异味，周游名胜古迹。调查结果，若道是捕风捉影，连个影子也没有捕捉得到。

　　归来使气，夜审木雕艺术家，方知此事来历。

　　木雕艺术家顶多是个小名家，为人木讷。夜枕木段，日抱木板，没有多少票房价值。到了"三名三高"一网打尽时节，才随大流进"棚"。没人想到他身上发生"轰动效应"，又总要有个名目，就告诉他历史上隐瞒着一件事，须是坦白从宽。

　　木雕艺术家反复思索，实无藏掖。举目"棚"中人才济济，天塌下来，也有高个子顶着。用不着打翻盐贩子，闲糟心。过些日子，人才们交代得天花乱坠，开大会做了典型报告，当场"解放"了一批。艺术家心想现在"蜀中无大将"了，可还有"廖化充先锋"。又过几

153

天，廖化们揭发别人立功，也"回到群众中去"了。"棚"中地铺上空出一边，艺术家心神不安起来，难道真有个天角，会塌到自己头上！再，有"走资派"检查深刻，到"群众中接受教育"了。再，有"历史问题"做过结论的，让"群众监督"去了。"牛棚"里满目荒凉，只剩下三五个人扑灯蛾似的，胡乱交代起来。艺术家感觉到"天将降大任"于自己了！面红耳赤，抖落了画模特儿时，走过邪。不中，不是这件事。艺术家原来欣赏"英雄有泪不轻弹"，也顾不得了，流着眼泪，悔过了当穷学生时，偷拿过食堂的馒头。不对，也不"着穴"。艺术家成夜成夜无眠，搜索枯肠，绞尽脑汁，巴不得曾经风高放火，月黑杀人。有一夜到得天微明时，忽然，眼前出现一片杂草杂树林，不觉心惊肉跳，似曾相识。不，好不熟悉。你看天色阴沉。你看暴冷冻人。可是什么年头？出过什么事？肯定不平常。可能一生难得一回。你看刚一想起来，就起心眼里哆嗦。

天一亮，艺术家就要求交代。人家听了没有表示。过一天，继续交代，也没"解放"他。再补充交代，细节越来越多，全部形象化起来了。

专案组调查归来，夜审也无结果。反正旅差费也报完销了，气势平和下来。注意到最初交代中有几句话："决非存心隐瞒，实是三十年来，从未想起。这样重大的事，竟会忘记？虽说不合逻辑，但确实如此。"专案组喝道：

"木头。"当场命名，"你做了一场梦吧。"这原是递个话头给他。

木头立刻否认："不是不是，我想起来以后，形景都在眼前，越来越清楚。"

"木脑。"再赐一字，"你神经出了毛病。"这是给个台阶好下了。

"没有没有。我先还以为逻辑不通，现在看来全合逻辑。"

虽说专案组有否定这事的想法，但既已立案，否，也得有人证物证。正是：

"一字入档案，九牛拉不出。"

正文

　　木头木脑的家乡，有世代相传的黄杨木雕工艺。木头木脑"拔长"的年纪——"拔长"是土话，和稻麦"拔节"的意思差不多——可因水肥气候的缘故，拔得不匀称。木头木脑的颈部过长，头部略小，暴眼看去，两部分仿佛一般粗细。他喜欢把零碎黄杨木雕成小动物，雕得最叫别人喜欢的是雁鹅。他见别人最喜欢，自己也最喜欢起来。雁鹅颈部也长得"出格"，他雕来雕去，把"出格"的长度、弧度、角度变化多样，雁鹅也就"龙活"不凡了。

　　木头木脑拿着雁鹅，爱东走西走，给人看，人家嬉笑道：

　　"把你自己的形容雕出来了。"

　　他就送给人家。这样，木头木脑走了一些不该走的地方，听了一些不该听的话，学了一些不该学的嘴。自己还一点也不警觉。

　　有朝一日，衙门出兵捉人，上半夜捉了街前，下半夜捉了街后，青空白日，东搜西查。

　　有个后生家有名地"清水"——相貌水一样清秀。平常最会评论雁鹅，木头木脑若是听得进去，就会雕出新花样来。这天，清水后生静悄悄走来和木头木脑说，有真好看的雁鹅，相伴到城外走一趟。要走就走，反正是近便乡下，和谁也不用招呼。

　　走到城外，清水后生七岔八岔，木头木脑不知几时，身在树林中了。林中没有道路，走法只有一个，避开葛针蒺藜，不问东西。绕过狗也钻不进的荆条水竹篷，不论南北。白杨、乌桕，胖桐、瘦柳，王树矮、杉树高，全都不分行、无疏密、胡乱生长。

木头木脑只好紧跟清水后生，脚高脚低，绊倒爬起……忽然，怎么树木整齐起来、土地平整起来，抬头细看，全是半抱粗的槐树，一株一株相隔七八步，分两行对立，如老将排队站班。行间一条土路，没有杂草，更无杂树。路不足五十米，两头还是胡生乱长的野林子。

老槐树纹丝不动，苍老入定，好不肃穆。清水后生前走几步，指出一个丁字路口，朝路口看过去，也是两行槐树，不过二十步，有一倒塌石头围墙，墙里一个废墟，中间成堆的好像一个坟包。看那方正青石碎板，厚砖头，磨砂水泥块，原先当是洋楼，不会是农家小屋。不知多少年前，肯定阔过，繁华过，门前走过车马。现在像一座不见子孙的坟墓，失落在荒野。

清水后生走进倒塌围墙，挑块石头坐下，叫木头木脑坐在对面，石头冰凉。

清水后生说，你没有来过吧？他也只来过一回。头一回来时，天色也阴阴沉沉，好像要下雪的样子。你走得出汗吧，现在坐下来，身上汗水冰着肉了吧。

他说头一回，是你也认得的白麻子带他来的。白麻子坐下来，摸出一把手枪拍在膝盖头。

白麻子说清水后生是个叛徒。执行组织命令，把叛徒带到这里来处理——这叫作处理。

清水后生说自己不是叛徒。

白麻子说他不知道，只知道叫执行就是执行。你若不是叛徒，就做个烈士吧。现在你站到那块青石板上去。

清水后生就站到青石板上，白麻子也站起来，扣着扳机。清水后生穿着一身青哔叽学生装，觉着可惜。就说慢点，让他把衣服脱下来，战友们缺衣少食的，不要弄脏了。脱了上下衣服，脚上是一双翻毛皮鞋，一边脱一边说，小三的脚一般大小，他的鞋底透通了，这一双给他正好。

清水后生脱得只剩一条裤衩，站在青石板上。天冷，身上立刻起了鸡皮。白麻子右手颤抖，左手过来帮衬。清水后生正要喊最后一声"万岁"……不知从哪里，蹿出来一个四脚动物，灰黄色，挟尾巴，长嘴子，蹿到废墟前边，回身，半蹲半趴着，做前扑的准备。

这是狼。

狼望着这两个人，等着打死一个。是先吃活的，还是吃死的呢？好像还没有决定。

两个人也看着狼，差不多同时觉出来这狼的眼睛，分明懂事，在察看世情，审视世态，带着点冷嘲——分明是一双人的眼睛，啊，人的眼睛，两个人都心惊肉跳起来。

阴沉的树林，破倒的废墟，一只狼脸上一双人的眼睛，把两个都是正义又悲壮的胸怀弄糊涂了。

白麻子掉转枪口，对着那双人眼睛中间，砰的一枪。那狼蹿起来丈把高，朝后一翻，落在废墟的坟包后边，不见了。

白麻子叫清水后生穿上衣服，说，枪里只有一颗子弹。那时候子弹的确金贵。

后来什么事也没有，因为没有谁是叛徒。

清水后生说完头一回到这里来的事。看着木头木脑，流露出少年朋友中间露水般干净的感情，说：

"我早告诉过你，其实是警告过你，不该去的地方不要去。还有，最要紧的是，这里那里，来回传话，犯了大忌。我相信，不止我一个人相信，你是无心的，你不懂。我也早和你说清楚，听的人若有个把有意的，就糟糕——'脉死'。"脉死"可能来自洋泾浜英语，意思是"最"，是"统统"，平时是玩笑言语。

"我晓得的。"木头木脑也露水般透明，"这几天在捉人。"

"你晓得就是了。"露水虽好，却容易晒干。清水后生脸上正派起来，"你认得的人，你认得的地方太多，你的嘴又最没有栅栏。组织上不能不处理，叫你为事业牺牲。"

还是叫作处理。

这时，木头木脑的头脑，真的木了。说木，是脱离实际，白话是魂不附体。那脸色煞白，手脚冰冷，膝盖骨手关节摇铃，他自己都不知觉。灵魂已经到了体外，又没有走远，牵一个瞎子那样牵着身体站起来。那灵魂没有反抗的意思，连怀疑也没有。身体也就没有一点逃跑躲避的动作，摇摇晃晃不觉得，出气多进气少不觉得，一步不停，不朝别处，径直朝那块青石板走。好像走了很远，好像走都没有走就上了青石板。

站上青石板，身体问灵魂：

"我也是烈士啰？"

清水后生眼皮低垂，寻思这位少年朋友还没有参加组织，算不算得烈士呢？回道：

"我一定为你请求，放心。"

站上青石板，手就上来解领下的纽扣，好像全无力气，解不开。灵魂替着脱下来，看不见有什么人缺少衣裳，还是一件件都脱下来。又脱鞋，脱袜，也不知道有谁的脚一样大小，有谁的鞋底透通了，要换鞋。

"我没有带枪。"清水后生在地上找到一根两尺长木棍，棍头两根狼牙般的钉子，看来是拾粪、捡橘子皮、收字纸的工具。

木头木脑的手指还在第一个纽扣上，没有力气解开。他的灵魂已经把上下脱光，只剩一条裤衩。

"这不用脱衣服，只用转过身体……"

这时，灵魂和身体都看见了清水后生的一双眼睛，变了。眼珠如乌木头，如干石子，如烂铁球。眼白闪闪碧绿寒光。这是一双狼的眼睛。饿狼的眼睛。饿狼扑食的眼睛。

崇高、庄严、悲壮……一个个就像彩色的肥皂泡，没等到直上天空，就缥缈失踪，灵魂也从身边消失了。

剩下的肉身里，恐怖弹簧一样弹开。木头木脑要狂呼奔跑，蹦高撞墙……

这时，一个平和清楚的声音：

"把那棍子放下，那是我们家的。"

这是一个女人的声音，女人在哪里？女人看不见。她在坟包后边？她在坟包里面？她就是坟包？

清水后生心里一紧，手里那根带铁钉的棍子，掉到地上。

"我们家姓秦，秦始皇的秦。那棍子是大宋年间，霹雳火秦明传下的武器，叫作狼牙棒。敲人的脑盖骨，一敲就出脑浆，是有名堂的家生伙。"

女人没有笑出声来，不过听得出来带着温和的微笑。

"这个地方是块宝地，先前我们秦家来到这里落户，盖了三间草房，后来添了五间瓦房，再后来，还盖了个木头小楼。门前房后，开了水渠，水渠分出来大小水沟跟一张网似的，网眼里种水稻，一年两季。到这时候，割了晚稻，还要种一地油菜过冬。小油菜开花时候，四面黄爽爽。蜜蜂盘来盘去，一片嗡嗡嗡。牛角上毛毛雨，牛屁股晒太阳……是宝地不是？"

声音甜甜，风光柔柔。

是坟包在说话。坟包就是女人。在清水后生眼里，坟包显灵一样显出了女人的标准的线条，流动的线条。这个女人是废墟妖精。

在木头木脑眼里，坟包是女人的脸面，声音从一个黑洞洞里出来。废墟是女人的身体，或饱满或柔和或神秘的女人部件，散落在黑暗里。这个女人是废墟母亲。

"后来，仇家来抢宝地，烧了房子，杀了人，杀人和砍菜头一样。全家只逃出一个我来。仇家在这里养牛养马养鱼养鸡鹅鸭。发了财，盖了水泥碉堡，造了石头城墙。我逃到外面，养了六个儿子，个个'拿龙'一样杀回宝地来。不要说男子，女人也会抢过吃奶的孩子，就朝石头上掼。怎么做得下手？我们是为了活命，你死我活，有什么做不得。

"只不过杀完了，气也出尽了，力也光生生了，宝地上只见杂草，歪藤，七岔八跷的树。"

坟包袅动，生发了吸引力，两个后生身不由主，朝前挪步。也还有些警觉，慢吞吞做贼一样。

才两三步，听见女人笑出声来：

"我们只晓得活命，你们心高一等，叫作革命。不但也是什么也做得出来，还活着称英雄，死了编烈士。精神头比我们高十倍都不止。

"前回你们打了一枪，打的是我们秦家看家的狼狗。把它打疯了，你们弟兄两个走过来看看吧，两只眼睛都变了颜色，一只绿哀哀，一只蓝幽幽。我要放它出来，疯狼狗咬人，吃倒不吃，有几个咬几个……"

清水后生嗖地转身开跑，木头木脑紧跟也跑了。

像这样的无头公案，若不是那个地方山明水秀，物产丰富，专案组也不会跑一趟的。正是：

"事出有因，查无实据。"

后语

木雕艺术家晚年闭门不出，只顾拿锤、用凿、运斧、使刀。不久，得了直肠癌，做手术把肛门也削了。腰里开个洞，扣上一个塑料盒。

不便做大件头，就做头像。日夜加工，生怕做不完。怎有那么多东西好做？做的不过人物动物。人物五官都还端正，距离、比例、角度却又"出格"。动物做的最多的是：狼头。

给他开过展览，赞赏的不多。报上着重介绍身患绝症，自强不息。赞赏的也总觉得什么地方不妥当，是不是错了位，把人的眼睛安在狼头上，狼的眼睛又嵌在人那里？若果真如此，那算什么主题和思想意识？客气点说，看不懂。但艺术家认为都是亲眼看见，亲身体会，亲问理性，都合逻辑。亲到和亲自上厕所一样。

艺术家不久两腿站不起来，叫人从床底下翻出一个黄杨疙瘩，在肮脏的角落里珍藏多年的宝贝。坐着用锤、凿、刀、斧，雕出一只天鹅。仿佛浮游水面，长颈贴背，头微仰。是酣睡初醒？是垂死复苏？

上下收拾停当，留下眼睛最后努力。谁知癌细胞抢先扩散全身，两只臂膀也抬不起来了。只好叹一口气，拉倒。

大家说最后做的天鹅，是他的"天鹅之歌"。没有眼睛是最完美的艺术表现。有一位评论家用了两个生冷的字："氤氲"。正是：

"此处无眼胜有眼，留得空白氤氲生。"

白　儿

——十年十瘾之十

　　金秋将尽，太阳黄澄澄，石头坡上的石头都是暖和的、软和的、笑眯眯的。

　　石头坡上的石头无其数，都经过看山老人的手。如若不信，石头怎么都笑眯眯的老人的笑法。

　　是这个老看山的——"浩劫"时斗他，叫看山佬，现在平了反，叫老看山。是这个老看山步步为营，把一杆铁钎插到石头缝里，摇晃摇晃，摇晃瓷实了，堵住了地漏。是这个老看山拣大块的石头垒上地边、地堰、地唇。是这个老看山的栽杨插柳，护住水土。是这个老看山的搜索挑剔黄土，阳坡种核桃，阴坡种板栗。是这个老看山的让山脚绕上葵花，山梁趴上野葡萄。是这个老看山拿碎石子铺了条盘山道，打了个石头洞，冬暖夏凉，避风躲雨。洞尽里头盘的有石头炕，洞门口有石头墩好坐，石条石板好放茶碗好下棋。

老看山的看了二十年山，把个石头山看成花果山、花园山。老看山的原先是土改斗地主的积极分子，他领头分了地。不到三年，又领头把地归公办合作社，当社长。当到大跃进时候眼见粮仓露底，粮柜挖空，就不报谎情，报实情，叫撤了职。

是他自己要求到石头坡上当看山的。看山本来只是个"看"，他可东摸西摸，笑眯眯的。村里饿着饱着，马踩车车踩马，文斗武斗，他都不问不管，只是笑眯眯摸着石头。谁知这也斗到他身上，就在石头坡上石头洞里，斗了他个通宵，到"高潮"时，扒下裤子，拿细铁丝一头拴住下身前边，一头拴在石头块上，就在细铁丝上弹琴一般玩儿，把他弹死过去。死去活来，小便失禁。只好返老还童，兜上尿片子。山上风尖，常常像兜着冰砣子。

以后还是看山，他还是笑眯眯地摸着石头过日子，不过添了一样：自言自语。嗓子里呼噜呼噜一阵，仿佛哭声，可是脸上的确笑眯眯地说着自个儿的话。

现在收完秋，搂柴禾的孩子也不到坡上来。石头坡上丁点黄土都派了正经用场，没有长柴禾的地方。

天高气爽，山静坡暖。有云吗？有水吗？若有云有水，也都会软软的定定的。要化不化，要僵不僵。是"入定"境界。

看山老人在他的山洞洞口，摆弄石头块儿，砌一堵石头墙，好封住石头洞口。他不慌不忙，大小块儿配搭，碴口和碴口对齐靠严。他老了，搬动大点儿的都要努着劲儿了。砌妥了一块，都得喘一喘了。喘着的工夫，他眼眯眯地笑眯眯地左看右看，稍不合适，还努着喘着掉个头前挪后挪好不容易才认可了。

他唤："白儿。"

他静听唤声在太阳里溶化。

他嗓子里呼噜呼噜一阵，笑道："他们笑我唤得柔和、唤得甜、唤得亲，说，亏你这么大岁数了。老杂种。"

他说的还是"浩劫"中的挨斗。本来早就撤职，要了这个孤独差使，看山。本来没有什么好斗的，老伙计们提溜出来他小伙子时候，和白儿相好。白儿是中农人家姑娘，要说精穷的小伙不该想吃天鹅肉，倒还可以。可是提溜出来斗的，是斗他搞破鞋。

看山老人看看砌了半截的碴口，找一块合适的石头，两步以外有一块可以，抱起来跨过脚下的石头堆，体力不支，连忙扔掉一样往碴口上一扔，正合适！

老人嗓子里呼噜呼噜带喘一笑：

"不要记恨，也不要非得'掰拆'个理儿出来。老哥们惦记我，可那土里扒地里刨的事儿，小造反们不来劲。一提溜搞破鞋，好哩，老少都属一句文话——兴高采烈。这一葫芦酒，醉一屋子人不偏贤愚。这就是理儿，还要什么理儿！"

他唤："白儿！"

他静听唤声在太阳里溶化。

他摆弄着石头，想着：不惦记上我，惦记谁呀。是我领着老哥们分了老财的地，欢天喜地，含在嘴里还没化呢？是我领着"熬鹰"，整宿地开会，让老哥们一个个把地吐出来，不吐口报名入社的不叫走人。是我哄着大家，"电灯电话，楼上楼下"，金光大道呀。没想到饿起肚子来，眼睁睁地饿死人。我早就死老虎了，伺候石头来了，那还得惦记着，忘得了姓什么也忘不了我呀！该！

看山老人呼哧呼哧地抱上一块长方石头条，也还呼噜呼噜地笑着。

白儿，你们家我进不去，老委屈你，上西口破窑洞里说说话儿。你老不敢来，怕招笑，怕戳脊梁骨，怕舌头底下压死人。实际，老哥们给咱们放着哨呢！站脚助威呢！两肋插刀呢！他们老学你，奓拉着脑袋，眼珠子掉在地上寻一根针，打村口房檐下黑影子里开寻，寻过白果树，一步一挪寻到破窑洞口，滋扭——跟打个闪一样，没见转身就进了窑洞。

白儿，等咱们说了一阵话，有时候，不也有老哥们咳声嗽，探进头来，也有蹑手蹑脚的压着嗓门取个笑，跟闹洞房似的。你要一滋扭跑掉可又没真跑，那时候咱们都想，但愿有一天，让老哥们都来，敞开来闹一闹房呀！

白儿，我也不怨你爹。你爹要是发狠，我这里早横下一条心了。你爹要是动武，我可是摔打出来的光棍一条。谁知你爹那几句话，柔柔软软，还真拿人。你爹说：过年过节，短不了走动走动吧。她大姐夫种着二亩园子，冬景天，顶花带刺黄瓜卖肉价。她二姐夫现教着学，可村老少都叫老师、老师。你们怎么坐一块堆说话呢！你们怎么一块堆坐着说话呀！

我得找钱去，我钻了煤矿了。赶我黑不溜秋地拣条命回来，没脸见你，可你也嫁远了。

赶我当了主任，你偏偏回来走娘家。老人都已经不在了，你偏偏地走什么。我当我死了的这条心，又勾回魂儿来了。偏偏我已就当着主任，像个人物似的，不敢迈出一个歪脚印子，把自己拘得紧了去了。老哥儿们也都知道，偏偏要斗我搞破鞋，都别怨这怨那，偏偏这个世界上就有那么多偏偏。

看山老人撤职的时候没有老，看山看老了。那石头坡是个漏坡，有种东西比鼹鼠还厉害土名叫"地排子"，把地"排"得漏斗似的。看山老人就一根铁钎，找穴位似的找着一个个地穴，铁钎好比银针插下，跨马蹲裆步，两手上下握，摇晃着铁钎，摇晃着山坡，"排子"

洞崩，大石头挤紧，小石头塞缝。

堵地漏，五年。垒地堰，三年。种树，五年。开沟修路，三年……

石头坡成了花果山，表扬了。花果山又成了花园山，登报了。十多二十年过去了，看山老人真老了。他不缺风、不缺雨、不缺冷、不缺热，不知缺一样什么，就低声唤白儿。是白儿笑眯眯，是白儿那笑暖和和，软和和，晒得化的。他想着早晚快要倒下了，兴许是缺个倒下的洞，他下身兜着冰砣子刨出一个洞来，照着当年的窑洞刨出一个洞来，照着当年尽里头垒起一个炕来，照着当年的洞口垒起半截墙来。

现在，他拼着老命把半截墙加高加高，再高点儿就要封住洞口了。

他唤："白儿！"

他静听唤声在太阳里溶化。

……跟你这么说吧，就跟闹洞房一样。老哥们，小造反们，严严地挤了一洞，坐着得跟蒜瓣儿一样，戳着的筷子笼里一样，拉来了电线，上上葫芦大灯泡，丝丝价响，冒金星，放金线，点得着柴草。

"交代，老实交代。"

个个红了脸，瞪了眼，支了耳朵楞子。闹洞房少不了这一招，交代怎么遇上、瞧上、好上、甜上、粘上、腻上……差一点也不依不饶啊！

"坦白从宽！"

"大帽子底下溜掉！"

"竹筒倒豆子！"

你说这都是斗争会上的词儿？你想想吧，哪一句闹洞房不照样使，一模一样，一点儿不错。

阳光明丽，石头暖和，看山老人嗓子里呼噜呼噜笑着，摸来摸去摸够了一块石头，抱起，端起，举起，那墙已经齐头高了，举不住，蹭着墙托起来，笑眯眯地喘着……

……这还完不了，早着呢，兴头刚刚挑起来。

"来一个！"

"学一个'滋扭'！"

这可是老哥们提溜的了。当年，你寻针一般挪着走着，走到窑洞门口，冷丁一个"滋扭"，跟个电闪似的进了窑洞。全叫老哥们看在眼里了，早在地里学开了，有的一个"滋扭"绊了个跟斗，爬起来还"滋扭"。老哥们说，这个"滋扭"又解渴又解乏，还解馋。

我也只好学一个呗，可老胳臂老腿的不灵了，学出来也是挨斗的架势。

"打回去。"

"不老实。"

"再来过，带表情。"

这当我能带出什么表情来呢！没法子，还得带呀，我一带——

"吓死人啦！"

你说这跟闹洞房不一样。这叫野蛮。那是逗乐。你好生琢磨琢磨吧，那闹房，还不叫野蛮哪？这斗争，还不跟逗乐一般哪？这世界上哪是野蛮，哪是逗乐，你"掰拆"得开吗？

看山老人呼噜呼噜眯眯笑着，呼哧呼哧又举上一块石头，洞口快要封顶了。

……表情真吓死人了？没有吓死谁，倒是这一嚷，老哥们小造反们全乐得前仰后翻，有几个乐得禁不住手、撑不住脚，上来抓挠的撕挦的，不知怎么的拽开了腰带，我那抿裆裤子还不"扑落"掉下来了。这可开了锅啰，七手八脚，也不知哪里塞过来细铁丝儿，乱糟糟地把前边给拴上了，许是拧上的吧。抖搂抖搂铁丝，把那一头拴到灯台那儿……

白儿，原先那窑洞进门右手，有一个小方洞，搁着灯盏火柴，顺手一摸，就能点亮。这个石头洞是照着打的，也是右手，也在进口，也有个小方洞好搁灯台，倒叫他们好拴铁丝了。拴吧！是我收地伤心，是我砸锅炼铁，是我饿着老少，我不当新郎谁当！拴吧拴吧，乡里乡亲一乐百了。

白儿，你又说野蛮了。实际闹洞房也少不了这一招：天花板上挂下来一根细绳，拴上根香蕉。弹弹细绳，香蕉到了新娘嘴边，要新娘张嘴去咬，新娘害臊张不开嘴，不依不饶。真要一张嘴，细绳一弹，香蕉又甩开了。就这么来来回回，逗一屋子人乐半宿，老的满面红光，少的浑身痒痒不能治。

当然，不过，弹弹细铁丝，下身是要疼的。当然，不过，这比起香蕉来，还要叫老少高兴。不知哪一位高兴过头了，跷起一只脚落在铁丝上，就如根断、血崩、五脏裂，把个人疼死了过去了。

看山老人嗓子里呼噜呼噜这回真像带着哭音，脸上可还是定定地眯眯笑着。摸摸石头墙只差三两块就封顶了。他踩着剩下的石头，手撑脚扒，努着劲爬到墙头上，从空子里往洞里翻，翻时硌着下身冰碴子，一疼落地，眼前一片黑。一会儿，看见空子那里，还有一长条阳光照到洞顶上，黄淡，暖和，软和。

他摸摸脚边，把一块准备好的长方石头，蹭着墙抱起来，托着往上蹭，塞到空子里。

现在只剩下一方块的淡，暖，软。堵上这一方块，就严了完了没事了。

他唤："白儿！"

他静听唤声的黑洞共鸣。

他撤职要求来看山，搬到山下看山小屋里来住。只挟着一个铺盖卷，还有一个木板条钉的好像小柜子的箱子，可以摆上饭碗蹲在地上吃饭，也可以不摆饭碗当凳子坐着吸烟。这就是当了靠二十年干部的家当。两袖清风都说不上，两袖的破棉絮。这一条，打灯笼也难寻呀。

别的干部看着眼珠子酸，七算八算算出来百把块钱，说是该给他的。他不吃不穿买了个电匣子，那年头算是"现代化"了，拿崭新的羊肚子毛巾捂着摆在看山小屋里。村里的口舌他问都不问，却爱听这电匣子说话。

白儿，白儿，有回电匣子说了个故事，那是多少年前的事儿，算了算，合着是宣统年间。马克思的女儿劳拉——你看，都记住了名字，还有那女婿叫什么没记住。反正都七老八十了，住在法国巴黎郊区。列宁还是个青年，成亲不久，小两口骑三十来里地自行车，去瞧那老两口，是拜访哪。临走时，老太太说老爷子："他很快就会证明他对信仰是多么真诚。"——这是句外国话，我愣给记住了。说完这话，老两口还对望了一眼，列宁夫人觉着那眼神挺奇特的，也不好问，就回来了。过后不久听说老两口双双躺在床上，关门闭户，打开煤气……留下的话说，自己做完了应做的事情，再没有工作能力了，活着只会拖累同志们。

白儿，这老两口多明白！

看山老人摸着一方块石头，一努劲，塞严了洞口。果真，劲儿也使干净了。他顺着墙根蹲下，在黑暗里笑眯眯地合上眼。

他觉得洞里暖和起来，光亮起来，睁眼：尽里头石头炕上，躺着白儿。明知道白儿是白才叫白，可不知道浑身白白到这么白，白得发热，白得发光，白得发云发雾云苫雾罩。整个石头洞都软和了。

他看见自己血气方刚一条光棍，去拥抱白云白雾白光白热，一生没有看见过自己这么雄壮。

他也看见蹲在墙根的看山佬，下身整是个冰砣子，冰砣子里边精疼，精疼。

电　话

　　骂你的嘴里有我的嘴
　　打你的手里有我的手
　　　　——梦话

　　这个电话二三十年前就该打。早早打了，也许我们的命运就大不一样。

　　可是早些时候，我们光做梦不会说梦话。要没有"骂你……打你……"这么两句，怎么会去打电话呢？打了，也许更加怨，更多恨。

　　我们现在远隔千山万水。

　　我们现在老了。

　　我偏偏选在今天来打，因为当年的今天是我一生中第一次，可能也是唯一的一次，做下了"大义灭亲"的事。

　　我偏偏选在半夜里打，是想着可以听见话筒里非常宁静。宁静不是无声，有丝丝的颤颤的声音，那是千山万水的声音，是岁月流走的声音，是太空的声音，是至高至大的宇宙的声音。

那年我走的时候，已经是学校停课，商店关门，银行冻结了，大街上到处有人点火烧书，小巷里也不时敲锣，什么人在戴高帽子游街……

揪你的大字报贴出来了，你换上了最旧最破的劳动衣服……我当然不应当走开，可我是祖母带大的，她病危，不见我一面闭不上眼，我能不奔丧？

祖母原本好身子骨，好心，好脾气，爱笑话自己没心没肺，活着不费劲。谁知这一回铁了心，叹口气说："活够了。"躺到床上不吃不喝不见医生，我赶到家，她才睁开眼，我还没说出一句整话，两个造反派找上门来了。

一个是你单位的，一个是我那儿的。千里迢迢，由大北方追到南方海边，和我前后脚。怎么能够这么快？做张做致地也做出红脸白脸，红脸恨不能马上动手押我回北方，白脸做不放心状，把眼珠横过去看海。我索性带他们去海边，他们边走边打听方向……我明白了，斩钉截铁告诉他们，他们怀疑的那个岛，要是游水，世界冠军也是绝对游不过去的。坐船，也过不去，海上有海防。这两个人没有见过海，面对无边无际的波涛，目瞪口呆。

祖母挣扎着起来，说我的事她比我自己还清楚。我趁势说当然当然，不过老人家不吃点东西下去，说话都没有底气。祖母想想要米汤喝，给她的米汤里掺了参汤，原本没有病，喝点下去就还阳了。

家里上下好吃好喝好招待了造反派，红脸也软和了，说我身上没有多少"疤痢碴儿"。白脸直说这一趟其实为的是你——我的爱人。两人说如若揭发你，有别人没有揭发过的材料，是具体的，是像回事儿的，他们就可以先带着材料回去。

事情出现了转机，仿佛"柳暗花明"，只要我抓住时机，开动脑筋，可以一救祖母，二也不伤害你。我还想着，说不定还给了你台阶，让你顺着检查、过关。过了关，你还是你，你我还是你我。

关键是找一个什么材料。这个材料要真像俗话说的——说它是个事儿，还真是个事儿；说它不是事儿，还就不是事儿。

先不先，我明确下来，不在政治上找别扭，咱们离开政治。

别人揭不出来，单位里谁都不知道的事儿，其实很多。我们是中学同学，一同上的教会学校，我们的班主任还是个洋嬷嬷……

我的眼前出现了校门：铁栅栏，绕着花枝，托着大十字。出现了草地，没有花圃，两行笔柏像两行铁塔。嬷嬷的房间里，大桌子、大柜子、大椅子，方方正正，见棱见角，不铺不垫，没有一张浮搁着的纸张，没有一个不实用的小东西……

可是从椅子也许是柜子底下，走出一条黑狗，从脚到头顶，总共才一尺五，腿脚只占三分之一，脖子竟也三分之一。一身黑毛，黑脖子竟顶着一副高傲的黑嘴脸。走路因腿短不得不鸭子那样摇摆，脖子直直的却像英雄一般坚挺。它从最卑下的角落里走出来，尽可以昂首挺胸，毫无挂碍。尽可以汪汪叫着，径直发动进攻，一个英雄意识的侏儒……

我只在教室里看见你，下了课，你总是一闪不见了。渐渐地听说你是这个贵族学校里的穷学生，你要勤工俭学，抄抄写写，包括喂黑狗，给黑狗洗澡。洋嬷嬷喜欢你，年年给你奖学金，听说多一半儿是黑狗离不开你……

有回你出了大名，那是一个晚会，有你的节目。你穿一身黑衣服，昂首挺胸走出来，坐在台口椅子上，看报。忽然，出现了黑狗，昂首挺胸，从椅子下边摇摇摆摆走出来。你伸一只手，帮着黑狗爬上膝盖，爬上胸膛，爬上肩膀，最后，竟爬上你昂着的头顶！四条短腿夹着你的头，肚皮贴在你的头皮上，脖子直直的，一脸的严肃。你也板着脸读报，庄严如读圣经。

我们大笑。嬷嬷先也笑着，黑狗一上了头，她擦眼泪了，后来老泪纵横，到了捂住脸的地步。

嬷嬷管黑狗叫"大令"——亲爱的。我们管它叫"大郎"——武大郎。你伺候狗是勤工俭学，大家本来是同情你的。

晚会以后，这个节目好像嬷嬷的心头肉。每到节日招待、贵宾参观、晚餐余兴，凡要显摆显摆的时候，你就演出。

同学里有人叫你"大郎丁"了，虽说丁是你的姓，放在后边可以算做外语习惯，可也是"三寸丁"之丁，"家丁"之丁。

你聪明，你用力，你还能忍，你不声不响地拿下五分。我抱不平，我说你好话，我替你争气。有天，我们班的女生起哄，我顺嘴说：我主持正义。同学们说：也就是嘴硬，反正你不会嫁给他。说着哄堂大笑。我可是暗吃一惊，脸上笑着，心里一团乱麻……

往事如梦，当我揭发亲人的时候，走进了梦境。

听吧，这份宁静，是无底梦境的宁静，是无边无际的太空的宁静。

听吧，宁静里的丝丝声音，是梦的气息，是遥远遥远的地方，是模糊连片，是清晰细语。听着：

骂你的嘴里有我的嘴；打你的手里有我的手。

我有过一次"大义灭亲"……

大义灭亲吗？你听着，该我说两句了，若论大义灭亲，也是我在前头。凡事都有个先后，因果关系，不可颠倒。你想不到我这么说吧？要是早早地来电话，我还说不出来这么个意思呢。

二三十年算什么，人生人生，只有一个"大限"生和死，都还活着就不晚。那年你早起走的，中午，揪了我。戴高帽子，挂大牌子，写的罪名够枪毙两回的。我哪里经过这么个阵势？哪根神经不绷得要断了似的？先问我，你老婆呢？我脑子都不会转悠了，立刻反应：回老家。老家在哪里？南方，海边。离那个岛近吗？斜对面。造反派立刻派出去两个人，追你去了。这就是他们和你前后脚的缘故，可不可以说是我揭发在前？

我先觉着我说的都是实话。我们没有藏着掖着的事，我们襟怀坦荡，为什么不实话实说？后来我暗自思摸，为什么不来个缓兵之计？嘻，别说是让你缓过一口气来，我都没有把祖母病危强调起来，也没有把祖母和你的特殊情分特别说明一下。好了，这都是太紧张了，太幼稚太老实了，也是那刀山火海的太吓人了。

再过后，"斜对面"三个字蹦了出来，他们一个个瞪着眼睛，我不能回避了。我说过"斜对面"。造反派问到你老家离那个岛多远，我竟"直不楞登"回道："斜对面。"实际还隔着个海峡呢！真要斜着过去是多少多少海里呢？秃秃的一个"斜对面"，有这么说话的吗？风风火火的时候，不是最忌讳煽风点火？这"斜对面"有点煽情不！至少是个"贱招"。巴巴地讨好，顺着人家的心思，拣人家爱听的来说。仿佛我没有伤害你，可是把你搁里头了。我要不够个"大义灭亲"，也是"犯贱"，更臭。

追你去的造反派回来了，带回来你的揭发。你说那"黑狗"不沾政治，可好，"黑狗"一出笼，叫批斗会整个地改了观。

批斗会原来只有政治，又没有实际材料，直线上纲上到反党反革命，顶格了。只好去挖世界观，那就好比干在沙滩上晒着了。"黑狗"带来一潮的水，一沙滩大钳子小蟹、跳鱼、泥蒜，所有的软体动物全都活跃了。"黑狗"整个是往事如梦的散文，本来干巴的发言，全滋润了。有血有肉的，哪一句话都有油水，哪一个细节都可以纵深发展，哪一个过程都可以把人格掰开揉碎。

斗我政治？帽子越大我还越问心无愧。批我思想？我自己还往世界观里头挖呢：哲理啦，思辩啦，修身养性啦，中国有"吾日三省吾身"，"昨日之我昨日死，今日之我今日生"。洋的呢，老的有"自我完成"，新的有"自我选择"。凡真正的知识分子，都讲究自己修理自己，自己收拾自己。别人最不能碰的，是人格，一碰，就是侮辱。知识分子的老祖宗说："士可杀不可辱。""黑狗"一来，凡发言都离不开狗、狗、狗。凡大字报都不免狗、狗、狗。都把人格和狗格等同。

我不能接受，也不能忍受，我心里结上了死疙瘩。

听吧，宁静。丝丝的极宁静极空旷的声音。岁月丝丝地流走了。千山万水丝丝地流走了。生离死别丝丝地流走了。

今晚，听见了太空的声音，宇宙的声音。有一个叫作"三百年梦"的歌里唱道："朦胧中清晰，分明里依稀。"今晚听见了：

> 骂我的嘴里有我自己的嘴。
> 打我的手里有我自己的手。

丫丫没有娘

（母亲系列中的一节）

丫丫没有娘，跟着爹在破窑里长大。

有说她娘跟野汉子走了。有说她娘叫人糟践了，跳崖死了。两个说法都说她娘俊，水灵，耀眼。

她爹当爹又当娘，一心扑在她身上，虽说住破窑，也没有好的有赖的，总不会让她成天饿着，鞋袜也总还有得穿有得换季。

爹也有脾气，一死儿一字儿不提娘，有回丫丫耍赖撒娇非要问个底儿透。

爹喝道："你是天上掉下来的。"

丫丫还问："是天上仙女扔下的吗？"

"是。"

"仙女什么样？"

爹随口说："珠冠凤袍呗。"

177

丫丫早就听说娘俊，娘水灵，娘耀眼，可摸不着这些个到底是什么模样？一听说珠冠凤袍，那是年画上见过有了底，就愣着眼去描那俊，那水灵，那耀眼。

"丫丫，你还不顺心？"

"顺心。可我还想还想……我不想了。"

"那就别愣着。"

"让我稍稍再愣愣。"

村里的小伙伴里，有个放牛的小小子，让牛啃了村长大伾儿家的几口庄稼。小小子的娘急了，举着笤帚疙瘩，追着小小子打。小小子白了脸，可村儿跑，一声不出。那娘嚷得石头子儿蹦起来，她捡起石头子儿打过去，嚷得柴禾棍儿闪开，她抓起柴禾棍儿砍过去，就是手里的笤帚疙瘩还在手里。可嚷得可村儿聋了，就是要可村儿耳朵起茧子。

丫丫不明白，心想：这叫娘吗？什么娘！

冬天，女孩子们找个背风角落，边晒太阳边跳格子。有个小毛丫头还光着脚哩，脚背跟冻茄子似的，脚指头糊着脓血嘎巴。孩子靠着墙站着，右脚踩在左脚背上，一会儿，左脚踩右脚。是倒着脚取暖，可不知是眼一错还是怎么的，这女孩子成了一条腿一只脚的怪物。

丫丫心想：这是有娘的，这叫什么娘！

凡邋遢的、窝囊的、胡咧胡嘎的、低三下四的娘们，都叫丫丫想着：这还叫娘哩，我才不叫。

小伙伴们也有起哄架秧的时候，对着丫丫"没娘，没娘，没娘"堵耳朵般叫喊。丫丫也"有娘，有娘，有娘"直嗓子叫得山响。小伙伴们又叫"娘呢，娘呢，娘呢"，丫丫噙着眼泪叫着"天上，天上，天上"。过后扑在爹怀里大哭。她爹劝道：

"你不会说不要。就是不要，不就挺好。"

丫丫也想着是挺好，可心里止不住空空的。心里一空，倒也没有眼泪了。

村里当爹当娘的指着喜哭的孩子说："你看丫丫，成天不哭，天塌下来娘没了她哭过吗？"

十岁那年，丫丫她爹砍了一捆花椒树杈，削成浑身鼓包的长杖短棍，带着丫丫下山上集赶庙会摆摊，吆喝着："花椒棍哟，热性子哟，去风去寒去湿去邪哟……"

丫丫走开五步，看看卖刀的对着刀刃吹头发，看看卖耗子药的一地老少耗子……踅回来，爹没卖掉几根。再走开十步，看看一碗碗凉粉，红糊糊的辣子，看看包馄饨，一刮一捏一个……再踅回来，才卖掉一小半。再走开走开，不觉跟上了一股子人流，挤进一个门洞，火光点点，青烟黄烟滚滚，原来是一个庙。丫丫从来没有见过这么大的柱子、旗子、幔子，这么大的香炉冒烟，这么多的蜡烛流油。磕头的挨着磕，上香的挤着上。丫丫站不住脚，往哪边闪都是动弹动弹的胳臂腿。看见了木鱼咧着大嘴：哆、哆、哆……噇的一声，看不见是谁敲响什么。抬头看佛，烟雾昏昏沉沉，斗大的金脸，仿佛要倒下来。啊，丫丫啊丫丫，是不是走到了老人们说的阴阳交界了。多少爷爷奶奶，多少个娘，走到这里，都不会大声说话，又都不会不说话，嗡啰嗡啰嗡啰……

丫丫迷迷瞪瞪出了大殿，飘飘悠悠朝后边走，忽然眼前是个小院，一个小殿，顺脚跨过高门槛，咦！没有人吗？有两三个人吧。一个老师父坐在供桌边上，是睡着了？是木头了？还是吓着了？有人磕下头去，着地，贴在那里，是不起来了？还是起不来了？蜡烛不晃，香烟不散。红绸直直，黄缎横横，里面的菩萨静静坐着，头戴珠冠，身着绣袍，弯弯眉毛，细细眼睛……丫丫忽然明白，这是娘娘。在年画上在月份牌上在什么什么地方见过。

娘娘才叫俊哩！

这里好静。

娘娘又白又红，雪白艳红，这不水灵？这不耀眼？

啊！这可罪过了不罪过？

娘娘眼睛细长柳叶一样，无风也会颤颤，眼珠墨黑，不动也还闪闪……啊，颤颤的闪闪的是盯着丫丫呀！

这里瘆！

丫丫猛退几步，到了门槛边，又猛地转身，娘娘还盯着。往东走几步，娘娘的眼珠跟着丫丫。索性走到东尽头，没错，娘娘跟到尽东头。这是怎么了？这是为什么？丫丫还要试一试，回头贴着门边走。万一紧急也好跳到门外去。一步一步走到尽西头，娘娘的眼珠的确盯着步步盯到西。丫丫也犟起来了，索性转身再走一趟，娘娘一眼也不眨，一直微微，亲亲，迷迷，跟着丫丫来丫丫去。

丫丫又走到尽东头了，禁不住全身哆嗦，大叫出口。

丫丫听见了自己的叫声，仿佛山那边河那边天那边的回音，叫的是什么？真真是一声：

"娘！"

从这往后，丫丫长大，成亲，养儿，抱孙。翻山越岭，风吹雨淋，蒙冤平反，跌倒爬起，生离死别，天灾人祸……都会看见娘，她的娘戴着一串串闪亮的珍珠冠、穿着一团团金线绣凤的大红袍，俊哩，水灵哩，耀眼哩。有娘在，就是上刀山下火海，也有了主心骨。只是自己做了娘后，觉出来娘娘和娘还是不一样，隔着一层什么，这时也有了半点文化，叫道：

"这是母亲。"

门

命门

西方有个诗人有首诗叫："门"。他说他"手上随处有门一扇"、"开向四面八方"。有时听见门里边在"狂吠"，在"嘤嘤哭泣"，在"雨声淅沥"；可是里边"没有狗"、"没有女人"，"没有雨水"。说得特别的是"钥匙儿灵巧可爱，像说谎者的舌头。""像活着的心房那样跳动。"

"甚至有时我自己敲了门，

锁孔也接纳了钥匙。

而我却没有找到我自己。"

东方有个退休诗人——退休是眼前的说法，传统上叫作退隐。住在郊区单元楼里，那天傍晚到田野散步，想着名片上可印"述而不作"四个字，不免得意，多走了几步，不觉天黑。往回赶时，已经看不见那一片楼房的轮廓，只见夜空一行行一点点灯火，或疏或密，或明或暗。隐约能听到起伏的叽啾叽啾，仿佛不是人世间的语言。随着阴气渗过来，心惊血沉，却又好不熟悉。只管顺着小路过去，有小山，到不了山前，有河，到不了河边，左手转弯，有双扇的后门。推开，几步，是个方方正正空空荡荡的花厅……诗人的眼睛"吃进"一张画，或是叫这张画"套牢"。花厅不是正厅，原是这家人挂云图——代代祖宗画像的地方。这一张是云图中的行乐图，画中少女初嫁，眼如柳叶，嘴如樱桃。珠冠沉重，霞帔庄严。更加色彩斑斓，整个像金属镶嵌锻造。可怜手腕细细，脖颈糯糯，青春袅动若不胜负担，气血升温若不堪摩擦。少妇一手推门，一手拿着铜锁匙，形似袖珍耙子，拴着红头绳蝴蝶结。那门没有打开！那门上有云纹，下有水波，不知道是什么门？诗人心中油然，眼睛却定定如油炒荸荠；兀那少妇的线条袅袅中，樱桃那里出现鸟爪，柳叶旁边发生鱼尾，细细的粗糙起来，糯糯的怎么僵硬了。啊，少妇变做老妇，珠冠似盔头，霞帔如甲胄，那门还是打不开，打了一生一世，耗尽年华，诗人心痛大叫：

"谁也没有打开过，那是生命的门。"

妇人吃惊，钥匙落地，诗人弯腰去拾，直起身时，眼前黑乎乎一片……不就是自家宿舍楼，不就是自家单元门前，推推，里面灯光明亮，老伴正和邻居争着麻将经：一个清一色，一个一条龙。诗人心想刚才做了场梦，荒唐！手心里却又捏着把东西，生怕老伴噜苏，赶紧朝裤兜底下塞，感觉到耙子似的，拴着头绳蝴蝶……心头暴擂瞎鼓，老伴迎门质问：

"单听，白板，自摸，几番？"

"几番风雨几番愁。"

敲门

退休诗人拉上窗帘脱掉外衣，和晚上睡觉一样地睡、午、觉。刚退休那几天，他和人说起好像兴高采烈："整下午睡、午、觉。"

后来下午有人敲门，他都好像烦恼了，小声嘟囔。可又高声答应，不让人走掉，立刻穿衣服，思想也随着活跃起来。

"谁啊？"大声。

"我。"

小声："我是谁？"大声："来啦。"小声："子曰：身体发肤，还有姓名，受之父母……"

这天做了个梦：盥洗盆子里浸出长头发，头发从水里冒上来，是个脑袋……这在电视里见多不怪了，不过那是池，是湖，是海。盆子有多大？冒上个长头发脑袋满膛满腔的，够刺激。冒上了脸，冒上了肩膀……原来是表妹。表妹还是少女模样，脸上身上滴滴答答，是水珠是泪珠分不清。那眼睛对面视而不见，在天边天外云游，是梦是痴是渺茫……

敲门。

诗人惊醒。

"谁啊？"

"我。"

诗人穿衣服，小声嘀咕：我是谁？中国人非不得已，不报自己的名字。外国人一拿起电话不等问，就自报名字。这是"死的瘟生"办公室，中国戏曲舞台上"报名而进"的，肯定是下属下辈，要是特别要谁报名，不是奚落就是刁难。弄得问都不好问，先绕弯儿问单位。诗人系着扣子，大声：

"您是哪儿啊？"

"我。"

小声：还是"我"。父辈的名字连写也得多一笔少一笔，或是找个同音字顶替叫作避讳。外国人叫爸爸小名，叫爷爷外号，说那叫亲，那叫真。可人家不养老人，孩子养到十八独立。亲吗？真吗？有天伦之乐吗？诗人把根拉链一气儿拉到头，向门外招呼：

"来啦。"

中国人血亲，连知心朋友，都能有心灵感应……感应，啊，脑子里砰地出现一座木头小楼，在水池边上。表妹坐在窗里。光线幽暗，可那眼睛的渺茫，就是黄昏时节也穿透过来。她父亲锁了楼门，她大哥钉了窗户……

退休诗人趿拉着鞋，拽开房门，门外一干二净，连个人影也没有。偏偏廊道中间有一摊水迹，盆子般大……诗人盯着水迹看见自己青春年少，趁黄昏爬上池边小楼，对着钉死的窗子，告诉里边千万想得开，来日方长。表妹说放心。若有三长两短，定来告别……当时心都碎了，怎么这些年给忘记了。那么今天来敲门，到底今天告别来了。那么她是从水里走的，是水遁。

中国的感应。

幽门

老伴告诉退休诗人："现在什么事情也没有了，一切都过去了。"这是"影视"上常说的话。

诗人回了一句一两百年书本上的名句："好像世界上什么事情也没有发生过。"两个花白脑袋相视而笑。

"头儿说——"若换个场合，应当说领导上组织上。"这回让你接待外宾，还安排在家里，是让你随便一点。头儿特别交代：不要做检查，再呢，千万不要认罪。"

"那我说什么呢？"

两人正好站在门边，老伴灵机一动："三十年前，一个外宾说，这是墙的城。你立刻回答：也是门的城。因为有墙就有门。当时头儿还表扬你的幽默。你说墙是防守，门是开放。你看，现在大家把开放当作刚出笼的馒头，其实三十年前你就挂在嘴上了。"

诗人得意，微笑，眼珠朝上翻——想当年，一脑门子新鲜的幽默好像一个个彩色线轮，随便捉住哪一个的线头，就可以拉出无穷无尽……现在那一个金黄的就是"开放"，可是一拉，断了。那朱红的"门"，也一寸两寸叫作寸寸断。啊，谁把线轮沤坏了？一个女人的声音狠狠的："什么开放？投降！投降！！"一声比一声狠。"什么防守？修！修！！修！！！"

这个女人五官端正、小巧、细腻，足够一个"娇"字。因此激烈起来也不大像阶级斗争，尽管把十分的鄙视沿鼻沟泻下来，十二分的厌烦拿嘴皮撇出来，也都像是个人生活中的撒泼。偏偏诗人大男子，栽在娇娇手下，全身仿佛叫罪过褙褙起来。暗中声称：塞一包砒霜在她手心里，使个眼色，就会毒死亲夫……

老伴叫道："说话呀，别傻着，别直着眼，现在用不着装聋作哑。头儿说了，要装幽默，不是装不是装……"

诗人东抓西挠，无奈线轮寸断，好容易有一个抽出丝来：

"……这回叫我接待外宾，是领导上对我的信任，是组织上交给我宣传毛泽东思想的任务。我过去在墙和门上，向资产阶级投降，大放修正主义的流毒……"

老伴大叫："不要检查。头儿说了，千万千万不要认罪那样，要你的拿手：幽默。"

"线轮沤了。"

"你说有钱人家门倒不少，中门最大，可是一年开不了两三次。你幽默了一句，逗了个满堂彩，记得不？地铁设计了四个门，倒锁上两个，这回你的幽默上了报。记起来了吧。"

诗人想着隔世的言论，那个娇女人的声音又出来了："花岗岩！花岗岩！！"最流行的辱骂，针对顽固脑袋。谁知这个女人的脸面也坚硬起来，青灰起来，眼睛鼓胀——鼓成单眼皮，胀满眼窝。可也还潜伏青灰的冰冷的爱娇。诗人叹道："恶之花。花之恶"……一个哆嗦，全身褙褙，脑子一片空白。

老伴跺脚，拍手，吆喝。空白一无所有，也无能为力。挣扎吧，像梦魇里拼死挣扎，挣出一个线头来了……

"……批斗是完全必要的，非常及时的，花岗岩脑袋是复辟的基础，是投降！投降！！是修！修！修！！！"

锁门

　　这个苗条的老人家不论哪一路算法，都算是老年了。体态的轻盈已成轻飘，孙女儿不时搀着点，仿佛经不起人来人往的气流推搡。老人梳背头，花白头发纹丝不乱贴在脑后。深色衬衫，外罩浅棕条纹坎肩，上下不见星星尘土。一条雪白的麻纱手巾，老像没下过水，一只角掖在坎肩的右腋下，半藏半潇洒在胸前。随手一拽下来，掖掖眼角嘴角。和人谈话时候，掖在手心里，手指摩挲……这一条白手巾，带来风韵犹存。

　　孙女儿十来岁，架着黑边眼镜，架起了世事洞明的样子。孙女牵着奶奶走上台阶，吩咐：

　　"慢着，五十年没有见面了，不忙这两步……"

　　"一晃工夫。"

　　走到退休诗人门前，奶奶退后半步，孙女冲前一步，立刻敲门，一声比一声大。

　　里面幽幽地传出来断续声音。

　　"老伴，打牌去了，锁门……"声音虚弱下来，像是说"起不来"。声音又挣扎加强。"……别等我起来。"

　　奶奶转身走开，走到台阶那里，头重脚轻，坐了下来，孙女赶过来搀一把，开导道：

　　"糟老头子瘫了，你还激动什么？看，脸也白了，累不累……"

奶奶伸手拽白手巾"……手也哆嗦，值当？"耸耸娇嫩鼻子，纠正黑边眼镜。

奶奶自言自语。

"就和昨天一样，就是这么句话：'别等我起来'。当时成了名言。"

"成了弱智。"

"那是一首叙事诗。那是大敌压境，兵荒马乱。大道边上有棵大树，一个瘫子上身靠在树干上，下身盖着毯子。有钱人拎着包包过来了，瘫子圆睁双眼，毯子下边支起来木头手枪，大喝一声：把包包放下，赶快逃命，趁我没改变主意，别等我起来……后来瘫子拉起来一支游击队。"

"奶奶，你两眼好精神，哇，好靓哇！"哇，似是进口的口气。

"别等我起来！乐观，幽默，这就够了，还朝气勃勃。"

"这是夸诗人了，因为出了诗的范围。得，再过五十年，腿脚总要差些，不一定再来。"

拉起奶奶，再到诗人门前，使劲敲门。

里边的声音像游丝，也像苦吟宝塔诗。

"……我／钥匙／打不开／自家的门／老伴去打牌／两脚麻木不仁……"

孙女正要嚷嚷，发觉奶奶又溜走了。还是坐到台阶那里，斜斜晕在花坛上，拽下白手巾，本要扇扇风，又一扔，盖住半边脸，半边飘落胸口。

孙女耸耸黑边眼镜，叹出来一口元气，说：

"够浪漫的。"

白毛巾微微起伏。

"一辈子打开过多少，就是打不开自己的门。"

去不回门

去门
——去不回门之一

道观老了。

山门上的牌匾风化成白板，字迹好像飞鸟的身影。

山门里边是长方院子，当年两廊长长的厢房，显得庄严。现在东边倒塌，将就残墙支棚子堆柴草，凑合断壁搭架子烧开水。庄严坍塌，香火仍在，气数看来未尽。

剩下孤独的西厢房，一溜分不清间数。封门闭窗，房架子依旧高爽，只是这边那边或钉上板条或糊纸，也有挂起枕巾花布的，好像浑身打了补丁。道姑斋娘们都不叫它作房间，按本地方言叫声"窠巢"倒也风味。

单单正殿维修了，油漆了，粉刷了。像模像样绣伞黄幡，铜磬木鱼。地上三行蒲团蓬蓬松松，好像发着酵哩你信吧！图样、针黹、配色在散发着女人的居心，信徒的虔心。

　　其实道观里出家人只有师徒两个，师父是老道婆也是观主。前两年已经山门不迈，这两年连殿门也懒得出了。只在殿里敲木鱼，带领斋娘们做功课，在蒲团上发酵。世界上养生之道分两路。一路尚动，最响亮的格言是"生命在于运动"。一路习静，或盘腿或面壁，或坐关或辟谷……

　　徒弟小道姑出身道士世家。道士如同佛门居士，是不出家的教徒。其中也有世代吃教饭的，填表格应填宗教职业。比如道场上的乐队，本地土话叫吹班。再如卖膏药草药也画符的郎中，叫巫医不好听，叫神医不够格。

　　小道姑一出世，父母就上道观烧香、点蜡烛、写黄纸名字，刚会走路就在正殿高门槛上滚进滚出，磕头拜老道婆做师娘。老道婆双手摩挲小脑袋，笑眯眯说了句丧气话：

　　"冤生孽结。"

　　做父母的听了好开心，原来这句话挂在老百姓嘴边，可以微笑说出来，也可以是诅咒，也可以惊呼着表表快意。这是语言中的百草膏万金油。

　　小道姑十几岁进观准备接班是自然而然的事。走路还带跳，讲话自会笑，笑不笑的脸上飞红，满院子只有这一张桃花脸。

　　再说进进出出的斋娘们，那是不出家的老人半老人，住在观里念经、修行、吃素、养老。多半自家有儿有孙有吃有穿，是把这里当作躲清净的地方了。不论是谁，全都来去自便，多时住十好几个，少也八九不离十。

　　斋娘们做完早课，边走边脱道袍，从正殿西角一步跨进西厢房。进房先是小小起坐间——忽然，任谁也吃惊，魔术似的，刷啦，眼前出现层层洞窟。原来间间"窠巢"都从中间打开，两边铺床。铺铺相对搭竹竿，挂道袍、晾毛巾，经卷符箓、土黄袋子、明黄帖子，仿佛一个套一个又仙又俗的月洞门。

月洞门，月洞门，洞洞缥缈，门门神秘。

随着众斋娘，跟进小道姑。有拎桶的，有提壶的，全都嗤嗤冒热气，今天是"搞卫生"的日子。

末后进来蓝斋娘，两手端托盘，端正在起坐间八仙桌上。顺手合十，两膝顺势跪上蒲团，闭目，低头。托盘里四样供果：粽红麻花、白面馒头——顶上一点胭脂红、黑白麻团、花边素饺。

小道姑问道："不搞卫生？"没有回答。就问自己："今天，什么日子？"

蓝斋娘回头，再睁眼，望着小道姑如望远山。

小道姑跟自己笑道："冤生孽结。"

此时，小道姑远未得道，并不知道冤生何时？孽结何方？

想当年，蓝斋娘还是蓝蓝姑娘，春天，挎青竹篮子，拿月牙镰刀，随便憷走草地如画龙，随手打草如舞刀。牛尾巴晒太阳，牛角淋毛毛雨。"刘海"上挂串水珠，身上淡淡阳光。人的心口头，有一个小小的圆圆的空间。这里会得空空空跑出小鹿来，小鹿会跑到天边。这是人心。

油菜花遍地黄霜霜，嫩黄里映着幼绿，无穷无尽，黄绿到天边。空气嗡嗡嗡，泥土簌簌簌，春天从大地深处大地心口头冒上来了，嗡嗡簌簌，这是天籁。

有一个牛倌，骑牛背，唱"去不回"。野调无腔，童言无忌，小鸟一样有去无回。不可重复，不能再生。可以唱出人心，可能唱出天籁。若是瞄上舞刀的小姑娘，在草地上画龙，更好直勾勾地嚼舌根，嚼舌根……

小道姑听见谁取笑，谁们连声嚼舌根嚼舌根。

原来月洞门里哗啦哗啦水波荡漾起来，哦哈哦哈搞卫生的斋娘们，变作水妖，快活快叫。水帘洞，月洞门，魔窟里热腾腾。小道姑回身招呼蓝斋娘，啊，认不得了！蓝斋娘原本合十跪着，闭目低头，不知何时何刻，竟扬脸，竟幽灵一样飞起两颧桃红！

蓝蓝姑娘怀抱里定了亲，长到花季，大家打花轿来抬走，吹唢呐，敲锣鼓，放花炮。牛倌钻到小店里喝闷酒。猛然，心口头空空空小鹿起跑。牛倌由不得起步，跑出了村庄，唱起了"去不回"。人心，天籁，无穷无尽，唱到天边去了。方圆想念"去不回"，叫牛倌做牛背上的梅兰芳。

"去不回"小鸟一样飞去不回来，青春一样一去不复返。大地旱自旱，涝自涝。一年，大旱之后下了场透雨，老百姓老实，才透了口气就要回愿，做道场，放焰口，恭请方圆顶呱呱的演义法师光临。

道场上家家点蜡烛，插香，上供。供品不外米麦丝麻酱醋茶，也严严地摆了一地。中间一张八仙桌，桌上一把太师椅。三更半夜，红烛高烧，香烟缭绕，丝竹合奏，锣鼓齐鸣。

演义法师白领青袍，外披宝蓝斗篷，前胸金丝太极，后背银绣八卦。

人众喝彩，法师升座，上八仙桌，坐太师椅。一掌当胸，两目流转。

蓝蓝新媳妇眼尖，法师道头上那压髻的玉环，竟和自己压腕的玉镯仿佛，啊，这玉镯，原是牛背上的梅兰芳，唱着"去不回"，从天尽头拾回来的……

法师诵经如唱，嗓音清澈如水。蓝蓝新媳妇失声叫道：梅兰芳。道场上的梅兰芳。

蓝蓝的老公叫道：怎么又一个梅兰芳。

蓝蓝赌气：两个是一个。

老公气堵：一个是两个。

一个两个，两个一个，从此在两口子中间，做下了争争吵吵。不论什么零东碎西，都是你左我右。好比扫地，这个朝里扫，那个就要朝外。各扫各的也没事，偏偏还要说嘴。这个说朝里聚宝纳财，那个说朝外清除垃圾。说说本不过打湿嘴皮，谁知内里有火，虚火闹心，动手开打。人众看不下去，请出老人来压阵，偏偏老人是儒释道三教不分的，不耐烦朝里朝外，当头来句儒家的"以和为贵"。"本是同根生，相煎何太急？"接着是佛家的"色即是空，空即是色"。跟着来道家书空画符，大喝："吓，噪！冤生孽结！"老公吃惊失手，老婆手镯落地，跌作两段。一气非凡，投奔道观，从此拿捏起斋娘身份。

此刻月洞门里水里雾里，一支支胳臂白生生，小腿光溜溜，众斋娘全是水妖，全都滚圆、幼嫩，爱娇，笑声散花散落，无不肉弹。

蓝斋娘跪在蒲团上着实发酵了，两眼潮红，两颊飞桃，双手托盘，朝月洞门里走。

托盘上四样供果全部生动了：麻花蹦筋。馒头鼓胀。麻团渗油。素饺流汤。

小道姑莫名其妙，却也不同俗人，能够说出妙语：冤生孽结。扭头走到院子里，哦哈，透了口气。那孤独的西厢房，清高架子，浑身补丁。只是破烂窠巢，没有半点魔力。

靠山门有棵枣树，剩下一个枣子叫小道姑看见了，退后两步，掀道袍，助跑，起跳，伸手，欢叫，散落一脸枣花。

不门

——去不回门之二

小道姑木鱼笃笃，老道婆铜磬昂昂。众斋娘随声随和，断句断落，太平经"自有自有"：

> 自天有地，自日有月，自阴有阳，自春有秋，自夏有冬，自昼有夜，自左有右，自表有里，自白有黑，自明有冥，自刚有柔，自男有女，自前有后，自上有下，自君有臣，自甲有乙，自子有丑，自五有六，自水有草，自牝有牡，自雄有雌，自山有阜。此道之根柄也，阴阳之枢机，神灵之不变万变、万变不变也。

经音未落地，众斋娘已起身，边脱道袍边外走。今天是什么日子？一个个竟不回西厢房，由着脚头走过院子，直奔山门。嘴上也不说什么，好像脑子空白，单凭性子行动……小道姑连忙喝道：

"冤生孽结，人众听着。莫出山门，莫要嘴多。蓝斋娘和老公一跌两段，一家两起，老公千世也不来一趟，今天光临道门，万变不离一个变字。蓝斋娘，咦，蓝斋娘呢蓝斋娘……"

山门外边，遍地绿苔。约二十步远，横一条沟。沟旁荆棘丛生，杂花烂漫，掩盖着叮叮水声，流过山门粉墙。到西角落那里，平铺青石小桥，桥上堆砌凉亭如轿，苔藓斑驳如青铜浇铸，好一幅古刹外景。

轿亭上，凿有隶书对联。上联是"大道生生生万物"，下联曰"真人法法法不变"。眉批奇古认不得，据说是符箓道书，也叫作天书的一个变字。

沟外闪现平板三轮。那是当年新兴的交通工具，可坐人赶场，可载货上市，蹬三轮也是时式行当。此刻猴在车上的，竟是蓝斋娘，半脱半披袍袖，暴露两条肉棒槌。因细嫩有比作藕的，也有形容作水晶糕，那是白净的意思了。也有叫声"肉弹"，弹不定是炮弹，多半指的弹跳之弹，因此可以写作"肉蹓"，只要生动活跃就是了。

蓝斋娘一拧车把，踩住前轮，道地巾帼打手的刹车模样。跳下车来，放下袍袖，拉平苦布，理顺麻绳，明显换了个人，是一位中年妇道人家了。人众心想：是不是故意放慢拍子，存心做出样子，特地摆个架子。人众暗地捏一把汗，莫非有得好戏看了？蓝斋娘只管从车上带下竹枝扫帚，打扫落叶。迈出方步，车转腰身，带动腿脚，又全是老婆婆的身段了。

眨眼工夫变了三变。

人众不知该认真还是只当表演，一齐望着小道姑。小道姑指指凉亭，亭里朦胧，一位老人家端正坐着，不出声，不起身，不朝前迎，不往后闪，又把人众诧异住了，自律脚步，不出山门门槛。

蓝斋娘朝里扫扫，朝外扫扫，紧扫两下，慢扫两下，不觉开了口：什么朝里聚宝，朝外破财，胳臂肘朝里拐，八字脚朝外撇。说着说着说反了，站到对面立场，帮着仇家说起来。这也不管，只管说话，竹筒倒豆子只要倒不完就好。什么朝里朝外，你根本不放在心上。你心里有一枚苦胆，偏偏吐不出来，你只能满嘴里跑舌头……咦，你的舌头呢？张张嘴，看看，总不会一根也没有了。

哟，红光满面，气色比当初还实质，你没有变老，你怎么一点也不变！

不，你变了，变多了，你满嘴的舌头变哪里去了，你怎么变木头变石头了！

是不是哑巴了？嗓子有毛病？

老人回答："没有毛病。"

再说一遍。

再说我好好听听。

暴听深沉，细听起来平平淡淡。怎么暴听和细听不得一样，究竟是深沉还是平平淡淡、不招不惹、没着没落？

——莫非是撞着了生老病死，那可是天有不测风云，人有眨眼万变。

说话有没有障碍？

老人回答："没有障碍。"

再说一遍。

再说我好好听听。

怎么听不清是不冷不热，还是没心没肺？是不悲不喜，还是无情无理？是升天升华，还是麻木麻痹？

——除非是合上了生老病死，那可是天长地久、有生就有死。天经地义，生死永不变。

你坐着，你不要走。你就不说走哪里去，起码也得告诉我，你为什么来。来许愿还是还愿？来报喜还是报忧？报恩还是报仇？

蓝斋娘看看留不住，眼角里，仿佛青石栏杆上，老人端正坐着的地方，留下个手巾包。赶紧抢进凉亭，抖开天蓝缎子手巾，一只完整的翡翠玉镯。粘结完好不用辨认。

这是遥远如梦幻的牛背上的梅兰芳，从天边拾来，压腕的玉镯。这是现实如欠债的道场上的梅兰芳，午夜升座，压髻的玉环。这是两口子借口朝里朝外一个两个争吵不休，吵成两段还是吐不出来的一个两个苦胆。

小道姑看见蓝斋娘手举玉环，玉光闪闪。蓝斋娘自己双眼直直勾勾，直什么？勾什么？小道姑跨出山门，两步过去抱住蓝斋娘，顿时觉得怀里枯萎、干瘪、空虚、飘忽。觉得心酸，又觉得自然，因为觉得拥抱了生老病死……

众斋娘也都随着围住凉亭，听见小道姑一声断喝：冤生孽结。

蓝斋娘应了一声，挣脱怀抱，抖落袍袖，谁也料不到，又看见肉滚滚两条胳臂，抄起水竹扫把。只好说肉弹还是肉蹦也就是肉感，不好意思出口，变着法儿形容做藕形容做水晶糕。

小道姑又一声冤生孽结，蓝斋娘应声道穿上袍子，捋下袖子，扫扫落叶，人众眼前明明是一位半老的妇道人家了。

小道姑再一声冤生孽结，蓝斋娘迈出方步，车转腰身，带动腿脚，人众都觉得自身的筋骨也生硬起来，蓝斋娘的身段，十足是老婆婆了。

三声断喝，三变身影。人众倒吸冷气，望着道姑，张大瞳孔。不知是道不是道，只见断喝断变。

小道姑领着人众，回到正殿。

木鱼笃笃，铜磬昂昂。人众随声随和，断句断落，太平经"自有自有"。此道之根柄也，阴阳之枢机，神灵之不变万变、万变不变也。大道生生生万物，真人法法法不变。

道姑一声断喝：冤生孽结。

回门

——去不回门之三

老道婆蒲团坐静，日久坐化了。仿佛发酵蒸发，世称升天了。

小道姑当然升座观主。本来生性快活，脸带桃花，笑随银铃。真是个吉人自有天相，赶上"开放改革"，好运道不是一步步踱过来，是翻跟斗那样翻到眼前，那声势挡也挡不住，想躲也躲不逮。

许愿还愿，放生放焰口，做"会"做道场，昨天还叫作吃迷信饭，吃进吃出，吃惊吃吓。今天搞迷信要排队，初一排上十五算是运道。公开叫作"业务项目"，记账记事，公事公办，衙门一般的派头。

蓝斋娘趁热闹"改革"斋饭，煎出五香豆腐鲞，煮来雷竹油焖笋。小道姑随时随地夸口，好吃好吃，先是斋堂屋里叫卖，跟着外卖打包带走。贴上招牌纸，走出轧轧品牌档子第一步。昨天卖个鸡蛋还要割你的资本主义尾巴，今天全国做生意，全民生意经。昨天过年馋饺子，今天吃腻了，改改素食爽口。道观里有快活快笑性格，有肉弹肉蹈实力，初一还在摆摊，十五就开店了。前店后作坊，摇身一变加工厂。硬包装硬码，软包装闯荡江湖。从此说话也要新潮。

比如：道观完成了资金原始积累。

比如：出家人兼任企业法人代表。

脚踏三轮早已靠边，买了部烧油的"面包"。不由分说，蓝斋娘脱袍捋袖，把白生生胳臂藕一般、玉一般、水晶糕一般搭在方向盘上。配合马达的颤抖，不消说形容作"肉弹"和"肉蹈"。还勾出土话中

"肉涨"、"肉烂"、"肉大"（读如陀）、"肉痒"，都是一语双关多关，普通话里难找替身。

这天，方向盘旁边还坐着演义法师，法师现在功成名就，也和演艺界的明星一样，拿拿出场费，经头经尾都由徒子徒孙们做了。只在午夜灯光灿烂时，梅兰芳那样压轴升座，善男信女也和追星族一般喝彩。彩声中有点曲子"去不回""去不回"，有呼叫艺名"道场梅兰芳"、"梅兰芳"。

这天，蓝斋娘转动方向盘，和法师说着闲话，忽然从反光镜里看见"面包"后边，紧跟着一辆马达单车。转一个弯，跟上来。急转一个弯，尾巴一样甩不掉。端详骑车人，是一个不认识的男子。可怪这个男子有一双直勾勾的眼睛，仿佛用眼睛钩住前边车辆。这个男子怎么看也认不得，可是这直勾勾眼睛也许大有来头，这么个直勾勾叫人想起了少年牛倌。牛倌一走几十年，他的样子早就模糊了，记得起来的只是"去不回"。也不知道现在的长相，其实是忘记了，只因来了道场上的梅兰芳，才把牛背上的梅兰芳也挂在嘴边，他们都能把"去不回"唱得花一般红水一般清。原原本本是两个人，偏偏说作一个，那是跟老公闹脾气。老公说两个，老婆说一个。朝里朝外，夺扫把，摔玉环，老公做了孤老，老婆当了斋娘。住道观图个清净，清净为了自由做梦……

明黄水绿，直到天尽头。泥土丝丝丝，空气嗡嗡嗡，直到地心头。小姑娘舞着刀，画着龙。小牛倌牛角毛毛雨，牛尾晒晒暖，抬起身子，唱起"去不回"。把小姑娘唱进去了，那双眼睛直勾勾，直勾勾……

蓝斋娘叫声法师，唱两句解闷怎样？

唱什么呢？

"去不回。"

演义法师想了想，那就唱两句"身影"吧。

什么是"身影"？

"身影"是"去不回"的现代版，是调和了山歌、蓝调、摇滚、前卫的"去不回"。

> 小鸟飞走了
> 半天空留下扇翅膀的身影
> 翅膀扇走了
> 半天空留下青春的身影
> 青春飞走了
> 半天空留下扇翅膀的身影
> 翅膀扇走了
> 半天空留下小鸟的身影

句句回还往复，却唱出了一去不回来。原来这个一去不回来，是回还往复才去去的。

蓝斋娘顺着野调无腔，轻轻唱出她的歌词。

> 一个飞走了
> 半天空留下又一个身影
> 两个飞走了
> 半天空留下一个的身影

跟闹着玩似的，反光镜里，飞起了骑单车的男子。表演节目似的，单车掉下，男子砸在地上。驾车的蓝斋娘一震、一肉、一弹，也开心一般飞起来。演义法师也起飞也蹦高，撞着玻璃。一眨眼间，在诗歌、曲调、梦幻、玩笑中，三条生命自行蒸发，和集体自焚也差不多。

世界上，有森林定期自燃的纪录。森林衰老了，拥挤了，自己燃烧，中国叫天火。过后在灰烬里冒新芽，抽新枝，子孙看见森林复活。

对一棵树来说，天火烧过来时，也许一眨眼工夫就焦完了。若以为怎么说也是生命的终结，必须交代清楚。那要既描摹全景，又续够细节。一眨眼工夫，就是眼皮一张一合，分做张时与合时两部分，比较分明。

张时：

蓝斋娘肉弹一般紧急刹车，斜里飞身，撞开车门，外落道旁草地。

前轱辘冲进路边，撞翻护路石块。

车上一只备用轮盘，震落，飞向青草。

演义法师弹起，前倾，撞窗玻璃。

后边的男子差点儿钻进"面包"车底，刹车带蹦跳，飞离单车，落在路边，站在地上。

法师有道行，落下时紧急如闪电，还能够闪现微笑，那是笑给世人看的，眼前不会有世人，可是给世人看是法师习惯。

不认识的男子站定脚跟刹那，还跟直勾勾着的"面包"车，递了个有惊无险的眼色。

蓝斋娘飞落道边草地，脸贴温柔青草，嘬嘴做了个亲吻：啊，生活多美好！

这是眼皮张时的写真。百分之一秒，眼皮合下来了。

合时：

蓝斋娘飞身在车外，演义法师落下，前胸猛硌方向盘，口吐鲜血，直喷窗玻璃。

后边的男子身板结实，动作灵活，表演杂技那样千难万难中站住了脚。不料车上备用轮盘，震飞过来，重击后背，向前扑倒，再也没有动弹。

蓝斋娘落在路边草地上，青草柔软如丝绸。恰好路边撞翻的石块滚过来，两相合力，脑门开瓢，面目破坏。

只是百分之一秒里眼皮合下时，全局改观。

众斋娘齐集正殿，小道姑领头做道场。现在已经权威，喝道：冤生孽结。

想当年小道姑刚会走路，拜老道婆做亲娘。老道婆双手摩娑她的小脑袋，笑眯眯说，冤生孽结。众斋娘这时心情沉重，虽没看见谁的眯眯笑容，却听出来小道姑权威声音透着轻松、清爽，好像雨后天晴，褪下湿棉袄，扳开旧绳索。

木鱼笃笃敲响，铜磬昂昂高鸣。小道姑朗诵如道观里的月洞魔力，山门外的小桥流水：

道生一，一生二，二生三，三生万物。生意兴隆，财源茂盛。一本万利，万紫千红。成立新公司，取名去不回。推出品牌菜，打出功臣牌。斋娘豆腐鲞，法师油焖笋。牛倌素，兰芳斋，素鸡、素鸭、素鱼、素肉，肉弹、肉涨、肉烂、肉痒。如今和为贵，互补又双赢。自阴到阳，自生到死。天人互动，道法自然。此道之根本也，阴阳之枢机，神灵之至意也。

"跳"

父亲戴上右派帽子那年，儿子才上小学。母亲在儿子面前什么也不露，儿子全不知道帽子的魔术——大变活人。很后来才在人生节目中体会到"脱胎换骨"，可惜母亲已经吓死了，儿子也到了吓人的中年。

当初母亲只说父亲出差大漠，大漠是个好地方，可锻炼人啦。出差就是不回家，光写信。母亲下班回来，整晚上守着儿子做作业，一边摸出信来看，短不了揉揉眼睛，笑起来跟儿子说：

"你爸爸可长力气了。"

"一百多斤不当回事。来回几十趟。"

"你爸爸能扛麦子上'跳'了，他可牛了。"

"跳"是什么呀？怎么个"上"呀？母亲是城市人，从小上学，她也说不具体。只管揉了眼窝，又揉笑脸，扫着信纸挑挑捡捡地朗读带解释……重力气活呀，在农村，也只有棒小伙顶得住……你爸爸都四十了，还是个书生出身……大漠的人实诚：悠着悠着。这是告诉你爸爸悠着劲儿……可你爸爸，嚇，哪儿趴下哪儿起来，起来趴下的全仗着腰杆儿。人跟动物不一样，就在腰直不直……这可扯远了，他怎么还改不了这毛病……扛完麦子还要扛豆子，倒是大漠老乡不让：你们豁出去玩命，我们还怕阴间遭报应……一袋豆子二百几十斤，闪了腰，摘了右派帽子也是个驼（托）派……

怎么又是帽子？怎么还有别的帽子？怎么母亲猛然一声嚎又捂上嘴呢？怎么又槌胸口又欢叫：

"'上跳'的表场报上去啦！"

接着却是信少了。母亲也不爱念了，说是流水账，白菜萝卜，萝卜白菜。你爸爸可木头了。

儿子小学毕业那年，一天傍晚回家，屋里暗，一个捡垃圾老头蹲在小板凳上。母亲说：你爸爸回来啦。儿子傻着，当父亲的一蹦起来，母亲一把拽住：别吓着孩子。顺手拂落油泥帽子，叫道：咱们永远不戴了。随手一"潇洒"，"飞"向垃圾桶。母亲原是连个纸匣子也攒起来卖废品的呀。接着拿出推子，给父亲推头。母亲为了省下理发费，早就练下了手艺。

推了头，搀着当父亲的进了厕所。只见母亲出来进去的拿衣服，递肥皂，拎上一壶水，叫着擦背的来了。脸儿红红的，身上湿湿的，还抽身子照管炉台上碗儿盛盘儿装的——给做好饭吃啦。

夜里，母亲躲在被窝里忍着哭泣。儿子想道：我长大了。我知道摘了帽子也还是摘帽右派。你们大人倒天真，哭也白哭。

父亲戴帽子十年以后，儿子上着中学。忽然一帮同学戴上红箍箍，造反，打老师下跪，关校长在厕所里写检查。儿子是黑帮子女，没有戴红箍箍的身份。溜到野地里张网捉小鸟，捉到一只拧断一个脖子，眼皮也不眨。且不走"资"，不卖，换像章。人换去炸了下酒。

忽然一天，叫全都戴上红箍箍，下乡革命叫作插队，地方还是大漠。

儿子到了大漠看见"跳"了，原来是一脚宽的长条木板，从地面搭到粮食囤上，高的够四十五度。把粮食灌进麻袋，一手抓紧袋口，上肩，压着脖子，上"跳"，上到顶上，松手，扭脖，控粮食。"跳"，原来是人肉传送带。

儿子给父亲母亲写信，也牛起来。什么长力气了。什么一百多斤腿不哆嗦了。什么几十个来回不喝一口水了……

写回信是父亲的事。当年他自己吹过的牛，全不提了，只反反复复告诉儿子，腰。腰是轴，是关键，是主心骨。脚底下，直脚也好，横脚也好。肩膀头，扭也好，控也好，全要挺住腰。四肢随着腰卖——卖的是力气，实际是腰功。腰啊，腰是原动力。

信写得长长的，一封紧跟一封。儿子总在父亲的字里行间，看见母亲一边盯着的眼睛。父亲还查了书，科不科学的什么上身下身上支下撑，就凭这个腰。偏偏腰上只有一根脊椎骨。偏偏从动物到人，就看这脊椎骨直不直得起来。趴下是动物，直起来就是万物之灵！父亲写到这里嘎巴收住，儿子仿佛听见母亲在旁边叫道：收起你那一套，还叫我儿子吃"挂落"啊！

儿子也收起了牛皮。诉说大漠的小伙不像老的实诚，推给吃不饱，开溜，队上把上"跳"的活压在下放的头上。下放的眼见压趴的时候，咬牙，挺一步。这一步没趴，再挺……干想着队上喊一声，叫去统计个报表，叫抄一份报告，啊，得救啦。再不，哪怕是"跳"折了，还是前边的人摔死了，也能缓一缓，也是老天爷开眼啦！

当父亲的立刻回信告诉儿子，扛上一袋，给一根签。不能少拿，特别不可多要。越是要趴的时候，越是记住你多拿一根，别人兴许就少一根，兴许就这一根要了一条命。注意注意，提防后悔一辈子，一辈子直不起腰来！

晴天霹雳，母亲去世。

父亲用一张信纸，交代母亲中风来不及抢救，立刻火化，已经办完后事，不用回来。接着用十张信纸，说服儿子要冷静，要仔细，要划清界限，要面对现实。你的同学已经有办回城的了，你的父亲是摘帽右派，这是上一辈的"作孽"，可又成了下一辈的"作业"。父亲忽然出来一个"黑色幽默"，可以算得空前绝后。

此后，父子通信渐渐稀疏，内容也流水账了。

儿子熬到第十年——又一个十年，才在扫尾声中扫回城市。

父亲迎接胡子拉碴神色苍黄的儿子，这个场面好像准备了十年，烂熟在胸，只用面面相觑，不用说话。父亲翻身攀上靠墙直立的木头梯子，仿佛消防用的，上去要攀，下来必须倒退。父子钻进阁楼。楼顶两边斜坡，人也站不直。六合蒙板，刷洗干净，好比神龛。上横光生生小木桌，冷清清骨灰盒，供着新鲜果子看着却像石头雕刻。

最抢眼的是一张放大相片：母亲临终遗容；两眼直直，三魂怔怔。仿佛一个蓝青电闪打下来，一惊，定格。电闪没有闪走，惊恐也永久固定。

父亲想解释什么，儿子说道：我想象里就是这个样子。

父亲竟没有听出来儿子多么理性。竟管自扑通跪下，竟光当磕下头去，竟贴在地板上说道：

"你妈妈是叫我吓死的。"

这句话在父亲这里，实是石破天惊。竟没敢面对儿子的反应，只顾独白；断断续续好像一捧细流，一会儿渗入砂土，一会儿透上河床。这在父亲一代，实是灵魂出入，良知浮沉的境界。

父亲诉说儿子也下大漠，也上"跳"。母亲以为父亲当年，就是"跳"上出了成绩，才第一批摘帽。密密盯着父亲写信，传授经验。父亲把话说尽了，母亲半夜起来叫查书，都查到进化论那里……

"其实也就一句话：直起腰来。"

父亲没顾上儿子的总结口气，因为灵魂深处，良知汹涌，按捺不住，告诉母亲，当年扛一袋，队长给一根签。那个人懒，还爱喝，胡乱抓签，顺眼的多给。父亲多得了，可累得烂棉花套子似的，只进气，出不来声音。正好赶上个日子口，上头叫开"宽严大会"，抓几个从宽，压一片从严。有个高个诗人，好力气，却得的签最少，批斗他耍奸偷滑。培养父亲"上纲上线"，必须一口咬上不撒嘴……

儿子说："魔术来了，大变活人。"

高个诗人不声不响，去扛绿豆，去挣双签，那一袋二百四五十斤哪，一闪腿，栽下"跳"来，吐了血……

儿子说："整是脱胎换骨。"

父亲这才发觉儿子的冷静很不正常，才要抬头，已经听见书桌上稀里哗啦，跌撞倒翻，玻璃破碎。

"去你们的，这一套！"

父亲从地上爬起，不认得儿子了，只见胡子拉碴一嘴狗毛叫道：

"你们不是说了，我们这一代，吃狼奶长大！"

父亲还没醒过味儿来，儿子已经从那可怕的、消防梯子那里出溜下去，仿佛掉下去，没有了声响，仿佛掉下无边黑洞。

大漠半夜。梦中惊醒。永久黑暗。不知身在何处。呼呼风声没有方向，但听狼在呜咽，很像人，像人之初，没有变全的婴儿莫名其妙的夜哭。

轻重小驴车

横着站的太行山麓

绕着走的拒马河谷

第十个渡口就叫作十渡

多么地浪漫因为多朴素

小驴车得得着岁月的道路

战争年代根据的山麓

和平时光旅游的河谷

小驴车得得又轻又重的抱负

十渡的山边河沿，有一条公路，走大轿车小轿车，走卡车和马拉大车，也走专供旅游用的小驴车，悠悠的，得得的，不争也不让而过。坐车的旅客，稍安稍心静，噪音自会淡出，废气也会淡化，你看高高的横横的站着青墙绿壁，绕来绕去走着清清的浅浅的流水。你听赶车

208

把式都是土生土长山里人，对付好了脾胃，都是情不自禁的导游。他不妨有一搭无一搭，可胜似照本宣读。你也不妨一耳朵半耳朵，倒能够挑动休闲的心，那闲心里也许满满的沧桑炎凉，也许依稀未圆的梦，也许假借起古往今来的诗文……

"燕赵多慷慨悲歌之士"。"风萧萧兮易水寒，壮士一去兮不复还。""往事越千年""如今丽日明金屋，春色在桃枝。""车如流水马如龙"……

把式老爷子的说古

老爷子头戴破草帽。把式的位置在驴屁股左侧，在车杠边角上。旅客坐车身板凳。顺下眼睛，只见草帽。那草帽可够个破字，日晒雨淋，锯齿开线。放到抗日博物馆的玻璃柜里，也无可怀疑。当对面轰轰来了大卡，老爷子跳下来，拢拢驴拉拉套的时候，才看见一身蓝青裤褂是近年缝的老式制服。花白鬓角，夹白胡茬。只有回过头来对答什么，才能看见眼睛。那眼睛机敏，是个有见识的山里人。

"你们看，往北看，那一片横山，背后，有个竖山头，就是老帽山。那里有烈士碑。"

"怎么叫老帽，是不是像个帽头？"

"鬼子扫荡，掩护县府撤退，一个排，只剩下六个，弹尽粮绝，大叫一声万岁，跳下悬崖。"

"这里是平西根据地。像把尖刀插过去，刀尖碰得着胸口了。隔层皮就是北京，那时候叫北平。"

旅客在板凳上挪动身体，找个观察的好角度。破草帽下边不紧不慢垫上一句：

"这条山沟通延安"。

"哦！"哪位轻轻可是叫出声来了。

"北京的大学生，老教授，沿着山脚走，就是那一横一横横着站的山，走到延安。"

旅客的眼睛，在青绿丛中搜索。各人各凭经历，各自在青绿的什么地方，点起了青烟。老爷子又夹了句"塞儿"：

"江青也是从这里走过去的。"

有旅客伸手撩起车顶的布沿，探头看看清楚吧？有旅客高声问道："那打掩护的一排人，没有活下来的吗？"

老爷子琢磨起来了："有吧？也撤下来个把班，嘿，有一个后来当了村干部……"

"老革命。"

"老反革命。"

"哟！"不知几条嗓子一起哟起来。

"两面政权哪。其实也是为老百姓做点事，当干部的不两面支应着，能行吗？"

"这不结了。"

"挡不住窝里斗呀。斗来斗去，戴尖帽子啦。"

"破帽子？"

"尖帽子。无常帽子。活见鬼帽子。到了'文革'，可'窝里横'了。头顶尖帽子，脖子上勒根铁丝，挂二三十斤铁板……"

"给吃的吗？"

"谁家有稠的？不就'愁'你变修吗？要不开放，稀的也喝不上。

人心能不偏向？"

有个旅客忽然叫起来："那跳崖的崖，有多高？"

老爷子略略一愣，准确回答："五十五米。"

他那花白里夹白里的皱褶，严肃。他那眼睛里，透一丝狡猾的光芒。

旅客的升华

历史是财富，可也是负担。

生命要重量，叫作"生命之重"。可也不能超过负担。

战争、斗争、国家、民族、阶级、组织、路线、改造……占满了空间，个人喘不过气来。

"横着站"，这个词儿哪儿见过？

这是中国战士的形象。中国的先驱发自肺腑落地有声："横着站"。一边盯着敌人，一边对付自己阵营，如"生命之重"的雕塑。

把式小媳妇的论今

小媳妇的半长头发不披肩，也不梳髻，都没工夫拢拢，就拿个发夹窝在后脑勺上。红黑脸皮，没有土也像挂一层灰，可又草草地抹抹唇膏。

她高声大嗓招呼旅客，一蹦坐上把式位置，大咧咧地吆喝，使劲举鞭子，又总不碰碰驴屁股。一遇见车辆拥挤，立刻跳下来，把鞭子举在她的小黑驴脑袋旁边，跟自己小声嘀咕："这过得去吗？"跟别的把式大爷大哥的"劳驾""借光"，看来，是个"再上岗"的主。

道路一顺当，小媳妇格外地高声大嗓找旅客说话，加大咧咧回答问题。旅客一高兴，什么话没有？有时候，小媳妇会听不真、绕开去，有时候竟能够绕到一个"热门"上，让旅客热烈一番。

"不往前走了吧，前面也没什么好看的……"

一个旅客和伙伴商量着："是不是看看老帽山？"

小媳妇也商量口气："那也看不见，也没有看头，土老帽……"立刻大笑："我是说那个山，那个山土老帽……"

旅客们也都笑起来，小媳妇趁势跳下地，举鞭子掉车头。那位旅客也不坚持，只小声说："不是看山，想看跳岩……"

不等说完，小媳妇高叫："跳岩，好哩，坐好了，不远儿……"

小驴车回头走了几步，一位旅客有些感想，指指小媳妇后背，跟伙伴说："有文化。"旅客们这个问上过几年学，那个问拿过什么文凭，怎么不再考考……

小媳妇不回头，只把回答都落在大处：

"我们山区，普及初中，才几年呢。""哪家也是，先供男孩子上。""什么职高，什么中专，都得仗着师资。"

那位旅客又指指背后，"跟我们绕着走呢。"

小媳妇高叫："不绕，不绕，看得见了，北边，横山上，跳台……看，跳了，看……"

一个人形，从山腰上弹出去似的，头朝下，直往水面上掉，眼见入水了，又弹起半空，又落又弹……原来小腿上绑着拉力绳。

这是高空弹跳，在游乐名目上叫作"蹦极"。

"有多高啊？"

"五十五米。"

旅客想起老爷子也一口回答五十五米，当时眼睛里透着狡猾的笑影。

"老年人要青山绿水，要安静。青年人要刺激。"

"你'蹦极'过没有？"

"我不要刺激。"

"你也是青年，为什么不要刺激？"

"碰碰船有点刺激，不够。缆车头一回刺激，二回三回就平蹬了。骑马射箭的刺激，跟一般运动一样。"

"你为什么不要刺激？"

"'蹦极'一张票一百五十块，节假日挤着买票排上队了。"

"你为什么不要刺激？"这位旅客紧盯不放，别的旅客明白了，也帮腔助兴：为什么？为什么？

小媳妇不绕了，可也只一句："我这里有的是刺激。"

"你的小黑驴买了多久了？"

"三个月？"

一个旅客不耐绕，单刀直入：

"你不是刚下岗吧？怎么下决心买驴？"

"一百五十块买的票，巴巴地绑腿了，这不排上队玩儿命？背不住动摇了。男的女的，你们说，动摇，男的多还是女的多？"

男旅客望着女旅客，试探着："一般说，女人总还胆子小些……"

女旅客不容易接受："男人花架子。""花花肠子。""绣花枕头。"

小媳妇垫上一句："男人的心，耍龙的球。女人一根筋一条龙。"

男男女女，可给绕到热门上了。一进此门，若比作蜂窝蚁穴，且无止境。

小媳妇悄悄找年纪偏长的咬耳朵："是不是就到这里了，我再赶趟买卖去？"

旅客的告别

崇高，伟大，主义，权威，理想，追求……如果都消失了，个人的空间就无限大了。这也叫作"生命之轻"，可以尽情玩儿。

但，哪能完全消失？只好绕着走。想尽情玩儿，就要刺激。刺激如酒精如尼古丁如可卡因，都有瘾头，瘾头都会越来越重。轻和重又赶到一块儿了。

"生命之重"重到超重，出现窒息。"生命之轻"轻到过轻，也不好受，那是空虚。

小驴车啊，又轻又重。小驴车的把式啊，你觉着重，他觉着轻，但都挡不住对家乡的爱，对山水的亲，对远近旅客的热情，你们兜揽生意，义务导游情不自禁。你们仿佛一觉醒来，抹煞抹煞眵目糊现赶着竞争。在小驴车上，左右铺两条木头方子，让旅客面对面佝偻着，也佝偻了心情。车顶上的布沿又阻挡了眼睛，阻挡的是游兴……

为什么不稍稍地改进？想必是现赶着竞争，来不及调理脑筋。轻重小驴车，倒成了眼下的典型。

把式啊，谢谢你们的热情。

井 亭

　　小白和小黄上的一个中学，不过小白是高中男生，小黄是初中女生。那时候男生和女生不说话，就算是眉来眼去了，也不好开口。

　　恰好学生会办起了"歌咏队"，顶着"抗日救亡"大题目，一下子"自由起来"了。

　　"起来！"歌咏队里唱的歌，多半由"起来"起的头，最有名声的是：

　　"起来，不愿做奴隶的人们……"

　　也有把"起来"放到后边的：

　　"团结起来　枪口对外。"

　　当然也有把"起来"夹在中间：

　　"工农兵学商　一起来救亡。"

　　整队合唱的时候，女生照例站前排。一天，指挥发歌片儿，趁乱，后排塞给小黄一张纸，小黄摸着纸头就感觉不像歌片儿，偷眼一看，是日记本上撕下来的"道林"纸。怎么鲜红？啊，画着一颗红心。小黄赶紧一把塞进裤兜，心头怦怦猜想："小白。"

熬到休息上厕所，摸出来细看：红心上斜插一支箭，题着"我以我血荐轩辕"。这是当年青年心目中的"圣人""自题肖像"的末后一句。第一句是"灵台无计逃神矢，"少女心里自有灵犀，很是"一点通"。第二句第三句倒似懂非懂，这第四句"我以我血"光这四个字就够热血了。那是个"起来"的年代。

唱吧，齐声做阵唱起来吧。抗日战争真的唱来了。小白和小黄头也不回地走出学校，走进战争。

当时兴叫"入伍"，还兴改个名字。小白改叫白起，小黄就叫了黄来。他们先在"敌""伪""我"花插游击区做宣传工作。

一天，白起带着黄来闯"封锁线"，走一条小路，翻一个山坡，猛抬头，看见半坡有个岗亭，盯在路边。路是山岩凿的，一边杂树直冲上天，一边岩石陡峭下山，没有绕过去的余地。这个岗亭真是"一夫当关"了！

白起黄来钻到坡下水竹缝里，观察动静。好一会儿，不见人影，也不听见人声，不禁心头越发地擂鼓，白起低声吩咐黄来：不要动。他先冲过去，看没有人，她再跑过来。

白起弓腰飞步上坡。这时，岗亭板门下边，钻出来一白一黄两条小狗，圆滚滚的，相互抓挠，咬着闹着顶着……黄来看见小东西打滚，不觉一欢喜，不由得松了心，朝坡上追赶小狗，竟没有掉头看一眼岗亭。

两人一前一后跑得喘不过气来，白起扑在山岩上，黄来趴到石头地上。两人回头看看，岗亭不见了，原来转过弯来了。

黄来留着"我以我血"的"红心"，打在背包里，也不懂保密，有人禀报上去了。上边也还有点"自由主义"，觉着这画和这句诗，都还是鼓舞士气的。索性批准两个把背包摊在一块铺板上，结了婚。

漫长的战争岁月过去了。白起在郊区坐部队机关。黄来坐地方单位的办公室，在城里。这样的夫妻生活都算不得两地分居，再呢"过日子"的时间也不多，运动跟着运动，检查完了审查叫作"梳辫子"，两人都从"花插"地区过来，辫子竟越梳越多，自己也笑起来学着说："维吾尔族姑娘。"

黄来生性好唱、好说、好逗小猫小狗，为了这几"好"，差点儿打入另册。可是人生一张嘴，不能光用来吃饭。寻思磕磕碰碰唯独岗亭这一轱辘，没有"挂落"，没有"掰拆"，没有"零碎"，那才叫一水儿的干净。闲来高兴，就显摆岗亭。为了给自己加油，也为了给听众充电，把岗亭里究竟有没有人？比作"千古之谜"，提升到"永远的秘密"。

谁知"文化大革命"光临，眨眼刷刷的大字报："何来永远？怎么秘密？"通栏标题："揭开千古之谜的时候到了！！！"三个惊叹号。

此事关系男女双方，"造反派"跑到郊区提审白起说："黄来坦白了，岗亭里有人。""军宣队"跑到城里逼问黄来："你还顽抗？白起交代叫伪军抓了个正着。"这中间，两边都少不了"做梭头"、"摇煤球"等等。"做梭头"是南方土话：烧红打黑，软磨硬锉也。"摇煤球"乃北国方言：和水和泥，连搋带攥也。再有"喷气式"，那是"舶来品"，从略。生把唯一的一水儿干净的岗亭，抹上横批"秘密逮捕"，就是悄悄抓起来，悄悄放掉。这一下上稀里哗啦——"卧底"、"线人"、"潜伏"……白道的黑道的什么道道都套得上了。

"文革"过去，"不实之词""推倒"。只不过少男少女纯情的岗亭，也肮脏了。男子困住郊区机关，妻子默守城里宿舍，没有离婚，也不

"过日子"。没有哭，没有笑，没有吵和闹。只是心烦，一烦就生厌，一厌就寒冷了。

有天，黄来到南方搞"调研"，走进几十年前的"游击区"。随地碧绿的水竹篷，不觉心事茫茫。啊，前面一道漫坡，可不就是沿岩凿出来的……一时，昏憧憧摸进梦里去了。啊，半坡有个岗亭，盯在路边。"一夫当关"呀！没有绕过去的余地。

岗亭的木板原是原木，现在不过乌黑多了。那可是封闭着"千古之谜"呀！

难道岁月也在这里封闭？黄来努劲飘上山坡，对着岗亭，竭力大叫："有人没有？"没有动静，没有声响。黄来狠命一脚踢开门板，哟，门里门里门里——黑洞洞一口井！天嘛天，原来不是岗亭，是井亭。

黄来的腿软了，搬脚进门，顺势跪在井沿上了。探头井筒，眼下深深，森森，瘆瘆……窥见了另一个世界。

那个世界漾开一圈一圈的波纹，波纹里漾出了干净的蓝天，干净的朝阳，少男少女个个干干净净，上下里外一水儿的干净。他们整队合唱。一个少男剑眉凤目，春风悄悄抚摸他的英俊，他画一颗红心斜插一支箭，随手塞给前排少女。

"起来，不愿做奴隶的人们……"

少女满脸飞红，柔情在半闭的睫毛里飏了，醉了。

"起来！起来！

冒着敌人的炮火！前进！进！"

啊，青春还在，在另一个世界里，鲜活着，当初觉不出来的一水儿干净。

有位诗人说过：我们头上闪烁的星星，那光芒经过亿万光年。来到这里。在原地，本体可能已经消失。在我们头上，青春正在光辉。

　　仿佛是天意，无可如何。黄来摩挲井沿，手下有些毛毛糙糙……啊，狗毛！黄来一激灵，心惊肉跳。战争就在眼前，两头小狗管自抓挠着滚着玩，狗毛都还在，难道刚是昨天……

　　黄来想站起来，想跑，却跌出板门，瘫在井亭台阶上。

　　悬岩边上，两头老狼狗滚成一团，一白一黄，这个抓破那个的肚皮，那个咬住这个的咽喉，做一对儿你死我活，就一下子做蒸汽蒸发了。

　　黄来放声大哭。

短篇三痴

前言

报载有的城市已经进入老年社会。老年服务必须赶紧起步。又有尊称银色工程，告知企业家虽说利薄可是稳定，更有持续市场。又有某地某城统计，痴呆症竟占老人的十之一二。又有一说此症本来不少，只因检查手段落后，当作老糊涂了，或返老还童一声"老小孩"就交代了。这里记下症状数则，或可供工程参考。

花痴

陈素娥　女　六十五岁　生活自理，手脚自如。衣着整齐，梳理干净。每日早晨或傍晚，必到公园散步，爱上树林背静地方，来回梭巡。遇见单身老头练气功、打太极拳或随意做操，先静默观看，再定睛，出神，眼皮半合，起雾，发光如玉的水色，如水的花色，如花的鼓苞初开……日常简单点就说"花"起来了。其实还是简单不了，这"花"人见人爱，可又人人耻笑。若在男性，是寻花问柳之花，女性则是水性杨花。

一天黄昏，有一男人伸手牵花眼女人走进灌木丛，就地作乐，这位陈素娥顺从不语。

过后，陈的成年子女发觉，报警。警方找来四五个嫌疑人，让陈辨认，素娥茫然。叫她看过来就一个个看过来，然后又一个个看过去。脸上毫无反应，如目中无人，如凝视远方。

警方又把嫌疑人带一个来，单独相对。监视的警方也闪在一边。片刻，看见女人的眼睛定了神，接着"花"起来。换一个嫌疑，同样顺序重复。

案定："花痴。"

备注：陈素娥的丈夫，五十年代一次肃反运动中失踪：活不见人，死不见尸。

石痴

徐　陵（1920—1990）　男　汉族

二十岁时，抗日战争中突围，从高山陡坡滚下，落在石头槽中，昏迷。午夜，小雨，冻醒。面对巨石，不知所之。稍稍爬动，全身疼痛，才恍惚相信是阳间。连摔带滚，竟又落到山客窝棚门前，得到山药医治。五日后，有自己人路过，天也，回到革命队伍。

221

二十一岁（即 1941 年）到七十岁（即 1990 年），整五十年间，因这滚坡落石的五天，不断接受审查。山客找不着，石头不能言语，无法取证。日久，山坡也种树造田，改了地貌，丧失了摔滚的形势。遂成疑案，永挂档袋。"文革"中，"精生白骨堆"，"奋起千钧棒"，打斗致残。

七十岁时，这五十年前的五日冤情"宜粗不宜细"，"留尾巴"，终获"改正"。徐陵老头已无力高兴，可也敞怀饮酒一番。谁知闪了风，感冒发烧，卧床五日后烧退，却懒得起身，懒得说话，懒得日常琐碎。

忽一日，竟早起。穿着平整，漱洗仔细，面容平静，眼色温和。稳步出房门，出楼门，出大门。

老头在历次审查中，从军队"清洗"到边远小城，由黑发到白发，由抄抄写写，到看看守守。但凡风吹草动，必进劳改队。又因与石头结缘，自通石匠技术，每当修桥补路，他是现成当用人才。老来手如砂石，腿如原石，腰背如驮石的龟。

这天走出大门，来到石桥，垂目凝视桥与路齐地方，一块长方石条。当年修桥时节，石料用尽，单缺这么一方。他从别处搬来，未经斧凿，严丝合缝。

再到十字街头，中心用石头砌个假山模样，那充当主峰的，带槽，落得进一个蜷缩的人。

走遍大街走小巷，石阶，石坎，鹅卵石，碎石子……无不一一看望，那专注模样，众人说作"相"，如相面相亲相棋。众人里的家人，暗暗尾随到底。末后忍不住，问声：

"说话有障碍吧？"

"没有障碍。"他发音清楚。

"那也说句话嘛。"

"说什么呢？"他平静反问。

众人本来不怎么平静，家人本来怎么也不平静，徐老的出奇平静像水从头洗了下来，人想是呀，说什么呀，石头一样痴了不就齐了。

徐陵老头回到家中，仰面躺下，无声无息，没有喜悦，没有厌烦，连劳累也没有显露。众人只说得一个满字，下边是满足呢，满完呢，还是满可或满不可？说不准。这一躺下再也没有起来，众人才说定：满寿了。

哭痴 [①]

晨起好太阳，一家三口在金色里围坐，喝牛奶、吃油条。女儿高兴，"摆活"股市花絮。

"……四天四夜，四起四落，赚了四十万……"

母亲在桌子下面猛踢一脚，女儿警觉。凡四、司，团音的十、市，谐音的痴、嬉，只和死字沾边含混的，都可能犯忌。女儿忘乎所以，小嘴丝丝地连串冒犯，老父亲已经两眼汪汪了。

夏立银，古稀，白发，方脸，阔口，两眼稍有光彩，板定将军相貌。可惜时常眼泪如豆，出眼窝，挂颧骨，不下。引发两腮抽抽，咽喉哽哽，将军相貌顿作了娃娃脸。

老伴伸手过去擦眼泪，哄道："股市股市，咱们一股脑儿不懂，不

---

①　注：有的地方叫作痴哭、嬉哭或死哭，方言谐音。

听下一代不三不四……"又出来一个四，忍笑咽住。

女儿凑过来接着哄："不哭不哭，什么股市，屁股屁股……"屁股另是一忌，女儿吐舌头。

夏老头哭道："我死了，早死了。"

"您活着，您在您在。我掐胳臂了，疼吧疼吧。"

"半死叫摆平，打死叫拉倒。死过几回的人了，不怕……"老伴搂脖子才捂住那个死字。

女儿压着身子："敲您的磕膝盖了，一敲一蹦，腿在这儿。"

老头挣扎着哭出来："把馒头扔在地上，要我趴着啃……"

"你看你看，嘴也在，舌头也在。"

"您哪您哪，脚丫也在，大拇哥在，二拇哥在……"

"趴着还要撅屁股。不撅，踢。再不撅，扒裤子，啐屁眼……"老伴使肩膀堵，夏老头摈着，跺脚大叫："我死了。"

女儿摁脚叫道："连小拇哥也好好活着在，您哪，全在全活着，全活全在……"

老头甩头叫出来："人格呢？"

"人格没跑，套牢在股市……"股和市都忌，女儿忍笑咬唇。

"人格在哪儿？我的人格死了！人格呢？死了！"夏立银两眼圆睁，闪出将军相貌。可惜泪如豆下，腮抽，喉哽，又不成样子了。

母女两个抱头摁脚擦泪连笑带哄：

"嬉哭嬉哭，天皇皇，地皇皇，我家有个哭痴郎。仁人君子念一遍，一觉睡到天大光。"

短篇三树

惊树

主家久居北京，请了个保姆照顾老人。保姆是西北麦积山那边的山里人，约三十五岁。去年，她的十五岁的儿子到北京来探亲。这个孩子第一次到大城市，发生许多惊讶自不消说。不过其中一个惊讶，却叫主家倒吃一惊，孩子叹道：北京，好多的树呀！

主家心想：比起老北京来，树木少多了。若和人口、楼房、车辆比较，更加不成比例，不是政府也着急了，拆房子、改农田、不惜血本地扩大绿化面积吗？

这还可说，怎么倒叫山里来的孩子，稀罕起可怜巴巴的几棵树来，岂有此理！

保姆说，她像孩子那么大的时候，也就是二十来年前，她们家守着树林子住。姑娘们进林子搂柴火、摘蘑菇、拣松果，都要三五成伙；一怕迷路，二怕野物。从林子里出来，姑娘们都"哈——好自在！"林子里看不见天，踩不着地呀——净烂叶子烂泥呀。

"腐殖质"，主家点着头说了句字儿话。又说那就不能叫树林，该是森林。主家咬文嚼字的时候，爱跟自个儿点头。

孩子听着瞪大了眼睛，他不知道妈妈说的是哪儿的话。

主家想想也猜疑，盘问道：战争时候，没伤着林子？

伤。边伤边长。

大跃进、炼钢铁，你们那里不砍树？

砍，也就个把山头。累，懒肯多砍。

那么就这二十年里头，森林全没了？

孩子忽然冒出来一句：不做墒了。

主家不大明白"墒"什么的。孩子和保姆这一句那一句地解释：下一夜雨，第二天刨地，下边还是干的，没有"墒"，庄稼长不好。一年二年，雨水也少了，更不做墒了。主家一明白就明白得很，点着头说：恶性循环。

保姆这才和主家说，孩子实际不是来探亲，山里荒了想到北京当个小工吃饭，是探活路来的。

主家叹道：北京不许用童工。

保姆吞吐，孩子哑巴。主家也头绪纷乱，却又听见保姆没头没脑地叹气：好难过呀！

出气深沉，出的字儿可就三两个。主家心想：耗尽祖宗产业，连子孙饭也鼓捣了。偏偏在这开放的二十年里头？主家忍不住又盘问起来。

保姆冲口说道：干部的过，干部带的头。主家断言：干部是最具体的现实，农民看干部，天经地义。

孩子又忽然冒出来一句：三十年，五十年不变不变的，早说也好些。主家想起一句唱词：穷人的孩子早当家。别小看这孩子，指的是政策疏漏，也不及时。

可是都还说不通透森林的灭亡，那得是巨大力量摧毁大自然嘛。

世界上每当科技有了重要发现，好比说"原子论"，释放出来的能量，可以建设核电站，也可以制造原子弹。眼前的"基因论"才起步，世界上最聪明的脑袋已经亦喜亦忧，说：科技是双刃剑。

战争年代，运动年头，再无法无天也懒肯多砍，因为费劲又个人卖不出钱来。这二十年走向市场经销，这法宝发出来的力量，排山倒海，改天换地。可不可以向世界上最聪明的脑袋借一句话，作为小小的注脚：法宝也是双刃剑。

保姆和孩子都不明白，眼睁睁看着主家跟自己不住地点头。

胡杨

山民侯道和树林"处"街坊。他的住房斜了，山墙拱肚子了。寻思砍棵树打个撑子，进林子蹓了几趟，相中一棵半抱粗的胡杨。树林黑压压的，白天也钻得出来黑毛野猪。什么树没有？这棵胡杨也不是好材料，只为它挡道——树林里没有什么道不道的，可是侯道相它愣挤出来，不站在该站的地方，这正不挡道？这一位自有规矩。

侯道砍这棵树的时候，先使镐刨刨地，果然，那根不四向散开，弯弯地挤出来，长腿长爪，好像盘龙。

这是七十年代末的事儿，老政策"计划"没退，新政策"市场"还未出台。村干部沉下脸来，拍拍侯道肩膀，说，跟着上区里走一趟吧。这一去，判了个八年。

"劳改"中间，侯道挨了训，受了教育。知道了他"处"街坊的树林，一百年也长不起来。要是没有了树林，就水土流失。一方水土养一方人，真要是流失，还真养不住人。侯道服罪。

后来送到北边沙荒地上，种树。早上背一壶水出去，做着活，嘴里火烧火燎的，也只敢抿一小口。为了种一活一，要深刨。有天，竟刨见树根。这一片沙荒，眯眼睁眼望酸望疼了眼珠子，也不见一棵草，柴火金贵，树根是宝，大家细抠起来。原来也是胡杨，也弯曲绕着走，连腿带爪如盘龙。侯道暗叫：又一个挤出来的，这一片原先是黑压压的树林！

几年期满，因种树成活率高，当地留他当技术员，侯道一心先回家看看，谁知到家不认得街坊了，相处的树林没有了。莫非着了魔中了邪？有的树茬还在，竟有半米多高的！可见是偷砍、乱砍、抢着砍，愣把黑压压的山地，砍成癞痢头。

侯道心想：当年才砍一棵树，判我八年。如今干部们全哪里去了？干部全在。侯道有个本家侄子，在区里当于事。侯道找上门去，侄子侯晓说，有木材市场啦，能卖钱啦，归个人啦，你还能赖市场的过？侯道嚷起来：那干部们呢？侯晓叫声叔，说声您还别嚷嚷，干部起了带头作用。侯道说，不嚷，可我告他们。

侯道认真写了状子，拍在侄子面前说，你要还是侯家的人，给我递上去。

侯道回家等回话，夜晚也睡不安全，忽听外边有动静，推门张望，只见几个青年在砍沟帮护沟的树。侯道气冲血涌，一吼扑了出去，暗黑里一个青年顺手一击，正好梆在头上。青年逃走。侯道捂着血，去找卫生员，上药，缠上绷带。

天一亮，侯道又到区里找侄子。侯晓说好了，这有官司好打了，现有血洞。侯道说不打这个血洞官司，我问你那个。侯晓说那个官司立不了案。说着拿出状子，指着批字说：空洞。

侯道横看竖看，纳闷道：我告的是树林子，不关山洞子，什么血洞空洞，哪跟哪儿啊。

侯晓说：这空洞不是山洞子，是说笼笼统统告一揽子干部，笼笼统统一片树林子，没法判。叔，您消停着醒悟着，侄子马上给你脑袋上血洞立个案，您一边儿睡着。

侯道叹道：侯晓侯晓，从小机灵晓事，怎么就不晓得叔叔这份儿心。

侯晓说：侯道叔叔，您那份儿心没有别的，就是个厚道。也就是个老道。

说着话，让人把那几个青年找来了，侯晓指着血洞问，公了还是私了？我这就开个调解庭。青年们一咬耳朵，凑了三百块钱，走人。

侯晓回头交给叔叔，正色宣布：听侄子一句晓事的话，拿上盘缠，回北边当技术员去。多也十年八年，少则三年五载，您再回家来。

侯道思摸：那时候官司能立案？

侯晓断言：那时候没有官司好打，大家明白了砍树败家，种树聚宝，你回家敞开来当技术员。

侯道果真上路，拐角地方转身看看光秃秃灰蒙蒙的故乡。这位山民跺了一脚，说了句一般是生离死别交代给亲人的话：

"等我回来。"

桫椤

世纪之交，困境之交，南斗指给七星看棵树："这就是桫椤。"啊，久闻大名。两亿年前留下来的植物活化石。人间塑造老寿星，吹嘘上千年就想象力顶了格了。两亿年前，地球上称霸的动物是恐龙——龙好说，怎么叫恐呢？恐龙早已灭绝在"中生代"，桫椤如今还成片成林。

南斗拿着相机，找一棵合适的，叫七星站到下边，拍照留念。七星看看树干像铁树，叶子像蕨，羽状，叶柄一米多长。觉着干和叶，都阴丝丝地呼吸着神秘；长吸，短呼，这才透阴。七星抬头寻找阳光，哪里漏下来好落到脸上，也好把脸迎上去……

南斗退到五六步外，屈腿，半蹲，相机贴住眼睛鼻子，嘴巴叫着别动，看镜头，说，茄子，茄子……

七星觉着头上叶子抖动，身旁树干紧缩，阳光散乱，暗淡……

奇迹出现。

整个桫椤树林的树干上的棕毛，都像汗毛那样立起来，铜丝那样无风也哆嗦，羽状叶片全像含羞草那样收拢、下垂、干蔫……鸟雀噤声，猿猴僵在树杈，狼狗石头一样蜷缩草窠。

一个黑影从半空投下来，缓慢，可是不住扩大。黑影边缘冷光虚幻，整个树林白蒙蒙的却黑暗了。这景象叫不出名目，只能说是疹——若以为恐惧是由外及里，疹，由里及外。

黑影慢慢化出一个头来，大如笆箩，不男不女，半阴半阳，仿佛太监，也仿佛"二性子"。相书上说：男身女相，主贵。这位非怒非笑，自带威风，自来至尊。慢慢看见大块身体，伏地五十米，若直立起来可有二十层楼高。肚皮够五十吨，吞进树林连同飞禽走兽不磕绊，身后拖一条长长的尾巴。

桫椤甲哆嗦叹息："啊，恐龙王。"眼缝里看见王的圆眼似铜锣，可又上锈无光。胸口暗，喘，嘴角流涎。桫椤甲禁不住使小声混在树叶沙沙里：

"阿乙阿乙，怕要出事，你的叶片已经耷拉下来了，可是那些小刺还支棱着。"

桫椤乙也沙沙应声："刺儿不能软趴，趴了刺儿，还能叫桫椤吗？这是桫椤的极限。"

"看着都扎嘴。"

桫椤丙也哆嗦着插话："都到了人家嘴里了还管它扎不扎？还有什么极不极限？都是废话。"

桫椤乙咬牙发誓："没有刺儿就不是桫椤。"

桫椤甲说："好了，别做声了，大王支了下耳朵。"

"支吧支吧。"桫椤乙接着咬牙，"我都准备好了，把籽种散开，藏在叶下边，躲在坑里头。"

"保守。"桫椤丙压着嗓子哭起来，"我准备燃烧，我身上集中脂肪，浓缩热量，谁咬我，冲谁滋火花。"

恐龙王懒得动弹，听见那边沙沙声里有杂音，叫了声"来人"，没有答应。再叫一声，也没有动静……恐龙王正要生气，可又心中有数：天天讲，不是你吃掉我，就是我吃掉你。其乐无穷。谁知该吃的都吃掉了，吃干净了，其乐呢？没劲，无聊，光落下孤独。据说孤独还是永恒的，可那日子怎么过？好哩，那边沙沙里肯定有掺杂，来人……没答应。我是懒得动？还是动不了？我还能依靠谁？我这日子怎么过……不觉来了精神，动了尾巴尖，抢了过去。

桫椤丙没想到来了这么个东西，大叫！树干炸裂冒火，叶柄羽叶，齐刷刷倒立，好比怒发冲冠，三米，三丈，火苗顺势上蹿，立见火柱拔地而起。呼啦啦烧烤恐龙王肚皮，嗞溜溜五十吨脂油熬煎。

恐龙扭扭身子，全身无力，动动脑子，一脑空白。

火花火箭火星四射，树林燃烧，好一片天火！

天火升天，变作火烧云，光芒抢眼，神采飞金。

地面上可是焦头烂额，残烟低迷。桫椤甲竟还有一口气挣扎，竟发现远近点点吐绿，随吐随高，竟有茄花色托着绿色上来。这茄花色是树干苗子……

"……茄子，说，茄子……"

七星找到小块阳光正好漏在脸上，五六步外的南斗也对好了镜头，屈腿，半蹲，双手按在眼睛旁边，一声茄子，咔嚓……忽然，来个屁股蹲，后仰，跌倒，相机失手，甩掉……

七星跳脚扑过去，看见南斗脸色苍白。

"没事吧？"

"没事。"身上微微颤抖。

"怎么啦？"

"不知道。一惊一乍，汗毛都竖起来了。"

"那是恐惧。"

"恐龙显灵？"眼睛发直。

"放心，它一走，就不灵了。真懂恐惧的是活下来的桫椤，只要刺儿没趴，作兴出个奇迹提个醒儿。"

隧　道

一

　　"我高烧不退，昏迷不醒，大夫为了抢救，给我插上管子，接上呼吸机。要插未插要接未接的时候，打进来一个电话……"

　　"嘿好，抢救室里根本没有电话。"

　　"那个电话很特别：喂，喂，我很高兴。这个时候还有高兴的！这不印象深刻，还会有错？那声音也清亮，底气也足。"

　　"好吧好吧，就算是手机。可你吊着瓶插着针，跟捆着手脚一样。"

　　"我是说，人在昏迷，可内心世界或者所谓潜意识里，还有活动。"

　　"你是说幻觉？连知觉都没有了，还有幻觉！"

　　"喂，喂，我很高兴。听说给你报了病危。你得了个头彩。你一插上管子就说不了话了，我得赶紧告诉你我很高兴……"这个说话的人是谁？人称女强人的那位。一直只听着声音，没有出现图像。这才发现眼前不是墨黑，也不是空白，是迷迷糊糊混混沌沌……随着觉察出来这是一种胶着状态，是在一个隧道里。刚一觉出来，隧道又变出

个院子，女强人和铁姐儿们在客堂里搓麻，哗啦哗啦洗牌，啪啦啪啦
出牌。厨房里冒出肉香、辣椒香、豆瓣酱香。忽然一声枪响嘎嘣脆。
有叫道果不其然。有叫道橡皮子弹橡皮子弹。院子里有朝外跑的有朝
里跑的，有叫拉上栅栏门，有叫不要插闩，不要上锁。接着一串枪声，
这回听来倒闷沉沉像发潮的爆仗，仿佛满院子一声长叹，唉——，果
不其然真枪实弹了，满院子的面面相觑。由远而近轰隆轰隆，清早开
过去的坦克，往回压马路了。哪里起烟，是放烟雾弹吧？就像电影里
演的，是演电影吧？只见女强人手擎相机，是变戏法吧？手里擎上相
机凑到铁栅栏上，贴着拍、"处"着拍。不时推开栅栏一条缝，抽进
来几个傻眼学生，拽进来呛烟的市民。院子里有开水龙头的，有递蘸
水手巾的，随着出现好几架相机，举高的，蹲地的，闪光的……整个
院子活跃起来了，铁姐儿们索性把麻将桌挪到客堂门口，出牌噼里啪
啦外带吆喝。厨房门敞开，窗户敞开，肉香、辣椒香、豆瓣酱香冒冒
满世界了。

　　女强人嗓音清亮，底气也足。给你头彩。给你电话。给你插管子。
给你高兴高兴。告诉你，人有病，天知否。人有病，天高兴。

二

　　我知道我在昏迷。我觉出来周边不是墨黑，也不是空白。可以说
是一种胶着状态。

　　我的昏迷在浅度和深度之间，徘徊反复。

　　我觉出来胶着状态的时候，随着觉出来周边是一条隧道，随着眼

前出现一个病房。

隧道里，时间没有昨天与今天，不知道从哪里来，到什么地方去。

眼前出现的病房，是半个世纪以前，中学生时期，在"闲书"也就是课外书中读到的。是书本上描写的还不是生活经历。那时候的生活，许多记不清了。这个书本上的倒把自己也裹进去了，亲自在场，耳闻目见。

病房里有两个神一般的伟人，一个躺在床上，一个坐在床边佝偻着身子说话。他们都有光环围绕，又非常伟大都看不清相貌。其实，早由电影由画报进入梦想了。衣襟如山坡，皱褶如沟渠。说话只见嘴动，听不见声音。可是说什么，又随着嘴形好像写在脸上，听起来背书一般有板有眼。

高枕半躺床上的是列宁，佝偻俯身床边的是高尔基。

俯身坐着的说：一个专写动物生活的作家，没有面包，一天吃一个鱼头，猫食。这个作家只会和动物打交道，一闹革命，没有单位管他，没有人帮他说话，没有地方发表作品，给人看作不是反动也是废物……

半躺床上的说：一个工人带上小分队，押着火车，出去几百里外！拉回几车皮粮食，一路跟白匪打仗，白匪们喊着：饿死革命。工人说，一粒粮食是苏维埃一滴血。

坐着的说：这个作家听得懂鸟说话，摸得透猫呀狗的心思。你和他多日不见，刚说上话，他立刻走了神，那是听见哪里汪汪报警，还是半天空里野鸭子受了伤……

躺着的说：工人拉上粮食往回走，自己带着的干粮吃光了。饿着，守着满车皮的粮食饿着。为还要保卫粮食和白匪拼命，没有力气了喝凉水……

坐着的说：这样的知识分子，是国宝。到了稳定下来，开始建设了，这样的知识分子能别开生面，上一层台阶……

躺着的说：工人把粮食拉回来了，完成了任务，自己摔在地上，他饿晕了。他宁愿饿死自己，也不能叫革命饿着。

像这样对对答答的谈话，只是表表当年的大体面貌。若是找找回忆当年的书，可以抄摘有意思得多的片段。不过那篇幅也会大得多了。这里说到两位伟人的坦率畅谈，又各执一词，不算争辩吧也意图说服对方。写来平铺直叙，没有描写，也没有戏剧手段。因为重要的不在这里，在于后面的景象。

伟人你对我答中间，躺着的精神奕奕，眼光闪闪，但不时会有迷糊上来，稍一合眼，立即睁开，轻轻招呼道：我出去一会儿。坐着的立即收拢话题，眼神迷迷，俯身招呼：休息休息，放心放心。出去的不过一两步吧，又回来，照样眼光闪闪，接茬儿谈下去。坐着的打算不作声，可又眼神迷迷插上嘴来。一会儿，躺着的又出去，又回来，重复不休。这当然是昏迷状态，往深度里走一步，又退回来又往前走。从容不迫，礼貌周到。就像出去接个电话，不把昏迷当回事。两个都不理会出去一步是往哪里走？是不理会还是不当回事？

我说了半天，最重要的话是从容。

三

我觉着周边不墨黑，也不空白。我觉出来一种胶着状态。同时悟着这胶着是一条隧道，这隧道是阴阳交界的中间地段，我看见了出口，也许是进口，那里煞白有光无热。本来在这边，我转过头去又在那边了。不明方向，不分六合，跌跌撞撞，又没有磕碰。

记得什么书上什么人说过，出生时候要经过隧道，忘掉先前种种。死亡也过隧道，要回头看看，一了百了。我回头了，果真看见远远地，小小的一张病床，白衣医生护士中间，不多几个黑衣亲人，床上有直挺挺躺着的，不见相貌，想必是自己吧。

没有悲哀，这是超脱七情六欲的时候了。

不过我想我是不会远走的。躺一会儿还会起来，回家。因此没有一去不回的悲哀。

当代高僧弘一法师他知道要走了，在跨过临界的刹那，抓笔写下"悲欣交集"四个字。我相信那是真实，我佩服那是真实的高僧。悲欣也还是七情六欲、写下来更是还要告诉世人，对世俗还有话说。

作家同行到了晚年，有公开宣布或悄悄"封笔"。亲朋好友有以为"封笔"是更上一层楼，是脱俗的境界，修养的升华。我想这里有误会，会不会是出于好心，却走进了误区。

半个多世纪以前，我选择了写作行业。头三十多年，政治运动连绵。我不走仕途，不沾经济，老只是检查世界观改造，中心只老是成名成家思想，实例只是老几个作品。一般情况认罪范围是艺术第一，风声紧点后也加上主义，再要吃紧前边加资产阶级、地主资产阶级、反动地主资产阶级。也有十年八年的停止业务活动，也就无所谓成名成家，也没有了作品，专事夹起尾巴做人，差点儿心广体胖了。

没想到做人做到耄耋之年，倒还有兴致写作。写了还要讨好，喜欢听好话，计较成色败笔，还要说给世界听嘛，岂不要说得越响越好！

原来这一行业不离七情六欲，若真正地脱俗，严格地封闭，"精神的死亡"，也就什么也没有了。阿弥陀佛。

惊 乍

迎接战争，也有迎春一般，迎来万紫千红的欢喜。古人云先天下之忧而忧，殊不知也有先天下之忧而乐的。

上世纪三十年代，世界各处打响反法西斯战争。中国摊上日本侵略。少男少女上街游行。不做亡国奴。反对不抵抗主义。卢沟桥一声炮响，全国欢呼，花开一般。

少女芳芳和少男荣荣原本中学同学，住家却隔着条河，各自就近就便投奔战争。芳芳进了北山，荣荣在南山入伍。不久，战争又把北山南山隔开，各是各的游击区。芳芳眼睛都不眨，只管穿过几条封锁线，竟由北山平安到达南山。人皆"哦哟"，她只微笑，笑道梦游过来的。

她一路梦着荣荣，又只说梦游，把荣荣这个名字，封闭在神圣的地方。男女双方，都兴越密封越神灵。这是当年的浪漫吧，又和千年的神秘合一。

荣荣这边，单凭直觉，也觉出来芳芳到了南山。南山又分七八个山头，一天，荣荣钻深山老林传达文件。照当时保密的规矩，钻进一户人家就不到天黑不出来，避免生人熟人的旁生枝节。傍晚，荣荣看见不远的山梁上，走过一支小小队伍。单行。徒手。夕阳紫了，人影黑了。轮廓倒更分明，姿态犹如"卡通"。那个怒发冲冠的，还不就是代数仙儿刘强？那腰身好比案板的，不是球王贝壳？难道还会是别人？那走平路也撞人的，当然是张凡没错。荣荣强忍不出声，暗自满口好啊，原来这帮同学知交，哈哈噜兄弟，落在这里好呀好，天嘛天——慢着，最后一个也下梁了。这最后一个不徒手，肩扛长条板凳，磨刀磨剪子的架势。天嘛天，这最后一个是女的，好呀好，这是芳芳。

当年大家穿的都是制服，非蓝即青。这最后一个也全无特色，可又充满直觉，直觉充满芳芳。隔山都闻见了她头发根的气味，闭眼也看见了好一头齐凑凑厚墩墩的乌黑。

坚守保密规矩，熬到月牙如金钩，叫蓝蓝的夜色托上天来，村庄睡觉了。荣荣这才好像骑上白马，腾空山梁。过梁有座小庙，灯火明灭。一阵冷风，竟有嘈杂声响。呀呀呸，声响不祥，竟有芳芳的尖叫，虽细微，却撕心裂肺，冷不防一跤跌进了"聊斋"境界。

眼前的，是破庙纸窗。耳朵边，碎纸霍霍。凑近一看，正是小说场面，是晚会？是地狱？是魔术？是战场？

火堆、火把、火焰。人影幢幢，人头攒动。架火的，玩火的，挑拨火苗的，或齐声口号，或各自叫喊……场面上有个明显的焦点，焦点是芳芳。

芳芳闪闪如石雕铁铸，别的都在虚光里虚幻了。芳芳在干什么？她整个下半身，捆在自己扛来的长条板凳上，从脚跟到腿根，紧贴凳面。已经用布条——看来也是自备的——绕圈捆绑结实。现在外加麻绳勒紧，芳芳使劲努力，墨黑的长发挣崩了，火光里，少女的气味烧烤了。

"我要勒紧，嗨，勒紧。一个手指头也插不进去。回头你们好塞砖头，嗨，塞砖头。嗨，塞断我的腿骨头。"

"打倒狡辩；打倒秋后算账；正面回答，北山南山一样的游击队，为什么非要过封锁线？"

"那是梦游。"

"还梦不梦的，还小资情调，还在大帽子底下溜走。"

"什么事情也没有发生。"

"什么事情？问你事情啦？那就说说事情，交代你的事情。"

"那我只好勒断腿骨，证明没有事情。"

"没有事情，值得勒断腿骨？碰着你神圣的地方啦，把你那神圣亮出来！"

芳芳勒腿骨，精疼。听见叫喊神圣，头皮炸炸。人各有神圣，不属身体，不属信仰，不属正义或不正义。是不是有一个原始的性灵……可是芳芳说不清楚。其实说白了，也就是人性。可是这两个字，早就卖给了斗争。

芳芳冲天一挣，滚地一摈，长条板凳摔倒，火堆飞溅，火苗碰撞。口号狂放，脚步踢跶——百般攒动中一声霹雳，自天而降仿佛撕开天幕，撕开了芳芳的上衣。有火把挥舞过来，有怪声呐喊过来，天地君亲师，有目共见，火焰直射少女的胸膛，火光直迫花季的神圣。

这是黑夜霹雳！

通常，霹雳打下来，把一个惊乍打在人们脸上。霹雳一闪过去，惊乍也随着闪走。这一回却不，不，打在荣荣脸上的惊乍，老不消失。荣荣好比戴上面具，面具上的惊乍凝固、冻结、定格。

惊乍本身的意思就和凝固相反，惊乍怎么会定格呢？起初也以为这一回的惊乍，是过分强烈了。

荣荣记起来，当时火光火焰，逼近芳芳花朵胸膛，荣荣失声嚎叫：法西斯暴行。

立刻觉得不对头，仿佛自打巴掌。

立刻想起要求战争，上街游行，这帮人齐声高唱反法西斯的歌曲。这帮人里有怒发冲冠的代数仙儿刘强，有腰背跟案板似的球王贝壳，有走平台也会撞人的张凡，当然还有梦游的芳芳，还有梦里的白马王子荣荣……就是这帮同学知交，后来担当了游击队的骨干。北山南山的游击队，都是这帮哈哈噜兄弟打的天下。

游击队没有别的队伍，就是这帮人打到法西斯无条件投降。只有这支队伍，就是这帮人当梁当柱当檩当椽，把这支队伍建成宝塔。

细细想过了也就是越想越不明白了，打在荣荣脸上的惊乍本当闪走，它闪得走吗？本身定不了格的，它不定格又怎么着？

到得"文化大革命"，也就是这个宝塔内讧。就是这宝塔的梁、柱、檩、椽和徒弟子孙们，把奴隶社会的刑罚都搬出来跟自己人过不去。转过年来，万岁万万岁不叫法西斯，叫文化革命，转过年来，革命变作新潮。转过年来，新潮的口号是好玩好玩。

千年万年，转来转去，就是这支队伍。另外没有别的队伍，那是铁板钉钉子。

火葬场的哥儿们

"十年浩劫"的后半截，我们这里流传一个故事。那年头稀奇，剧场里只演八个样板戏，小道消息却不翼而飞。会场上只说车轱辘般样板话，"口头文学"又不胫而走。

一个初秋的傍晚，下班的自行车潮水一般，天又黑得早了，大家骑得特别急。一个女干部见马路上拥挤，一拧车把，钻胡同，抄近道。忽听胯下格拉拉响，低头看看，没有刮上什么呀，使劲蹬蹬，响得黑白铁铺似的。只好下车检查，却发现胡同两边的平房，不知什么时候拆掉了，又没有平整出来，半截墙头，破败门框，瓦砾堆，砂土坑。就是埋伏一桌两肋插刀的哥们，也富富有余。可怕的夜色又照脑袋盖下来了。这位女干部正当"似水流年"，那流水是不好论岁数的。她倒不心慌，只是赶紧看看链条，好好挂着，捏捏闸，也灵……这时，偷眼看见半截墙边，也有两个车轱辘，还有一双翻皮高腰好大好沉铁甲车似的鞋，顺着这鞋往上看，是条劳动布工裤，怕有一丈二……女干部一机灵，索性抬起头来，只见半截墙边站着个半截塔似的青年，工人打扮，黑皮肤，瘦骨暴筋，两眼乌眼鸡似的盯着自己，不露一丝笑容。

女干部暗暗叫一声好，要是轧马路，是个好保镖的，要是划船、赶车、草地上打滚，是个"炊拨儿"。又暗暗叫一声苦，此时此地，却和撞着了黑旋风一般。这女干部是个见过世面的，临危不乱。一手按住车座，一手把住车把，不回身，光回头，也望定"黑旋风"，一、二、三、四、五，数到五字，嫣然一笑。什么叫嫣然？笑得巧也。怎么个巧法？好比一个花骨朵，到了点子上，一瓣一瓣地开开来。

果然开得好，黑小子点了点头，走过来一只手抓住车把转了半圈，跟玩儿一样。立即蹲下来，竖起大拇哥把指甲盖当作改锥，拧紧挡泥板上的螺丝。又两只手抓住挡泥板，可可地使劲往外扳，两只瘦骨乌黑的手颤颤地鼓着青筋。女干部看着倒冒了汗，抽出条白地血点子的手绢擦脸。黑小子站起来，把车玩具一样塞给女干部，说：

"行了。"

"谢谢。"

"不谢。"

"得谢。"

"得谢给点儿什么作个纪念吧。"

女干部倏地缩回左手，那手腕上戴着个金壳坤表呀。

"不要表。"

"哦哦——"女干部往兜里掏钱包，一边寻思着有没有单块的零票……

黑小子指着她捏在手心里的白地血点子手绢说：

"只要这条手绢儿。"

女干部定定神，抬头望着这黑高黑高的小伙子，使出带笑不笑，爱理不理的神色，轻轻问道：

"你是哪个厂的？"

黑小子回答了什么什么厂，还报了名叫某某某。

女干部把厂名、人名暗暗重复了一遍，倏地一抬手，扔出手绢，同时扔出一个字：

"给。"

立刻骗腿儿上车，却又慢慢蹬着，过了这一片废墟，见弯就拐，一拐就使劲快蹬，上了大道，插进车队，心里狠狠叫道：

"流氓，坏蛋，阿飞！"给完三顶帽子，不觉又好笑，咬着嘴唇骂了声："贼——"

女干部晚上躺在床上，还撂不开这件事，觉出来这个黑小子面熟，这个名字也不耳生。她是个人事干部，成天和人和人名字打交道，哪能都记得清。可是那条手绢儿，手绢儿，叫女干部牙痒痒地梗在心头，半夜里做了个梦，梦见在公园草地上，有人抱着她打滚，张嘴喊叫却喊不出声音来，原来嘴里塞着手绢儿，滚得一身汗，只好软瘫着，倒认出来身上那个人就是黑小子……

第二天，女干部打电话给那个什么什么厂的人事科，问有没有某某某这么个人。

"有。"

"哪个车间的？"

"死了。"

"什么什么……什么时候死的？"

"三天了。"

女干部拿着话筒，好像拿着铃铛一样摇起来。对方却往下说明：

"尸首还在火葬场搁着，等家属到齐了才烧……"

一整天，女干部都像有条虫在她身上乱爬。到了半下午，这条虫在她心尖上咬了一口，女干部把抽屉一锁，骑上车直奔火葬场。

火葬场的停尸间在地下室。就是相信死后上天堂的设计师，也不会把停尸间安排在楼顶上。女干部经过一天的思索，心不跳，色不变，公事公办地走下台阶，走向地狱——停尸间。石炭酸气味堵鼻子，不管；冷森森，阴沉沉，不理；管儿灯青蓝青蓝，并排十多具尸首蓝青蓝青，女干部使出最冷淡的神色，一眼扫过去；却见中间一具，脸上，盖着手绢儿，白地血点子，她的，她的手绢儿……

女干部一鼓作气，直奔手绢儿，使手指头尖一掀，却是一个老头子！花白的头发，青白的脸色，嘴唇上缩，露着半截牙。右鬓角上一条黑了干了的蜈蚣似的伤疤，嵌进皮里……

女干部往后退，心里的一条虫，一下子变成了一百条，百头钻动。但她的两条腿还听指挥，直挺挺地踏上台阶。忽然看见台阶顶上，阳光明亮，一双铁甲车一样的皮鞋，一条丈二长的劳动布工裤，站着那个瘦骨暴筋的黑小子。不等女干部叫出声来，那黑小子抬起右手，在鼻子前面，大拇哥跟中拇哥一捏，打了个榧子，声如爆竹。女干部脑袋里嗡地一声，两条腿一软，跪在台阶上边。

故事到这里就完了。兴许有人要问："这是什么时候的故事呀？"其实开头一句就交代清楚了！"十年浩劫的后半截。"切忌东想西想。

"口头文学"有两个便宜：一个是什么主题思想、典型性格、作用效果……这一嘟噜劳什子，一概不管不顾；再一个便宜是谁都可以掺和进来，或糖里拌蜜，或节外生枝，或画蛇添足，没有个足够的时候，还一概不负"口"责。兹举例如下：

糖里拌蜜

这个女干部在浩劫开始时，还是拿着公文夹子，在长字号办公室走进走出的蹓腿干部。时机一到，如鱼得水，先当保皇派造了反，后当造反派保了皇，因此别人牛棚、干校、遣返、扫地出门、插队落户等等，她却被提拔到干部局坐藤椅子了。

她的身材灵活，面貌俊俏，眼睛亮亮，不知大小，下巴尖尖，若有若无。

有一种珍贵的娇小的动物，叫作貂，大自然里，行动闪电一样。关到笼子里养着，对面瞪着看，也总看不清楚它的长相似的。等到剥了皮，才能欣赏它的皮毛光、滑、轻、柔，能卖大价钱。活着可不能逗，才在铁丝笼眼那里露露手指头尖，一闪，扑过来了，咬上了。那一口牙齿雪白，个个尖锥似的，就是硬壳蟹、浑身带刺的鱼，一咬上都酥了。

节外生枝

干部局的"等"待室里，男女老少一个挨一个坐在长条凳子上，幼儿园里"排排坐，吃果果"那样。

瘦高的黑小子，这些年在关外养过貂，放过鹿；到了这里来坐着，也两腿并拢，还把两手插在腿缝里，好像拿绳子捆上似的。黑小子右边，是位头发花白的老家伙，脸上刮得光光的喜气洋洋。右鬓角上一条蜈蚣似的伤疤，也红红的像是要爬走。老家伙的眼睛东看西看，好像屋子里的沉闷，在他倒是样样新鲜。他忍耐不住，必须找人说说话了。他问黑小子：

"知青？"

"嗯。"

"知青也归这里管？"

"混上了个技术员。"

"好，好，有技术，有专长，调回来了？"

"不知是体现哪条政策。"

"我们干校里传达了……"老家伙嘿嘿一笑，带着点神秘，显出是模仿着神圣口吻："'一个人一辈子有几个五年啰！'一算，我下放头尾七年了……"

"您是搞什么的？"

"遗传。"

"嚯。"

"你到我实验室里看看就知道了，不过马上不行，实验室成了什么样子，想象不出来，想象不出来……"

不过他的眼睛里透露着想象，想象，火辣辣的想象……

忽然里屋叫名字，老家伙倏地站起来，美滋滋地挺挺地往里走了。

里屋和外屋的隔墙上，有一扇窗户，老家伙在窗户那里落座。花白头发顶着下边的玻璃格子，新理过发的后脑勺，挺挺的脖子梗，占了整一块玻璃。

大约两分钟，忽然一个尖厉的声音穿过玻璃：

"叫你回来就是落实政策。"

排排坐着的人们为之一震，黑小子看见玻璃格子那里，顶格子的花白头发落到玻璃中间，脖梗子不见了。

又大约两分钟，忽然一声尖叫：

"政策组织上考虑，不是你考虑的事儿。"

玻璃窗上花白头发又往下落，后脑勺也只剩了半个。黑小子仿佛看见一口雪白的牙齿，个个锥子一般！

"什么一传（遗传）二传，什么有衣穿（遗传）没衣穿。现在有碗饭吃就行了。去吧，告去吧，告到中央去吧，去吧去吧。"

玻璃窗上后脑勺整个不见了，只有几根花白头发在尽底下支棱着。黑小子禁不住站起来，只见里边坐有一个女干部，正一只手在鼻子前边来回扇嗯，好像在轰一只苍蝇。

里屋的门开了，老家伙摸着墙出来，眼色阴沉，脸色灰白，腰骨佝偻，腿骨筛糠。黑小子迎上前去，老家伙直着眼，认不得人，鬓角上的蜈蚣，也青紫青紫地僵了。自言自语道：

"返祖现象……"

"什么现象？"

"拿人不当人……"

等到黑小子走进里屋，也在窗下落座。他回头看看自己的脑袋，比老家伙高一格，决心不往下出溜。

细看对面那位，好像是美丽，可能是娇小，带笑不笑，似看非看地说起话来，黑小子心头一跳，冒上来一个字："貂。"

貂说，工作一般是八大员，集体单位。极少数的上国家机关，照顾你到民政局……

黑小子早知道机关里的干部多了去了，跑不了还是炊事员、服务员……可是不做声。

貂说，民政局会根据特长具体分配，下属单位也很多……

黑小子心想：下属单位还有火葬场哩。可是不做声。

貂住了嘴，黑小子一挺站了起来，貂不觉把这位瘦骨暴筋，精神虎虎的高个子，上下打量起来，一、二、三、四、五，嫣然一笑，甜甜地说道：

"往后再联系，就这样吧。"

黑小子偏偏这时候张嘴说话：

"顶大不过火葬场呗。"

偏偏不等人家在鼻子前面轰苍蝇，倒抬手在自己鼻子前面打了个榧子。

"榧子？冲我打了个榧子？"貂心里好不嘀咕，"什么榧子，匪，匪……"随手在表格上写下一句"天书"：

"本人谈话志愿火葬场为要。"

画蛇添足

前边的故事里，女干部貂在停尸间还是挺得住的角色，只是踏上台阶，看见黑小子打了个榧子，才两腿一软。为的这个榧子叫她回想起来了，按照她的逻辑，眼前当然是"报复"。她懂行，"报复"这个东西比诈尸还可怕。

可是黑小子这一榧子，却不是朝她打的。

话说那天老家伙离开貂，气得脑溢血，不多天就死了。

可巧，那天傍晚，黑小子正从死老家伙家里出来，路过胡同里的废墟，看见一个女同志偏生擦黑时候，在这么个地方抛锚，没多考虑，下车来帮一把。

等到认出来是貂，又确定貂不记得自己，一边修车，一边心想也让做干部工作的干部，知道日常工作中的一点点后果，就要了她的手绢儿，报了老家伙的名姓。

黑小子回到火葬场，场里有一帮小伙子挺"哥们儿"的。都是当年的红卫兵，后来有的内蒙古放马，有的海南岛种橡胶，都长出了一嘴胡子，从大小道回来，落在火葬场上。

黑小子跟哥儿们吹大天，他在关外先放鹿，学会一手好榫子，在鹿耳朵边打出声响不同的榫子来，指挥得鹿群团团转。后来养貂，榫子不但吃不开，差点儿倒叫貂咬掉手指头。随后学斗心眼儿。这回一条手绢，准保叫貂来瞧咱们一趟。

哥儿们放声大笑，整天"死尸的干活"，逮着机会就要亮亮嗓子。黑小子趁着高兴劲儿，拍胸脯铁定可能发生的种种细节，那位内蒙回来的哥们儿不服，说：

"茫茫草原，撒开来跑野马吧。"

海南回来的也开逗：

"一脚踩出橡胶来，一张嘴两层皮。"

黑小子也不软，说：

"废话，敢赌不敢？"

哥们儿叫道："啤酒管够，酒菜不拘。"

谁知事情一步一步照着黑小子吹的应验了。等到最后一个细节一出现，黑小子打了个榫子，那是告诉哥儿们：我赢了，小子们掏兜吧。

当晚酒才沾唇，哥儿们就把一腔热血倒给黑小子：料事如神。胸有成竹。仗义。专打抱不平。等到三杯落肚，一个个脸儿通红，眼神蒙眬，梦想着日后如有一天，广开才路，人尽其用，提拔新秀，黑小子哩，活活的是个当局长的材料。黑小子当仁不让，说：

"不当民政局长。"

内蒙哥们儿说："当房管局长吧。"

"歇着吧，你命该地震棚里娶媳妇儿。"

海南哥们儿说："当干部局长。"

"这还挨边儿。"

"不养活貂。"

"一边儿去，小样儿。"黑小子一仰脖，缸子底朝天，接着发表了施政演说："局里只用三个人，一个局长，一个秘书，再一个看门儿带做饭。办公用具只有一个橡皮戳子。局长和秘书不落家，尽在外头转，哪里爱惜人才，荐举人才，就给打戳子……"

哥们儿举起杯子、缸子来。那是个什么年头啊，眼里茫茫，心里火辣辣，祝酒道：

"为乌托邦干杯！"

乡 音

这是退休宴上的第五个故事。

参加退休宴的有十来个人，有男有女，年纪都在六十上下。大家都是少年时的同学。有的一生困守一个饭碗。有的天南地北，或在战场上打了几个窟窿，或在监狱里熬老了筋骨。有的埋头书本，让人叫作两只脚的书橱……现在都惦念着古老的格言："树高千丈，落叶归根。"退休回到江南水乡，一个苍翠的小城市。在同窗旧友温柔的气息里，打发安静的晚年。可是这位的安静和那位的安静，却又不得一样。是不是又合着一句老古话，"江山好改，秉性难移"呢，这且按下不表。

退休宴是轮流做东。初一十五或年或节，大家走到一起喝杯酒、吃顿饭。老年人酒饭上倒有限了，只是以清谈为主。有时围着火锅，总结一生经历。有时听着瓦背上细细沙沙的雨声，说一件亲身遭遇。也有清风明月，把杯慷慨的时候……不过算不算得一个故事，还要大家觉着滋味才通得过的。挑挑拣拣下来，也有了四个了。这天，秋高气爽，让"饭铲头"来试说第五个。

"饭铲头"少年时是个高个子，爱打篮球，打不好也靠不住，常常半场中间骑上自行车不知干什么去了。那时候小城市里自行车还是新鲜事物，行人满街随便走，"交通规则"还没有听见人说。"饭铲头"里边穿着嫩黄淡绿的运动衫，外边敞着藏青哔叽学生装，胯下的坐骑银光闪亮，从人缝里迂回——却又飞驰而过。让一串串"哟哟""咦咦""啧啧"抛撒在身背后。有时候还要拍拍挑担的肩膀头，又打铃铛又叫着："人、人、人……"

（"人、人、人……"是这个小城市的特别叫法。别的地方，一般是"劳驾""对不起""借光"，不客气点的是："靠边靠边""让开让开"。鱼米水乡，向来人多是事实，这么叫"人、人、人……"是人贱，还是人贵，待考。）

从这辆自行车和这一身哔叽学生装，可见是中上人家，一个无忧无虑的子弟。他的后脑，板子一样平，仿佛是木匠师傅刨过的。他的脸型是江南不多见的"同字脸"。眼有点"泡"，鼻子略坍。整个看来头部长而方，扁而平，好像木头或竹片做的饭铲子，外号"饭铲头"，理所当然。在退休宴上，老人们有时互相叫一声外号，就满座开颜，童心活跃。

这时，有一位红脸膛的"酒老龙"，为前边的第四个故事唏嘘，叹道：

"人是'半貌'。"

"饭铲头"正准备说他的第五个故事。他的一生是很不幸的。故事还没有开始，那"同字脸"上已经风沙迷漫。"同字脸"除了长方脸型，还有一个大口。那大嘴巴也已经吃重不过，嘴角坠下来了。可是一听说"人是'半貌'"仿佛一惊，从胸前衣兜里拔下圆珠笔，从腰兜里摸出小本子、老花眼镜。大家知道，他要记下"半貌"两个字。他在搜集家乡的方言土语。

（"半貌"是什么意思？好像符合进化史，说人是从动物变过来的。不过目前还只变过一半，只有一半人的面貌。这个估价就不知高低了。）

他戴上眼镜拿起笔，专心一意地往小本子上写字，竟是一个老书生的气派。人到老年是会蜷缩的，他倒还落下个中上个子，腰板也还挺得住，白发星星点点也还有光泽，钻在小本子上写蝇头小楷，那书卷气也还盖得过风霜。

偏偏这时候，东道主端上了一大海碗八宝饭，一小饭碗白水。巧手的主妇，把红的山楂糕，绿的青海，酱紫的蜜枣，淡黄的花生瓜子，摆了个八卦阵似的图案，吸引住了大家的眼睛，八卦阵上热气腾腾，不知谁说了一声：

"趁热吃。"

老年人都喜欢甜、软、热，满座都拿起了汤勺，先到小饭碗白水里涮涮干净，这也是这个小城市的古老习惯，吃甜食以前的讲究。或者是不讲究，十来把勺，才一小碗水。有两把动作快点的，先到八宝饭里为大家拌匀八宝。可是倏地又上来一把勺，这一勺挖走一座小山，连勺往大嘴里送，鼓着腮帮，那勺又去挖第二座小山了。别人都是三个指头轻轻捏着勺把，唯独这把勺是攥在拳头里的。这个拳头指甲破损，皱褶和裂纹分不清。这是一只长期干粗活的手，长期在恶劣的气候里，用原始的工具苦斗过来的手。这种吃法，不用说品味，连咀嚼也来不及，只有囫囵咽下去，还没有咽干净，第二勺又来到了。这是一种战斗，为了生存，出自本能的拼死拼活的战斗。这时候，什么书卷气，连影子也没有了。什么清谈，什么温柔敦厚的气息都不在意中，不在话下。

座上对"饭铲头"的吃相，大多早已发现，但都装作没有看见。过一会儿，他自己会知觉过来的。老同学们非常谅解这是一种"条件反射"，面儿上装不理会，但心里禁不住沉重起来。

四十多年前，抗日战争发生。民族危难激动了中国人民，国共第二次合作了。这个苍翠的小城市，向来是国民党统治的。这个小城市的外围的外围，那更加苍翠的重叠的山峦中间，出现了一个共产党办的学校，小城市里的小青年，远望这个学校，好像冬天的夜里，远望篝火。

（旧历的大年夜，是冬尽春来的时节。小城市里有个不知什么朝代保留下来的，罕见的风俗。家家户户在自家门口，把木柴照井字堆起来。一家人坐下来吃团圆饭的时候，把木柴点燃。啊，满街的篝火，满街的欢叫，满街通红的脸膛。后生们为赢得银铃般的笑声，从火焰上跳过去，跳来。烧这篝火，有个古雅的土名：燂春。）

在冬尽春来的时节，上百个得到许可的小青年，乘小火轮投奔远山而去。几十个小青年赶来送行，在码头和轮船中间走上走下，跳来跳去。一百几十张嘴都在说话，谁也听不清谁说什么，也都不是认真听话的年纪，心都在飞。一样的翅膀，一齐张开，一致地扇呀扇。这里没有孤独的鹰，这里是成群的雁。

等到小火轮离开了码头，才发觉有两个送行的还没有上岸，想跳，却跳不过去了。大家说一起走了吧，这两个少年也就随着走了，其中一个就是"饭铲头"。

（这些少年人远望山上的学校，好比大年夜望着燂春的篝火，团圆饭摆下了，远处挂着串串鞭炮，近边"双响"直上云霄，"九龙"

吡着花飞过墙头、马路、河面……）

这个学校里有个主任，年方二十有余，长得女孩子一般清秀，又有月黑风高、明刀暗枪的英雄行径。不多天，主任接到密报，说学员里边，有国民党派进来的三个特务，恰好有三个人的来历，让人不放心。他们的家庭近亲中间，又有国民党的官员。清秀的主任想着现在是抗日合作时期，不可小里小气。就召开一个大会，宣布了这件事，发给这三个人足够的路费，送他们回归小城市去。

（就在半年以前，这个清秀的主任若是给国民党捉住，一定是割下头来，用竹扁担挑着，逢场赶集示众，……当下能够这么处理，大方漂亮，无不佩服。）

当场有一个身材娇小，眼睛明亮的女孩子，脸色煞白，两手颤抖，那眼睛睁得正如方言里说的：油炒荸荠一样。她盯着"饭铲头"，忽然一声呜咽涌上来，她下死劲咽住，要不是身边的女同学拦腰一抱，说不定栽倒过去了……

"饭铲头"本来觉着会上也没有说他怎么样，自己口袋里有钱，用不着给路费，可是主任客客气气非要他拿着。倒是那个女孩子的眼睛，叫他意外，怎么搞的，这么厉害！

"饭铲头"晕头晕脑回到家中，没事可干。娘舅介绍他去国民党军队，他想都是打日本，就去当了名宣传干事。一晃三四年，没打一仗，倒混到营级政工人员。天天泡在一个破落的乡绅家里打麻将。乡绅有一位小姐，一脸的雀斑，会猫叫春一般唱《苏三起解》。叫得几个青年军官，在牌桌子上赌钱又赌气。"饭铲头"打牌，也和当学生时打篮球一样，打不好又靠不住，常常才三圈半，人不知到哪里干什么去了。有一个和他争风的军官，放冷空气说他是从共产党那里来的，神出鬼没。

这时候国共合作早已名存实亡。捉住共产党虽说不兴割下头来，用竹扁担挑了赶集，但要弄到只进不出的集中营里去的。"饭铲头"想想这件事情不好玩，不如路湿早脱鞋，辞职不干。这时正好日本投降，抗战胜利。

紧跟着解放战争打响，"饭铲头"找亲戚帮忙，"考"进一个大城市里的邮电局。这倒是一个铁饭碗。

（当时衙门里一朝天子一朝臣，方言土语叫作一潮水，一潮鱼。一般的公务员，经常打碎饭碗，那些是瓦的。邮电局、铁路、海关是铁的。若是银行，就是金饭碗了。暂不细说。）

"饭铲头"刚站住脚，那位"雀斑苏三"扭扭捏捏找了来。他们在大城市的小马路上，租了三楼的两间房，房里有沙发椅、钢丝床，窗上有挑花窗帘，床上有锦缎被面。一年半载，生下一个胖儿子，"饭铲头"心满意足。每天赶电车上班，拿到薪水小跑到马路边上换成银大头。慢走几步，说不定钞票又落价。有一天在马路边上，鬼使神差，对面撞见当年山上学校请回家的三个人中的一个，穿美式黄衣服，戴大盔帽，腰里插左轮，走路和螃蟹一样。"饭铲头"躲他好比躲一个鬼。平日下班，闭门不出，叫妻子买条鲜黄鱼做鱼面吃，喝半斤老酒。酒后教儿子把尿尿在痰盂里。星期六晚上出去看好莱坞电影。星期天睡懒觉。

一晃又是三年，战争结束，全国解放。"饭铲头"的履历表上写得明白，当过国民党营级军官，调到"革大"去学习，也是审查审查。

当时兴听大报告，上千的人挤在小礼堂里。"饭铲头"为听清楚，尽可能抢个前排位置。主席台上总有一排桌子，坐着一排领导干部。当年那位娇小的，亮眼睛的，差点儿栽过去的女同学，现在是个老干部了。有时坐坐主席台靠边的椅子。靠边的用不着讲话，也用不着真听。她拿眼睛闲看听众，却在前排发现了"饭铲头"。这个人低着头，在小本子上只管写只管写，那样子简直没有多少变化。心想自己南来北往，经过数不清的波涛汹涌，这个"饭铲头"倒是不见磨损。好，他抬起头来了，正好对着主席台了。女干部拿眼睛迎上去，盯过去，这个人竟没有知觉，一脸的茫然。女干部心想莫非自己变得认不出来了……

这时，有人从背后递过来几张条子，都是些开支啦、房子啦、笤帚簸箕啦，女干部就往上边写几个字，签个名，顺手拿过一张纸来，写几句当年山上学校发生的案子，问"革大"知不知道。批完条子，交还站在身背后的人，又顺手把这张纸头塞给也坐主席台的一位"革大"负责人。这些都是日常应当处理的事，不可积压，也没有什么特别。

"饭铲头"明里是敌伪营级政工人员，暗挂特务。一起算账，判了十五年徒刑，戴上手铐送去劳改。不久，"雀斑苏三"也不知是起解还是起飞了，儿子也没有了音讯。

这劳改农场，办在沙荒地区。先要种树定沙，才能抢出一块庄稼地来。劳改犯们生活上第一件大事，就是吃饱肚子。不知觉间，学起狼那样扑食，学会蟒蛇那样吞咽。

十五年刑满，"饭铲头"孤身一人，同窗旧友，更无联系。想想没有什么地方可去，也没有什么想去的地方，就留下就业。农场里看他这些年只管埋头做活，为人牢靠，提拔他坐办公室，当了会计。

一天，"饭铲头"算算年纪，正好半百，算是人生的一大关节，总要干点什么，就请假回老家看看。先坐汽车，后坐火车，最后是轮船。一路上只觉得人多，到处是挤，是声响。也弄不清是轰轰烈烈，还是吵吵闹闹。好容易走到家乡，筋骨也酸痛了。不想这个苍翠的小城市，关门闭户，到处是打坏的玻璃窗，破砖碎瓦，纸烟头，臭垃圾，到处都写着打倒、勒令、油炸、火烧……"饭铲头"忽然看见了当年清秀的主任的名字，倒着，打着红叉叉，竟是一个反革命。又发现了几个老同学的大名，其中有那娇小的女同学，都是大叛徒。把"饭铲头"弄得糊里糊涂，都不敢在街上走，见人都不知道该不该招呼。没等假期完了，赶快回到沙荒的农场，那里不许造反，不准夺权，倒是安静过日子的地方。

"饭铲头"死心塌地做会计工作，把十个阿拉伯数字，绣花一样写在细格子里，横着竖着看，都是一般整齐。又不知过了几个寒暑，忽然收到一封信，真是奇怪。拆开来却是一本薄薄的红头刊物，叫作什么革命史资料。他想是寄错了吧，再细看信封，的确写着他的名字，却没有寄信人的姓名。那字迹仿佛熟识，又想不起谁来，只觉着是女人家的味道。正好手头没事，翻开刊物，第一篇就是那位清秀主任对抗日初期的回忆，专门有一章写那个山上学校。"饭铲头"随随便便往下看，这些久远了的事情，好像天外的云烟。看到三个人的特务案件，却有这么八个字："此事当时没有证据"。"饭铲头"的眼睛在这里盯住，挪不开，看不下去了。

晚上睡到半夜，忽然心痛，惊醒过来，听着自己嘴里念道："此事当时没有证据"。第二天，"饭铲头"照样把十个阿拉伯数字，绣花一样写在细格子里，横着竖着看，都一般整齐。忽然心痛，细格子里出现"此事当时没有证据"。阿拉伯数字写不下去了，合上账本，锁好抽屉，走出屋子，直往沙荒里走。

一阵风起，黄沙滚滚，天和地的分界线模糊了，世界混混沌沌了。太阳像个白忽忽的气球，在混混沌沌里飘浮。人也晕晕乎乎，头重脚轻，身体要飘起来，心却往下沉，往下沉，"饭铲头"跌坐在黄沙上，想大喊，声音好像给闷在罐子里，喊不出来；想大哭，眼睛好像是人家的，出不来眼泪。这时候，滚滚黄沙中，忽然出现一条街道，三屋两层的楼房挤得紧紧的，横的招牌，竖的布招，摆摊的挤在墙根墙角。挑担的、拉车的、忙人和闲人满街随便走……这是海市蜃楼吗？海市蜃楼是没有声音的，可是"饭铲头"耳朵里，一片嗡嗡的市声，细细听来，一片乡音。一个后生家骑着闪亮的自行车，敞开的褂子飘飘的，拍着推着人家的肩膀头，在人缝里飞快地钻来钻去，嘴里打着招呼，那是家乡特有的：

"人、人、人……"

当晚，"饭铲头"写了个报告给农场领导，过两天，又写报告给法院，给原单位邮电局，给当年的学校主任……做这些事的时候，耳朵里有时会忽然出现那个后生家的招呼："人、人、人……"渐渐地思索起来，觉着这比"劳驾""对不起""靠边靠边"都好。直截了当说出一个最主要的字，简直是天真。请看小孩子吧，那小胖拳头里攥着一分钱，往柜台上一举，叫道：

"买。"

"小孩儿，你买什么呀？"

"糖。"

想到这情景，"饭铲头"不觉微笑起来。他是这样，恢复了自己的微笑。也是这样，恢复了自己的思索。先是那么吃力地打开锈住了的门，后来进了门，就迷进去了。他觉着自己的乡音，好像万宝山，随处是美丽闪光的东西。他回想，他读书，每有心得，就心花开放。好比"生受生受"，别的地方都说做"难为"、"麻烦"、"感谢"。这"生受"可是元曲上明明写得有的呀。好比"做自己不着"，显得古怪，原是不顾自己，自我牺牲的响当当的语言，比元曲还早些的话本里就有。他有时也把这些说给别人听，人家一般不感兴趣，对付着说道：

"各地的方言里，都保存了些古语。"

可是在"饭铲头"的心里，却是发现了一种力量，悠悠地，韧韧地，久远久远地生存下来的力量。这力量让人思议，又像是不可思议。这力量透着神秘，越神秘越有吸引力……

等到平反的文件下来，"饭铲头"在沙荒地上，已经过了三十年。十五年囚犯，十五年会计。年纪也六十出头，腰板还挺得住，白发星星点点还有光泽。他觉得农场领导是支持他的。当年的主任，女同学，还有些旧友都写了实事求是的证明材料，都做了好事。他立刻打报告退休，写上"落叶归根"的老古话。一路更不耽搁，径直投奔日思夜想的"乡音"。

这天坐在退休宴上，正要说那轮到他说的第五个故事，恰好端上了八宝饭，不觉用拳头攥起了汤勺，铲一座小山似的飞快扔到嘴里，铲得过多，咽得过快，一颗米粒粘在气管口上了，咳嗽起来。八宝饭是糯米做的，黏性大，一下子咳不出来。他却又铲一座小山，朝嘴里塞。又是咳，又是塞，又是咽，只管咳，只管塞，只管咽。咳得脖子往前抻，咽得颈上扛起了青筋，眼白憋得充血，满是红丝。眼珠给挤在眼角，没有了光泽，好像木头刻出来的。

这都是眨眼间的事，这一连串动作仿佛都没有经过大脑，只是一个老囚犯的生存本能。座上的女人家都转过脸去，不动声色，只是心底里颤颤的。

座上红红脸膛的"酒老龙"，本来为第四个故事说过"人是'半貌'"。这时禁不住小声叹道：

"倒变转。"

（这个"倒变转"，也符合进化史。在进化过程中，不是有返祖现象这么一说吗！）

"饭铲头"忽然警觉过来，从胸兜里拔下圆珠笔，从腰兜里摸出小本子、老花眼镜，他按着本子写蝇头小字，颈上的青筋软和下去了，眼神也灵活了，书卷气又出来了。他写下了"倒变转"。

吃过了甜食，宴会就要结束了。谁也没有再提第五个故事，好像"饭铲头"已经讲过了。

（原先大家想听的，是那三十年的沙荒生活，特别是十五年的囚犯日子，"饭铲头"还一个字也没有说呢。）

绝 句

　　天下会忍受痛苦的人各有各的忍法：喝酒、下棋、钓鱼……老陈新一样也不会。他只会沉思默想，也可以说是想入非非。不过他久经痛苦，磨练出一手绝招，叫作钻到二十个字里去。他不把二十个字叫作五言绝句，因为自己不是诗人。想得那么"非非"，字数那么"少少"，这在陈新是件很不容易的事，必须调动全部心力，忘却一切苦恼。

　　老陈新在还可以叫作小陈新的时候，戴上了右派帽子。两年后摘掉了，是个摘帽右派。十年后又揪出来戴上帽子，住进了"牛棚"。这中间妻离子散这些生活上的事，不用去说了。只是小陈新秃了顶，豁了牙，成了老陈新。

　　现在，他住在"牛棚"里，那是地下室，阴暗，潮湿。没有床，泥地上铺草。去上厕所也要低头、垂眉、耷眼。他却时不时地梦想阳光、花朵、青春、爱情……心旷神怡。叫他出去劳动，用手推车推小千斤煤块上坡，非得咬牙使劲的时候，他心里会唱起差不多半个世纪以前流行的歌曲：《五月的鲜花》，自己也仿佛血气方刚……

一天傍晚，筋疲力尽往地铺上一歪，忽然小腹右边好像一股气顶了起来，滚动起来，刀绞般疼了起来。一会儿过去了，一会儿更加疼起来。他想呕吐，又动弹不得。他把右腿蜷起，压着小腹。这条腿像抽了筋那样伸不直了，汗珠从身上无数的毛孔里争先恐后地挤着出来……

"牛棚"里的人报告了看守，把他抬上推煤的手推车，推到小医院里。

小医院灯火通明，铺天盖地的大字报，在夜风里嗯啦嗯啦翻飞。廊道里人来人往，到处是喊喊喳喳，夹杂着吆喝呼叫，墙上的"肃静"牌子也糊上了"勒令"的海报。

总算找到了值班大夫。他按了按陈新的右腹，扳了扳蜷曲的右腿，诊断是急性阑尾炎，也就是老百姓说的绞肠痧。大夫问道这是个什么人，回答是右派。陈新紧紧闭住眼睛。

张大夫揪出来了，李大夫在辩论。说是小手术，随便谁都行。老陈新给推进了手术室，上了手术台，做了局部麻醉……

老陈新闭着眼睛，他必须想入非非了……眼前小医院变成了一所中学。四十多年前，南方的阳光明晃晃，操场上铺天盖地的纸糊小旗。写着抗日救亡，写着收复失地，写着打倒……打倒……少男少女走进走出，随时随地撒下成串的成阵的笑声。在这罢课游行的日子里，就和节日一样欢乐。听那盖过笑声的歌声吧，听那"五月的鲜花"吧，那声音透明般纯洁……为什么欢乐？为什么纯洁？为什么记忆里的革命景象，和眼前的革命景象，那么地不一样？

走廊里响起急促的脚步，不知几只手敲打手术室的门和窗，毛焦火辣的嗓子叫道："夺权！夺权！夺权！快走快走！都去都去！"

护士咔嚓撂下剪子走了，大夫边走边摘手套。

老陈新挺在手术台上，用想入非非顶住右小腹里的铁拳……

　　　枪口对外
　　　齐步向前
　　　……
　　　不打老百姓
　　　不打自己人

少男少女唱着歌，走向拦截游行队伍的铁丝网，走向网前的士兵。忽然队伍混乱，小陈新随着人的浪潮，拥过来挤过去。一下子跌倒在铁丝网上，立刻双手鲜血淋淋。小陈新掏出急救绷带，这时看见身边跌着一个士兵，他的手腕子上冒着血柱，怕是划破了动脉？小陈新抖开绷带，不消分说扎在士兵的手腕子上，对着那张黑黝黝厚墩墩来自农村的脸型，唱道：

　　　不打老百姓
　　　不打自己人
　　　……

慌忙、踉跄的脚步声，嘶哑、争吵的说话声，太激烈了，听不清。只有几个字突出：

"印！印！"

"藏好。藏好。"

听见这边开铁柜，那里拉抽屉。老陈新觉着肠子都要拱出肚皮了，微微睁开点眼睛，看见几件白褂子来到手术台边……

老陈新觉得刀尖碰着了他的小腹，刀尖划拉着，不痛。好比是铅笔在皮肤上划一道线。可是右边怎么还有拳头顶着拱着？啊，刀子划的是左边。老陈新没有说过一句话，这时挣开粘住了的嘴唇，说了一个字：

"右，右。"

"知道你右！"

一声断喝如同一桶冰水，当头泼下。

接着听见轻轻的一声"啊"，几声急促的小声交谈。大夫缝上了左边的刀口。陈新又挣扎出来两个字：

"右边，右边。"

"好了好了，老右老右！"

这回是火辣辣的仇恨。

啪啦一声，什么铁器带着仇恨摔在铁盘子里了。走廊里好几条仇恨得沙哑的嗓子叫道：

"印！印！"

"交出来！交出来！"

手术室里也仇恨得沙哑地叫道：

"不交！不交！"

老陈新闭着眼睛，再也不说一个字，不想说，也说不出来，也用不着说了。

还是推煤的手推车，给推回"牛棚"，蜷缩在地铺上。麻药慢慢过去了，右边顶着滚着疼，带动左边的刀口扯着撕着地疼。这疼那疼窜到腿上背上，背躬下来，腿蜷起来，都像抽了筋似的伸不开了……

老陈新想到：到了弄二十个字的时候了，只有钻到二十个字里去了，这种时候，他也不说是写诗，更不说五言绝句……

地下室里的潮湿，莫非南方的黄梅天？

化了装，从沦陷了的小城市跑了出来，怀里揣着小鹿般跑了出来。从顽固的家庭里跑了出来，黎明的小鸟扑棱棱飞出巢般跑了出来。

在小河边，在四方渡船那里碰头的时候，初春黄澄澄的阳光，照得绿茵茵的河水，闪着淡淡的金光。摘掉老头帽，摘掉头巾，都是十七八的少男少女。

少男少女走上四方平底渡船，拉着横在河面的缆绳，慢慢渡过河去。四方渡船没有船头船尾，只见这一边飘起毛毛细雨，那一边晒着黄黄的朝阳。整个世界金光闪闪。

少男少女无忧无虑地唱道：

五月的鲜花

开遍了原野

鲜花掩盖着志士的鲜血

…………

少男少女个个眼睛明亮，唱到高昂时，比阳光光彩，比河水水灵。为什么一样是青年，一样是投身革命，现在的眼睛里老挂着血丝？声音里老带着噪音？

明亮之中，有一个少女的明亮如同启明星。她说妈妈认为过河、上山、找游击队，不是女孩子的事。她说她和妈妈说"国家兴亡，匹夫有责"也没有用。妈妈说匹夫都是男的，女的叫作匹妇。少女说得很快，跟小鸡啄米似的，说罢大笑，笑罢又说妈妈是顽固派！

顽固派妈妈把她锁在小楼上，的的确确上了把铁锁的呢！她飞檐走壁一样从小窗户里爬了出来。她说特地留下一本日记本，在窗边小桌子上。那个本子上记录着少女的日思夜想，少女真心希望，那个本子能够安慰顽固派妈妈的思念，以致最后起到神奇的作用，改变妈妈的顽固思想……说到这里，少女"啊呀"一声，说妈妈会不会把本子撕了，烧了，丢了。应当告诉妈妈好好保存，等她回来她还要呢。仿佛她是出去春游几天。说着立刻要写信。就在渡船上把张纸按在膝盖头上，要写要写……

…………

"写吧，写吧，写几个字给家里吧？"

老陈新睁开眼睛，只见住"牛棚"的人拍他的肩膀，递过来一支笔一个本子。

"家里？"

老陈新弄明白了他们的好意，摇摇头：

"都划清了界限了。别说是留下个日记本，连个地点也没有了。"

递本子的不明白日记本是怎么回事，以为是说胡话，着了慌，那手哆嗦了一下。可是老陈新的脸色是愉快的，有阳光的光彩，有细雨的滋润。更有那方渡船上的歌声的飘扬……

这脸色好看得稀罕，不应"牛棚"里有。人们不禁想起人和这个世界告别的时候，往往会出现"回光返照"。更加不愿意把本子拿开，反倒央告似的说：

"写吧，写几个字吧。"

"老了时闭上眼睛，能看见阳光、鲜花、青春……告诉青年们吧，这是幸福……"

"告诉吧，赶快告诉吧。"

老陈新自己没有觉察什么不妥，愉快地安静地写下二十个字：

一夜绞肠痧

做梦回老家

摘帽却年少

重唱五月花

微　笑

　　院子里人声喧哗，好像几个人同声叫喊，好像几十个人分组发笑，好像上百的人都在哼哼唧唧。走廊里脚步杂沓，有碎步，有正步，有跟跄，有没命的奔跑。所有的窗户，都严严地糊上了大字报。弄得这间屋里非常阴暗，非常冷落。

　　好像地面上在燃烧，在爆炸，这间屋子却像封闭的地下室。也许是地狱——在火焰包围中的"炼狱"。

　　这间屋子里没有桌椅板凳，光溜溜的水泥地上，阴沉沉地跪着三四十个冷冰冰的人形。五个一排，前后对正。每个人形胸前都有一个小黑板似的牌子，只用一根不大看得见的细铁丝勒在脖子上。牌子上当然有字，我们是有五千年文化的泱泱古国。这些字有的言简意赅到只有一个："右"。有的丁零当啷如同锁链镣铐："现行反革命修正主义分子，死不悔改的走资当权派"。看来不论字多字少，当下却是一般分量。一个个全都双膝落地，直挺挺地死沉沉地跪在那里。屋里很阴暗，都不便去描写那屈辱的正面的脸色，那压制不住的后脖子上的血珠……

他们在等待召唤，一声"带黑帮"，就要鱼贯而出，到院子里，也就是到世界上去经风雨，见世面，有位诗人说是到火和血里打滚，等等。

看管他们的"专政队"，都站到门口，先还有的回过头来，往屋子里吼一声："跪好了！""不许动！"后来都叫外边的光景稀罕住了。

只有一个三十多岁的、瘦高的、有点驼背的人，倒背着两只手，在屋子里轻悄悄地走来走去，那眼睛也静悄悄地看着一个个牌子。他走到前排中间，自言自语般说了声：

"残渣鱼儿"。

前排中间跪着的那个人形，他的牌子上写的是"残渣余孽"。不知从什么时候起，这样凶险的四个字，到了口头上，给改成了嬉皮笑脸的"残渣鱼儿"。就是拉到火热的斗争里去，撅着屁股自报罪行的时候，也可以坦然地说：

"我是残渣鱼儿。"

不会受到申斥，还有可能博得一笑。年轻人也许不肯信，但这确实是严酷的事实。

这位跪着的"残渣鱼儿"，是一位美男子型的中年人。五官端正的脸面，此时此刻也还显得细皮白肉。乌溜溜的长发，服服帖帖地贴着头皮。鬓角上几根白丝，倒增添了风韵。要是快快活活地打扮打扮，只怕还有二十年像黄花鱼儿般刷溜。这时他答应了声：

"嗯。"

不想瘦高的"专政队"说道：

"你应声'啊——'"

"残渣鱼儿"抬了抬眼皮，木鱼般应道：

"啊——。"

"啊——啊——啊！"更加想不到"专政队"拉长了"啊"字，"啊"出了几个音阶。

"残渣鱼儿"的木鱼眼睛里，陡地闪现了光彩，这光彩陡地使木鱼眼睛水灵了。可是他又陡地垂下了眼皮，好像拉下沉重的帘幕。一会儿，他在幕后头，照着刚才的音阶，也"啊——啊——"了一声。

无疑，这是个歌唱家的嗓子：有天赋，有幼工，有千锤百炼。在这样跪得两腿蹦筋的时候，在这样精神上给压榨成半截矮子的时候，那嗓子还能够流水行云般松弛、利索。

瘦高的"专政队"倒背着手，走开两步品着味儿，又走回来。低头望着地上的"残渣鱼儿"，说：

"早先我不知道你。大跃进的时候，我参加挖河劳动。两脚陷在烂泥里，抢尺半的筒锨。上来喘口气的时候，连溅在嘴边的臭泥星星也懒得擦擦，就往地铺上一躺。有回打开收音机，刚好听见'啊——啊——啊——'也不知道是个什么歌，也不知道是谁唱的，也不知道上下句儿，这一句'啊'可是一个字儿也没有，神了，全身舒展了，骨头节儿松开了，肌肉块儿柔软了……"

跪在地上的半老的美男子，起初木鱼一般听着，虽说指明了说的是自己，可又像是另外一个自己，前世的自己，一去不回了的自己……可是"专政队"那一声"神了"的惊叹，一下子拨动了歌唱家的心弦。原来他那弦线，是非常敏感的神经编织的，微风拂拭，细雨滋润，都会颤颤有声。这时他全身颤颤起来，可是没有发声。他有了经验了，别人可以说翻脸就翻脸，把更大的侮辱扣在自己头上，自己却一点也不能保护自己。他照旧直挺挺跪在那里，只是木鱼般的眼眶里，有泪花闪闪。

那位"专政队"转过脸去，自问自道：

"真怪，后来收音机里，再也找不着这个歌了。"

"残渣鱼儿"讷讷地回道：

"后来批判了抒情歌曲……小资味儿，不，大资味儿，不，修味儿修味儿……"

院子里轰隆声起，好像一座山似的浪头扑了过来，随着呼呼啦啦如回旋，如余波，如共鸣……

"专政队"倏地往门口走两步，又倏地车回身来，靠近"残渣鱼儿"，用脚踢踢他的身子，急匆匆地说：

"后来我们找到了唱片，眯上眼睛听，听得根根神经都颤颤有声似的，啊……啊……啊……"

"残渣鱼儿"的脸色柔和了，有了金灿灿的光彩，腮帮也扇扇的。立刻快要鳍动尾摇黄花鱼儿般刷溜了……

瘦高的"专政队"索性蹲了下来，脸对脸地说道：

"后来我们找来七八张你的唱片，可是没有一张比这个唱得好的。有几张战斗歌曲，不成，不是味儿，不对路子……"

"残渣鱼儿"使劲点着头。一来是他现在的习惯，听见批评就点头；二来他真心觉着有的歌子是没有唱好，因此使劲点头，还连声答应着："是，是"，眼见就要往世界观上检查了……

走廊里跑过一阵救火般的脚步，"专政队"只回回头，蹲着不动说：

"不要紧，你跪好了，跪好了。你看着我……啊……啊……啊，对不对？对不对？"

"嘴张大点，不要紧张。""残渣鱼儿"告诫"专政队"不要紧张：

"张大是张大，可别紧张。"

"啊——"

"喉骨别上去，你看我这儿，你看……"

此时此刻，这位美男子的神色，正好叫作"才华横溢"。才华本来也可以竖着冒的，只因养育了大半辈子，一旦给报废了。仓促之间又被起用，不免踉跄，不免受宠若惊，不免眉飞色舞……"横溢"两个字不是很有嚼头吗？跪着的歌唱家，比当年站在锃亮的钢琴旁边，还起劲儿卖好，他端正着脖子，可是那块牌子勒着。他含胸舒气，可是牌子压着。他两手托起牌子来，好像苏三起解托着鲤鱼枷那样，可又杵着对面蹲着的"专政队"了。那"专政队"索性伸手给摘了下来，放在自己的脚边。

"丹田要放松，你看，吸气、吐气、吸——吐——"

"蹲着不得劲儿。"

这位"专政队"说着跪下了一条腿。随着，这位"残渣鱼儿"为了往前凑，提起一条腿。这么着两个人都半跪着了。各伸一只手，按在对方的丹田之上。四只眼睛全盯着对方的嘴型喉骨，简直就是搂搂抱抱的模样……这位美男子不是完美无缺的人物，那位"专政队"只是个普普通通的萝卜头干部，这么半跪半搂的姿态也不是好镜头。可是在此时此地的"炼狱"里，这形象多么地耀眼，多么贴心地美好。请相信，这是严峻的事实，请听："啊——啊——啊——""炼狱"变成了梦境：清清的山泉，玲玲的迂回，溜溜地奔跑，穿插在焦干的河滩上。院子里，走廊上，大声、小声、急声、慢声，都是河滩上斗大的、磨大的、重着的、架着的晒得滚烫的石头，瞧山泉细水长流，生命在焦干的石头缝里奔腾不息。……一块石头滚动了，撞开了两三块石头，两三块又撞跑了十多二十块……且住，原来是院子里一声"带黑帮"，两三个随着叫开："带黑帮"。门口十多二十个"专政队"拥进屋子，一片连声地"带黑帮，带黑帮"。跪着的三四十个人形，挣扎着站了起来，低头，猫腰，两手托住牌子，鱼贯而出……

美男子型的"残渣鱼儿"，胸前没有了牌子，那东西却拿在瘦高的"专政队"手里。两个人都还没有从泉水的梦境里清醒过来，矇矇眬眬地对望了一眼。"专政队"随手把牌子往自己脖子上一挂，插进了鱼贯的队伍，"残渣鱼儿"愣在屋子里。两个人脸上都有个微笑。这个微笑是无可怀疑的，只是长久没见了。早在还有家庭生活的时候，灯下，床上，甜甜睡着的孩子，灯花婆婆教他笑出来这样的微笑。

年轻人，请把这个真实的故事当作笑话看吧。

阳　台

一

　　"四人帮"猖狂的年头，迫害过"红点子"教授。"四人帮"高高在上，呼风唤雨。在下边卖力气的，是我。

　　就我一个人吗？不是。记得清楚的，也有那么十来个，有军人、工人、学生，有像我这号的青年干部。这些人里头，有没有"爪牙""打手"之类呢？要说有也不多，反正大多数是好人。这些好人，现在各在各的岗位上，为建设现代化的社会主义祖国，走上了新的长征大道。有的挑的担子，也还不老轻。

　　因此，我写迫害"红点子"教授的经过时，就很踌躇。真把张三李四一个个写上去，那多不合适。就写一个我吧，打人是我，骂人是我，折磨人是我，种种坏事，都是我干的得了。

　　可巧有的坏事，一个人三头六臂也拿不下来，这可怎么办好？索性写"又一个我"，"另外一个我"，"两三个我"，"十几个我"……这在语法上通还是不通呢？别去管它了，老天爷，别旁生枝节因小失大就是了。

再，时间和地点呢？

时间毫无疑问，本文头一句话已经交代明白："四人帮"猖狂的年头。

那么地点呢？还是商量商量，先不提南方北方好不好？不说是学校还是机关怎么样？

没劲，照这么婆婆妈妈的能成个什么气候？

且慢。这里写的主角，受迫害的"红点子"教授却绝不含糊，正南巴北的一位历史学教授。年纪六十上下，体格粗壮，声音宽厚，一头马鬃般的黑头发，一脸的风沙，一双细长的眼睛——那像是哪位豪放的金石家，一刀奏效，不待回刀修理的。要不是长年伏案，伏得腰背发驼，肌肉发"泡"，他的整个体格面貌，可以看作开荒起家的农民。

他不但有名有姓，还是名声在外。不过那年头，我只管他叫"红点子"。咱们就从这个"红点子"的来由说起吧。

二

院子里现在已经安静了，就和一场火灾以后的安静一样。刚才冲天的火焰，现在已经萎萎了。只有那些精装书的硬皮，像"料子西服"那样一下子烧不透，还抽冷子吐吐火舌头。线装书的封套，也像长袍马褂一样不容易烧化，冒着浓烟，像是一肚子怨气。只见纸灰飞扬，有的竟成团成串地飞起来，竟飞得四层楼房那么高，竟在那里飘飘荡荡。正是封、资、修的阴魂，不甘愿退出历史舞台。

刚才许多来回奔跑的声音，已经没有了。呼叫，喝彩，爆裂，呼呼着火，都一概过去了。该休息的休息了，化为灰烬的也化定了。

我浑身燥热，也要找个清静地方，歇一歇身体，也歇一歇灵魂。我上了四楼，走过会议室门口，门半开着，看见教授站在屋子中间。这个外貌粗野的臭老九，现在斯文得很，驼着腰背，两手笔直下垂，一动不动，站在空空的会议室正中间。周围有许多椅子凳子，他不坐，他站着。

这才想起，是我刚才下的命令，把他从火堆旁边叫开，指定他站到这里来。心想：免了他一顿好打。这个人可是"各色"，他在人前，竟敢"赤膊上阵"。在人背后，倒又可以"画地为牢"。

我走进会议室，看了看扔在桌子上的、刚才从院子里撕下来的一张标语，这标语是用旧报纸写的。不能不说那字有根底，又像"草"，又像"隶"，一挥而就，疯狂地带出许多拐弯抹角，那些弯和角，都腾腾地冒着"反动气焰"。这标语只有四个大字："火下留情"。

我连看都不看教授，问道：

"这反动标语是你写的？"

"我没有写反动标语。"

我敲敲桌子，提高点嗓子：

"这是谁写的？"

"这是我写的。"

我"甩"地一回头，这个头部动作，在戏曲舞台上是有名称的，李玉和就是这样甩出威风来的：

"什么？"

教授不作声。我这才看见他把眼睛死盯在地上，那细眼睛都像是合上了。他在掩盖感情，可又掩盖不住，他那一脸的泡肉，颤颤的。他咬着牙，也咬不住那颤抖。

我虽说已经疲倦，但过多的胜利，好像喝了过多的酒。酒精管自激动着已经干哑了的嗓子，连嘲带笑：

"哭吧，跳吧，唱一曲黑线挽歌吧。为你们的坛坛罐罐，为你们的命根子，为你们的祖师爷放声痛哭吧。可是我们，向全世界宣布：在熊熊的火光里，一切封、资、修全化为灰烬，工农兵占领了文化阵地，一个史无前例的崭新的时代开始了。"

教授脸上的泡肉，绷成了块块疙瘩。

"你安身立命的三十年代，也一把火烧光了。你拼死拼活捍卫的黑线，也一去不复返了。"

"我没有捍卫黑线！"

忽然，他敞开了嗓门，嗓子又粗，又宽，又沙沙的活像鸠山。

"那你叫嚣什么来着？"

"我说历史上有一条红线。"

我断喝一声：

"狡辩！"

教授咬住牙。

"你根本不承认黑线专了工农兵的政？"

教授点点头。

"你说话呀，你不是宣扬不隐瞒观点吗？你不是吹捧独立思考吗？你不是标榜历史的真实吗？你这个赤膊上阵的英雄，怎么狗熊了？"

教授脸色灰白，没精打采地说道：

"我没有隐瞒观点。从'五四'起，一条反封建的反帝的反一切法西斯的红线，是文化主流。"

谬论。要当着人说，我当然得说是反动观点。可我心想：只怕谬是谬在落后吧？时代在天翻地覆，他一死儿抱住陈糠烂芝麻。正经是个榆木疙瘩脑袋，这么斗，那么批，新鲜词儿一句也灌不进去。注意！我还得站稳立场，这么个脑袋瓜正经是个"土围子"，作为造反派，当然要打扫了它。作为个人，我也很想打开这"土围子"看看，究竟神经方面是不是出了什么毛病？我拉开腔调，问了个问过多次的问题：

"你那条红线，都有谁们哪？"

"三十年代，鲁迅是主将。"

"还有呢？"

他不作声，我敲敲桌子：

"还有呢？"

他只能不作声，这个我是有把握的。我稳吃稳拿地笑了起来：

"还有呢？"

只要他说出一个人名来，准的，不是特务就是叛徒，要不就是反动权威、反革命修正主义分子。至不济，也得是个摘帽右派。没有一个能跑得了的，必胜的王牌在我手心里呢，我跺脚厉声叫道：

"还有呢？"

别说是人名，连一本书他也提不出来。不是黑书就是黄书，全是封书、资书、修书。写书的人自己也说，恨不能一把火烧光。这一关他是过不去的，关口上悬着千斤的闸门，电钮在我这儿攥着呢。我正要以全面胜利宣告结束，说了一句警句：

"教授，只有点点点连起来，才是一根线嘛。"

不料这个榆木疙瘩一拨棱，一头马鬃般的黑头发仿佛直立起来，说：

"还有我。"

真是胳肢窝拱出个人脑袋来。我倒措手不及，只有连声说：

"你啊，你啊，还有你啊。"

好家伙，你看那一脸的疙瘩肉，竟咬断铁似的嚷出来：

"我是个党外的布尔什维克！"

我都信不及自己的耳朵了，我都疑心站在对面的是不是疯子了？别说是现住"牛棚"的"黑帮"，就是平常时候，"我是个共产党员！"倒还听见说过，有谁见过这么拍胸脯的："我是个党外的布尔什维克！"正经闻所未闻。

"失敬失敬，还成了个人物哩！"

那刀缝似的眼睛里，有两点火光：

"在三十年代，给戴过红帽子，给叫过'红点子'。"

我忍不住放声笑了起来。我真不知道当年戴了红帽子，能是个什么滋味儿。我倒是想本当不笑才是，路线斗争是严峻的。无奈不合身份，不合时宜，不知好歹，不知死活，原是笑料的来源。我忍着笑，用嘲弄的口气重复说：

"红点子！红点子！红点子……"

不错，这三个字确有一种说不清的嘲弄意味，对狂妄自大、愚昧无知，有微妙的嘲弄。

三

"是可忍，孰不可忍！"

明明是个"土围子"，公然叫嚣"红点子"。

一天晚上，"好几个我"在会议室里贴上标语，不消说，都是生死簿上的语言。北墙上照例拉上横标，横标上少不了得有个帽子，打上叉子。在帽子上费了脑筋。地富吧，人家还出身贫寒。特务叛徒吧，历史上没找着碴口。走资派怎么样？他从不当权，连个党员也不是。那么权威呢，也还不那么老大有名的，没劲。右派也不行，凑巧人家没戴过帽子。最后，选定一个带有浪漫主义色彩的："牛鬼蛇神"。

屋子中间，换上百瓦灯泡，贼亮贼亮。

我在横标下边，照杨子荣那样坐下，像个大写的"壹"字。在风云变幻的时候，原本两个差不多的人，也会显出全不一样来。这一个，是个大写的"壹"字；那一个，许是阿拉伯的"1"字那样一根棍儿，还斜戳着。我坐定之后，吩咐道：

"带上来。"

"另外一个我"走到廊道上，用带栾平的声势，把这"牛鬼蛇神"押上场来。

一进来，就不是味儿。这个栾平怎么惺眼矇眬，神思恍惚。标语横标，叉叉和惊叹号，他连看都不看。场上的火药味儿，全没在意。往那贼亮的百瓦灯泡下边一站，还微微地晃悠。

我心想："出了怪了！"

我这里摆下杀气腾腾的战场，他那里晃晃悠悠，也不知是诗情方兴，还是画意未艾。

我这里金刚怒目，满把抓着纲上线上的大题目。他那里没精打采，赛似木头桩子橡皮头。

我这里呼风唤雨，只着急手里攥的，左不过那张亮过的旧王牌。他那里垂眉奉眼，死啃着几句煮不烂、烧不化、砸不碎的老文章。

如此这般，几个回合下来，我正经地怒从心头起，恶向胆边生。

要问这怒这恶从何而来，须知"四人帮"乃是金口玉言，上头一哼一哈，往下层层照着哼照着哈。到了我这儿，也不能改成咳嗽。俗话说得好：一块石头腌了一百零八天，它也咸了不是？我也可可地养出来金口玉言的脾胃。由我这儿往下，下边的，得照着我使气支嘴，无奈这么个"红点子"，本身是个革命对象，竟敢"明目张胆"地软硬不吃，"十倍疯狂"地滴水不进。瞧瞧那模样，泡头泡脑，晃晃悠悠。单单这晃悠，难道不就是个态度问题？立场问题？现行问题？难道我能够不火冒三丈，眼冒金星？

我一拍桌子，这叫"惊堂"。鼻子里哼一长声，这叫"威武"。大步奔了过去，两手按住"红点子"肩膀，叫他站稳当了。可我一撒手，他又晃了晃，这可恶劲儿，"罄南山之竹"不尽书，我扬起胳臂，顺乎自然，一记响亮的耳光。紧跟着，"四五个我"一拥而上，左右开弓，劈啪有声。眼见那"红点子"的�脑门牛脖子上，涌现了红点子……

我有生以来，这是头一次打人。小时候淘气也打过架，小家伙们你一拳我一脚，拳绕拳脚绊脚，那叫打架。现是对方不用捆来不用绑，绝不会还手，这叫打人。

冷静想想，这样的打人，不容易打出个英雄模样来。可当时，我可是觉着"力拔山兮气盖世"。入画、塑像、上镜头都是现成的。

我本是单位里头散漫的小干部，在官儿面前是个听喝的。我伺候着专家，给教授们跑跑腿。忽然间，我成了响当当的革命派，那些个人五人六的，颠倒成了革命对象。有点像一个孩子，本守着那一肚子条呀簧呀大小齿轮的玩具，碰都不敢碰。现在摸摸它，没事。拨弄拨弄，不但没事，倒听见叫好。爽性拆了它，摘了它，踩了它。稀里哗啦回头睡大觉，做梦也是心满意足呀。

我向一脸红点子的"红点子"吩咐道：

"把今天的事情，写一个'认识'。这是给你一个最后机会，机不可失，时不再来，你要充分重视。"

四

读者读到这里，可能以为我五大三粗，或者挺拔轩昂。其实我是个五短身材，虽说不瘦也不弱，但到处还是只好叫作小个子。记得上中学时，一天有迎宾任务，男生一律要穿白衬衣。我从家里出来忘了换衣服，到了学校无法可想。女同学们却要穿舞蹈服装，有个大个换下白衬衣，我抓过来穿上，富富有余。这事救了急，却被同学们笑到毕业。我把腰板伸直，把脖子伸直，也还是解决不了问题。

我参加工作以后，单位里老九成堆，压得我精神上也小不点儿了。谁知现在，我在楼梯、廊道，更不用说院子里了，遇见这些人五人六的，就把眼睛瞪起来，对方就得正确对待把头低下。我可以俯视人家的项背了。对方要是大人物兼大个子，我更加甩着膀子走在廊道中间，眼见他贴着墙壁，侧着身子，尽量缩小体积，这都是我从来没有过的快乐。

现在我很会运用我的眼睛。本来我的眼睛不老小，只是和鼻子嘴巴靠近了点，成了张"小孩脸"。我的大眼睛的大眼白，透着蛋青色。有个女的夸过这种色彩，说是幼儿园里常见，使我自在又不自在。有回坐电车，旁边一个女的抓起我的左手，看了看手腕上那只表，随手放下，一声不响。过后我细细回味，心里好像给砍了一刀。这个伤痕可能一辈子也抹不掉了。

现在我瞪起了眼睛，我的蛋青色的眼白，一定是变成了铁青色，只怕还剑一样闪着寒光。如果没有这么个"红点子"，那就所向披靡了。虽说"月有阴晴圆缺"，天下的事不能够十全十美，但已经照着上头的模样，听不得下边来的半个不字。

"红点子"没有交"认识"来，他根本一个字也没写。上头指示：如果顽抗到底，"有地方搁他"。我想那是当然的啰。可我不能设想，怎么我拿不下这么个"土围子"来！

我设计了个"攻心战术"，时间选定在深夜，把"红点子"从睡梦里提溜起来，不等扣齐衣裳，立马带到会议室。

会议室黑着，只见中间那百瓦灯泡，加了个罩子，把白光集中下照，光圈里放着把椅子，指定给"红点子"坐。我坐在他对面的灯影里。这场面有人许在什么电影里见过，我也没说是我的发明，只说是我设计。

"红点子"坐在那里，只管低着头，垂着眼皮，好像还没有睡醒。我只见一头马鬃似的黑头发，在白光下边闪着金丝。这对"攻心战术"不利，这个态度也不能够容忍。

"抬起头来。"

他抬了抬，照旧低下。

"抬头。"

"不许动。"

"看着我。"

我直视他的矇眬睡眼，我把眼光放柔和了，我的大眼白想必是保持着蛋青色，有个女的夸过的那种颜色。以后我开始谈话，在谈话中间，我不断提醒这个泡泡脑袋抬起来，叫这双睡眼看着我那蛋青色眼白。

我用"绿荫荫"三个字，描写他家的小院子。我又用"绿荫荫"三个字，描写他的书房。那书房的窗户叫树木挡着，屋里书柜、书架、书桌全摞着、摊着、塞着书，其实阴暗得像个地洞。

我用乌烟瘴气形容那些书，"红点子"不动声色。我用打扫卫生说明抄走那些书，"红点子"的眼皮弹了一下，复归半睡眠状态。我说到他那位老伴儿了，那位贤妻良母，那个终身奴隶，我描写她包着头巾，手脚哆哆嗦嗦走前走后，我说明她的头发已经长出一寸有余了。"红点子"的刀缝眼里，汪汪闪现水光。我说已经告诉居委会，不要再剃她的头，但是——这里有个但是，谁要是一条道走到黑，谁也不能保险不剃二回……"红点子"坐在那里晃悠起来，含着眼泪晃悠晃悠，咬着牙关晃悠晃悠，我命令他不许晃悠，他还只管晃悠晃悠……我不能容忍，我的眼睛成了铁青色，我像当头倾泻一桶冰水般说起他的小女儿，蜷缩在角落里的躺椅上，跟一只猫一样，弓腰奓毛，眼睛里放绿光……

"红点子"在椅子上晃悠得像是挣扎，就像有条绳子把他绑在椅子背上，挣扎着一下子挣开了，一下子蹿了起来，一下子跨出光圈，站到灯影里。随着却又老实下来，两手垂直，低头望着地面，一动不动。

我正要发作，猛然心想：可不说明"攻心战术"有所突破了吗。就把声调舒展开来，说：

"群众是要'仁至义尽'的。现在的主动权还在你手里，不过时间不多了。其实关键只是你——，只要你把那红线谬论一笔勾销……"

"红点子"作难地说：

"可我这大半辈子怎么活过来的？"

我把脸一沉："干脆你都不知道自己是谁了！"

"没有红线，我是沿着什么走过来的呢？"

"群众的耐心，是有限度的。"

"三十年代的时候，我还年轻。我打算写一本反法西斯的书，搜集了许多资料，也和当时的斗争有密切关联。可我不知道反完了法西斯，应该怎么办，我的书写不下去。当时白色恐怖很厉害，党的领导冒着生命危险，到我家里来，和我整整谈了一夜……"

我截断他的话，问道：

"你说的什么领导，是谁？"

他刚要张嘴，立刻闭上，哑然失声。我的王牌又上来了，振振有词地问道：

"是谁啊？"

他的嗓门小了一多半：

"当时地下党文化方面的领导。"

"是谁啊？"

他的嗓门堵上了。我可是有十二分的把握，敞开来重复我的：

"是谁啊？"

"我只能根据我所知道的……"他打算绕开去，溜走。

"你就说是谁啊！"

"人家有缺点错误。"他打算息事宁人。

"光是缺点错误的问题？"

"别的，那些，什么……"他脱口而出，"我实在说不出口来。"

"哥们儿义气！"

"我们没有私交。"

"这些年你们没有见过面？"

"开大会，人家坐在主席台上……"

"心领神会，心照不宣，心有灵犀一点通。"

"也是我不爱串门，也是我老落后，老受批评，人家还在报上公开批判过我。"

"那你凭什么拿身家性命保他？"

我理直气壮，因为太不合情合理了，除非是疯，是怪，是缺根弦。可是他站在灯影里，有碍我的观察。我指着光照下面的椅子，大声命令：

"坐下。"

他木头似的坐下，脸上发"泡"。

"说。"

他又晃悠起来，我最见不得这晃悠，厉声叫道：

"正面回答问题。"

"还就是那年，白色恐怖，他上我家，关上门，拉上窗帘，谈了一宿，实际是辩论了一宿，到天亮，拉开窗帘，东方一抹红霞，天边一线曙光，那出太阳的地方，烧得白热……""红点子"那刀缝眼半睁着，也像是有些白热的东西，"……他轻轻地在我耳边说：'中国的希望在西北，东方的巨人在延安……'"

"红点子"又晃悠得像是挣扎，又仿佛挣开绑着他的绳子，弹跳起来，一步到了灯影里，又老实站着了：

"从那以后，我决心把反法西斯的书写下来。从那以后，我的一生，有了新的起点……"

他再说什么，我已经不注意了。因为我发现他在阴影里，一点也不晃悠。我指着椅子命令他：

"坐下。"

"……我要求，不要为我浪费时间，不要因为我浪费精力。我不过一个党外的知识分子，要是许可保留意见，就让我保留吧……"

我注意着他一坐到光照下边，就止不住地晃悠，我随口喝道：

"有地方搁你。"

"对，辽阔的祖国，哪里也搁得下个我呀！"

"还对对哩，还做梦哩，搁到那地方去，半年也不定问你一句话。"

"我要求把时间，把精力，放在老党员、老同志身上，把他们早早解放，他们比我有用处，他们是祖国是人民的财富……"

我命令他站起来，指定他站远一点，完全站到阴影里去。只见他一边站过去，一边腮帮抽搐，黑发抖颤，刀缝眼里滚下粒粒泪珠……终究敞开了宽宽的沙沙的嗓门：

"告诉我老伴儿，等着我。告诉我女儿，她走她的路，她还年轻。可是相信爸爸，五年以后，能追上队伍，能回到人民中间来……"

我观察出来越往阴影里站，他越不晃悠。我的结论是：送精神病院检查。

五

我受到严厉的批评。什么百瓦灯泡，什么灯影，什么晃悠，那都是"人性论"，恰恰把"五年以后回来"这句话，给轻轻放过了。"五年以后"，这是赤裸裸的"变天思想"。这是明目张胆的"秋后算账派"。我首先是被迷惑了，继而越走越远，竟替黑线人物放烟幕：精神病。我的错误归结起来是一个字："右"。

那年头，这个"右"字可比骂娘还难听。古人制造这个字时也特别，一只手扠住嘴巴，说不清，道不出来。

我立刻采取了措施。"大张旗鼓"地宣布红点子"隔离审查"，不得到许可，不能离开"牛棚"。我把"牛棚"里的灯，换上百瓦灯泡，把电门挪到走廊上，通宵不许关灯。

每到晚上，我少不了查查号。总看见"红点子"在屋里不是晃悠，就是转身，反正散步是散不开的。那"牛棚"原本是挨着楼梯放笤帚墩布的小屋子。点上百瓦灯泡，就像是火刚点着，刚刚发出光来，就叫四面墙堵回来了。这样的光是带着火苗的。

不几天，我看见他坐在"马扎"上，趴在铺板上——写字！心想：莫非转过弯儿来了，投降了，在写"认识"了？我推门进屋，他弹簧一样弹起来，转簧一样转过来，啊，这个人变了样。红光满面，精神奕奕。泡泡肉绷成了块块疙瘩，刀缝眼里简直有刀光剑影。他是给点着了，浑身发着光，那光是带着火苗的。

我镇定一下，扭脸看着墙，问道：

"写什么呀？"

"我纠正一个重大错误。"

"好，好。"我连声肯定。

"我那本反法西斯的书，一直没有定稿。到了解放，心想民主革命的任务完成了，现实意义又不大了，干脆给搁起来了。"

"你在写书？"我真正吃了一惊。

"我要从头修改。"

这个"红点子"变本加厉。他本来还只是没有把"身份摆正"，一会儿像是向人民低头，向革命群众认罪，一会儿又发谬论，坚持"反动观点"。平心静气地说，总还拘着自己，"扮演"了派给他的角色。可是现在，他完全"失掉身份"，或者是他燃烧了，"隔离审查"他写书！他烧得白热化了，连起码的"常识"也没有了。他白热得疯狂了，不论神色、声音、气味，无不狂热得像是吐着火苗！

我本当"敲警钟""当头棒喝"，叫声"悬崖勒马"，再来一回"仁至义尽"。可我觉着浑身没劲，或者是不对劲。我抓起摊在铺板上的纸看看，迎着灯光再看看，我心里哆嗦起来了……

疯了，真正疯了。什么反法西斯的书，什么修改，什么定稿。纸上不但一个完整的句子也找不着，连单个的字也没有几个。满是歪歪扭扭的线，大大小小的叉，不规则的三角、圆圈、方块……在一片乱糟糟中间，我找出了四个大字：火、髡、抄、电。

在那个"火"字旁边，蚯蚓般的线条中间，我看见了一个人名字："戈培尔"。这几年看交代看外调材料，对人名字我有特别的敏感，这个"戈培尔"像是在哪里见过，我琢磨着说：

"这个姓戈的……"

"希特勒的宣传部长。"

哟，可不是嘛。这些年没往那儿想，差点儿给忘了。我正要找个台阶下来，用不着，这位"红点子"敞开了沙沙嗓门，热腾腾地讲解起来。他说希特勒上台不多天，一个夜晚，成千上万的学生举着火炬游行，走过柏林大学对面的广场，一个个把火炬往广场上扔。那广场上，堆着书，遍地是书。从图书馆拉来的，从书库搬来的，从教授学者那里没收的。广场上一场大火，中世纪以后没有见过的景象。戈培尔发表了一个演说，他说在火光中，不仅一个旧时代结束了，这火光还照亮了新时代……

我一警惕，心想"钉子"埋在这儿啊。我瞪了"红点子"一眼，可他毫不理会，只管慷慨地说出了这么两句，倒像是警句：

"但是历史证明：这火光照亮的，是法西斯的毁灭。"

我心里也出现一句警句："知识越多越反动。"可我没有抛出来，仿佛心里也跟他那张纸上似的，爬着些蚯蚓似的东西。我看看蚯蚓中间，那个写得大大的"髡"，那是个冷字：

"这个'几'……"

"念'坤'。"

"对了，'坤'，不常见。"

"两千多年不见，现在又见着了。"

我瞪了"红点子"一眼，他不但没有低头，反倒沉下脸来：

"我们古代，奴隶社会的时候，有一种刑法叫髡。髡就是剃掉头发。"

我想了想，冷笑一声，说：

"奴隶社会动不动就用鞭子抽打，剥皮抽筋也不当回事，剃头发还算个刑法？"

"红点子"的嗓音低沉下来，好像咬着牙说：

"确实是个刑法。我想对于妇女特别可怕，这是精神上的鞭挞，人格上的抽筋剥皮。"

我不想去看"红点子"，只把眼睛盯在纸上，我看见那个"抄"字旁边，各种符号特别多，也特别齐全。"红点子"顺着我的眼睛，指点着说：

"漫长的封建时期，哪一个朝代也没有断过抄家。这里没有参考书，我只好凭记忆把史书上有名的事件，大致理一理。看看人的基本权利，什么时候有过保障？看看悠久的历史，给我们多么沉重的负担。"

我在最后一个大字"电"那里，又发现一个名字，这可是无人不知的"蒋介石"。

"蒋介石集古今中外之大成。还有新发明，因为世界上有了电。"

"红点子"用这么两句话开场，接着滔滔不绝地演说起来，他忘记了"牛棚"，好像站在讲台上。他完全弄错了身份，好像还是个教授。他声色热腾腾，措辞还火辣辣，把我也弄糊涂了。当他说到他叫蒋介石特务抓起来过，这几年审案养成的敏感，才使我警觉过来，连忙插一嘴：

"你进过监狱？"

"没有。那不得经过法院，费那个事干吗？"

"那么是集中营？"

"也用不着，那还得圈个地方。就在我们学校的办公小楼上，锁一间小屋，贴上个小条叫作'反省室'。我的人身自由就全没有了。他们要我承认是共产党，我不承认，实际我也不是。他们说你不是个共产党，也是个'红点子'……"

"红点子？红点子就是由这儿来的？"

"由这儿来的。说既是红点子，就有红线。点点点连起来，就是一根线嘛。"

"那倒好了，你不是坚持有红线吗？"

"那是现在。那时候我坚持没有红线。实际那时候，我也真不知道什么线不线。"

"嚯，你倒哪会儿都是实话实说。"

"现在为的是有红线，那时候为的是没有红线。要是掉个个儿不都没事了吗？偏偏事实不能掉个个儿。他们拿绳子把我绑在椅子上，在我太阳穴旁边，一边一个百瓦灯泡……"

原来如此。我破了谜，一阵高兴，站到"红点子"面前，脸对脸问道：

"从此你坐下了毛病，在亮光下面止不住晃悠。"

他也凑过脸来，跟老熟人似的认真问道：

"我晃悠了吗？"

"你自己不知道？"

"我使劲不晃悠。"

"我看你咬着牙呢，咬得腮帮起疙瘩。"

"咬牙不顶事，我咬着腮帮呢。我想这是群众审我，是自己人受罪，不能晃悠，把腮帮都咬烂了……"

这都拉起家常来了，闹得我也忘了我的身份！赶紧扭头往外走，边走边说：

"休息吧，我把灯关了。"

谁知"红点子"连声叫道：

"不关不关，关了怎么写字，我要抓紧完成。"

我头也不回走过走廊，多少有些踉跄，走进自己的屋子，放倒在床上，闭上眼睛。

可是我的眼前，抹不掉撵不走"红点子"的形象。他不但眼神，连身上都有一种奇异的光彩，我断不定是疯狂的邪光，还是创造发明的光芒。这两样好像是有不容易区别的时候，试看弹钢琴的，弹到手舞足蹈的刹那间……

我承认我知识不多，外国的很少接触，本国的模模糊糊，历史一片黑暗……如今让"红点子"一搅和，脑子里——脑子里就跟他那张纸上一样，那些歪歪扭扭的线条，那些莫名其妙的叉叉圈圈点点，就像是我的"脑电图"。我应当好好想一想，可是这时候思想集中不起来，也找不着线索。我那脑子变得跟一把豆腐渣似的，没有油性，也没有黏性，好容易攥成团了，一松手又散了……

我决心不想它，去尿，睡觉大吉。这时，一些警句姗姗而来……

"知识是生产资料，随时产生资本主义……"

"……宁要没有文化的劳动者。"

"从《国际歌》到样板戏，中间是空白。"

"空白"！我躺在那里不由自主地笑开来。"空白"，好像熨斗一样熨平了那些歪歪扭扭的皱褶。"空白"，试想冰山那样的空白，多么高爽！千里雪原那样的空白，多么纯净！就说沙漠吧，缺水，干燥点儿，可也多么宁静！我需要宁静，我欢迎空白……我宁静地走进空白的睡乡……

谁知睡乡也不都宁静，也难得空白。后半夜，不知几点钟，我忽然惊醒，心头噗噗乱跳，一骨碌爬起来，走出房门。我走过走廊的那个样子，如果录下像来，准是个小偷模样。我鬼鬼祟祟地走到"红点子"那"牛棚"门前，摸着了电门，啪，我终究关了百瓦灯泡。

六

从此，我把红点子的"专案"撂在一边，按我的心愿，天下最好是没有这么个人。有时在走廊上忽然看见，我立刻转过脸去。有回上厕所遇见了，我吐口痰扭头出来。

说实在的，看见这个人我不自在。心里发慌、发毛，好像还发怵。我们两个的地位都没有改变，我照样可以瞪眼，他照样得低头。我指的是内心情况，这个情况还必须保密。我躲着点儿免得露馅儿。因为，因为，因为我在争取入党。

"红点子"究竟有什么厉害招儿呢？没有。我说过我需要宁静，我欢迎空白。这个人由头发、泡脸、刀缝眼，直到农民那样的体格架子，对我的宁静都起破坏作用。他要一张嘴，那沙沙的宽嗓门就像把我踩着的空白，由脚底下掀了起来，天旋地转……在我争取入党的时候，需要，需要，需要太平无事。

正是光阴似箭，日月如梭。不觉到了年终。照例，把"黑帮"都叫到会议室里来，一人给把椅子坐着。挨个儿说说这一年的心得体会。

不用挨个儿看，准是一张张苦脸。有谁扬眉吐气的那还了得！挺大的老爷们抹抹眼泪，倒是正常。说的话我也懒得细听，都有头有尾，头尾都有模子。头是低头认罪，尾是仰望解放，中间有几句各人不一样的地方。

轮到了"红点子"，我连眼皮都不抬。他说了几句"开场白"，还是没精打采，好像在牙缝里咕哝着……忽然，听见宽宽的沙沙的嗓门一敞，出来这么句话：

"我要求入党。"

我陡地一抬头，座上有"十来个我"呢，我飞快扫了一眼，只见"个个我"都睖睁着，证明了我耳朵没出毛病。

"我要求入党。"

"十来个我"都露出笑容，当然，没有一个笑出声来的。有的把嘴一撇，把笑容撇成烂柿子；有的腮帮往下沉，把笑容拽成驴脸；有的瞪圆了双眼，仿佛两个铆钉把笑容铆死在那儿了。

要说红点子的神经是正常的，怎么连几岁的小学生都不如？有专政队里发展党员的吗？要说他的神经是不正常的，他怎么不胡说别的呢？

　　我转眼看看"黑帮"们的苦脸，也变了，大多数变严肃了，有的变得铁铸的那样铮铮的。

　　我不由自主地去看"红点子"，"红点子"却什么也不理会，只管扬着泡脸，睁着刀缝眼，望着窗外。四层楼上的窗外：一片蓝蓝的天，淡淡的几朵白白的云。下边有一些波涛似的苍翠的松树树梢，微微起伏，仿佛听得见隐隐约约的松涛。真是海阔天空，任凭鱼跃鸟飞……

　　"……我像一只船，一叶扁舟，在江河湖海里漂荡，漂荡，漂荡了半个多世纪……起初没有航线，是党在文化方面的领导人，冒着生命危险，给我指出了……"沙沙的嗓门，忽然像沙瓤的瓜那样酥，那样甜，"……中国的希望在西北，东方的巨人在延安。我开始写一本反法西斯的书……可是我这条船，没有靠拢码头，只是望着红灯，在风雨里漂荡，在潮涨潮落里漂荡……我以为这样就可以了，就不会偏离航线了。但是在烽火连天的年头，在惊涛骇浪的险滩，我差点儿撞上了礁石。我那本反法西斯的书，陆续发表了一些章节，出现了唯心史观，过分着重个人的作用。没有用阶级斗争的观点，去分析希特勒的兴起。不是从历史背景，从民族根源去解剖蒋介石匪帮……当时党在文化方面的领导，叫我多听听批评意见，我说我这本书是棵大树，那些意见，是长在大树上的蘑菇。后来书在社会上起了些消极作用，党在报刊上公开批判了我，又在思想上生活上帮助了我，使我惊醒，使我回到航线上来。我又沿着这条红线走过来了，要是没有红线，我怎么有今天呢？……可是我还是一叶扁舟，漂荡，漂荡……"

　　我觉着我坐得不大稳当，有些晃悠。不是这个"红点子"，是我在晃悠。我忘记了这是个革命对象，因为我震惊。我看见了一个人要求入党的时候，这样敞开了胸怀。不是"这个我""那个我"争取入党那样，封闭着内心，严防着露馅儿。

"……漂荡了半个世纪了，明明看得见码头，可总是靠不拢。……我的心木了、柴了、干咧咧干咧咧了，跟萝卜糠了一样……"

我扭头去看窗户，那一溜玻璃窗，一扇扇全关严了，我觉着憋闷得慌，我听见了闷沉沉的一声雷：

"……跟萝卜糠了一样……"

不是滋润的宁静，不是悠悠的空白。在我心里头，好像一个尘封多年的角落，有个声音叫着：我不要宁静，我不要空白。宁静是虚假，空白是欺骗。啊，窗户为什么关得那么严？我为什么更加晃悠起来？

"……一解放，我把没有完成的书放下了。心想现实的意义不大了。中央一位领导，他那么日理万机，怎么还记得我这么个人，记得这么本书，他叫人传话给我：有意义，完成它。可我还是漂荡，漂荡……"

我看见会议室的尽西头，有半扇窗户开着，仿佛有些凉风进来。

"红点子"还在说什么，我已经听不清楚，只像有两个声音都在叫喊入党，一个叫说真话，一个叫顺着说。一个叫敢说敢当，一个叫唯命是从。究竟哪一个是革命的？我糊涂了，我挣扎站了起来，有点踉跄，我走到尽西头，站在那开着的半扇窗户跟前。

我想开动脑筋想一想，可这脑筋仿佛齿轮长了锈，发条没膏油，格啦啦格啦啦响着转不起来，格啦啦格啦啦干裂了般生疼……我胆战心惊，我已经不会用自己的脑筋去思考。

谁知"红点子"也在叫喊：

"……我的舵轮快长锈了，我的链条没有油格啦啦响了。我要靠拢码头，我要完成反法西斯的书……"

我探头窗外，好蔚蓝的天空，好苍翠的松柏。

"……我要求入党！"

"哄！"好像是一个哄堂大笑，我没有回头去看，只觉得这"哄"的声浪，把我托上了窗户台。开阔的蓝天向我欢笑，波涛似的苍松向我招手，我一步跨到窗外，跳了出去……

七

这些事情过去两三年了。

"四人帮"已给送上了历史审判台。我们伟大的祖国开始了实现四个现代化的新时期，我们勤劳勇敢的人民走上了新的长征。

现在，"红点子"教授埋头完成他那本反法西斯的书，我自愿要求帮他查对资料，算是一个助手吧。

当我提出这个要求的时候，教授虽说没有一口拒绝，但是沉默不语。我想着是不是打个退堂鼓算了，教授却问道：

"你是对这本书有兴趣，还是因为别的？"

我觉得他问得直率，也认真。就尽量诚实地回答说，我感兴趣的是这么个问题，"四人帮"的那一套，拆穿了不成片段，荒谬，空洞，可笑，说什么也不过分。可是当时，怎么把我蒙得奉为圣明？

"要说最初，我也蒙了。可你是不是直到最后，还奉为圣明呢？"

"后来我也有些怀疑。"

我想说到这里就算吹了吧，可是教授一本正经地追问下来：

"怀疑什么？"

"这可三言两语说不清。"

"现在清不清楚呢？"

"也还不大清楚。"

我想彻底完了，可是教授断然说道：

"是不清楚。法西斯的来龙去脉，它的要害，我也不敢说全清楚了。可是你，我的印象是，那时候你干得挺带劲儿。"

"是的。"

"要是咱俩换换，你处在我的地位，你能带劲儿吗？"

"不能。"

"可见有些东西，是你处的地位造成的。但是，要是我处在你的地位，我能带劲儿吗？"

"也不能。"

"可见有些东西，是你个人的关系。"

我站起来要走了，可是教授把我按住：

"别走，帮我弄清楚这个问题怎么样？"

我不知道怎么回答，只好不作声。

"这是我对你的看法，你对我的看法呢？"

我想反正是"吹台"，没有了顾虑，脱口而出：

"你像个开荒起家的农民。"

教授一愣，沉下脸来问我这话从何而来？我的顾虑又悄悄起来，我说这是从外表得到的印象。我说他体格宽厚，没有说粗野。我说他一脸的风沙，没有说什么泡泡脸、刀缝眼。我说他那一头头发也叫人觉得直爽，当然我没有说不合时宜。最后我说了个缺点：固执、主观。偏偏在说这个缺点的时候，我心里想着这个人最难得的是：敢坚持观点。

教授听着，一直沉着脸，接着问道：

"这是你现在的看法吧？"

"不，我早就这么看。"

"那你主要还是好感吧？"

"好像是。"

"那我告诉你一件丑事。这件事谁也没有看见，我跟谁也没有说过。还是我圈在四楼小屋里的时候，有天后半夜，我醒来，觉得闷，憋气，觉得屋子里没有氧气了。我开门出去，摸到会议室，想着那间屋子大，可能痛快些。进了会议室，我看见那一溜玻璃窗外边，月光清亮清亮。月光下边，好像一片水一个大湖。我在屋子里走来走去，更加闷，更加憋气。那一溜窗格子全像铁栅栏，把外边的世界隔绝了。这屋子是个石头凿的牢洞，这大楼是个石头山凿的大牢洞。我要再在这里头关下去，也要变成石头。我的脑子已经常常一片空白，这是变成石头的信号。我要逃跑，我要冲出去，我去开窗户，可是打不开。挨个儿打，都打不开。我更闷了，我真急了，我摸到尽西头……"

"那半扇？"

"对，那半扇一拉就开了。嚯，外面美极了。是烟雨迷蒙的太湖？是水天一色的五百里滇池？是碧波荡漾的渤海湾？我上了窗户台，跳水一样扑了出去……"

教授急刹车似的收住口，瞪住我。我却笑了起来，教授很觉意外，但他也撑不住敞开嗓门哈哈大笑，我们有了"共同语言"：

"窗外是阳台！"

"窗外是阳台！"

头　像

　　画家老麦的气色红润，为人圆通，又走好运。有一年出了样舒筋活血的新药叫脉通，同行拿来开老麦的玩笑，谁知老麦就棍打腿，索性拿麦通当了笔名。这天傍晚他从城堡般的人民礼堂里出来，手提包鼓鼓的，装着刚得的奖品：一张奖状，一本精装的速写本子，一个人造革的夹子，一本画册，还有一个密封的信封，里边是奖金，他当然没有打开来看过。

　　这个奖是十年浩劫以后兴起来的，也才连续三年，老麦年年都得上了。他拎了个手提包来装这些东西，就是个行家。有人没有经验，手里捧着出来就显得不自在。

　　老麦走到礼堂对面的存车处，取车骑上时，门口的小车大车还拥挤着慢慢挪动，警察还在又比画又喊叫。老麦为避开这些四个轮子，把自己的两个轮子随手一拐，进了一条小马路。今年的奖有点意外，行情步步看涨。刚才就有不少的闪光灯，带响和不带响的镜头对准着他来。明天电视上出现的自己，只怕还是会透着些兴奋，年过五十的人了，应当不显山露水的好……怎么拐到胡同里了，这是什么胡同？马驹。呀，梅大厦！这个十分熟悉又经常想不到的名字，跳了出来。再拐两个弯儿，不就到了梅大厦那儿了吗？这位姓梅的，是老麦学生时代的好哥们儿，学的是雕塑。大家住在一个城市里，搞的都是美术，却有三年没有见面了。老麦通是忙于三来：来信，来访，来约稿。梅大厦是到处不露面，连逢年过节串个门吃顿饭都不作兴了。他在干什么？三年来美术界不大听说他的名字……老麦通由马驹胡同拐进驹尾巴胡同，再一拐，进了尾巴后坑。下车推进一个没有门扇的门洞，里边的杂院不知大小。院子中间戳着自来水管，为了防冻，拿黄泥抹得土坟头似的。这边搭出来一间厨房，那边接出来一个棚子。北屋只见屋角，东屋能看见几扇窗户，西边是什么也看不见。梅大厦住的是南屋靠西的两间。老麦把车推到南屋门前，就叫道：

"梅大厦，在吗？"

一边背着身子锁车，听见背后屋里叫道：

"吃饭没有？正好，给你下挂面。"

三年不见，人没进屋，劈头是这么句话。老麦立刻想起来，这还是三十年前穷学生时候的口吻。

土坟头似的水龙头那里，一个老太太坐在小板凳上，一棵一棵地涮着菠菜。清清楚楚地嘟囔着：

"挂面，挂面，天天挂面。"

显得挺自己的。老麦通望望老太太笑笑，高声应道：

"你这儿能有别的吗？"

"给你打个鸡蛋。"

老麦通进屋，也只扫了梅大厦一眼。不用说握手，连一句寒暄都用不着，管自跨进里屋坐下，因为只有里屋才有凳子。外屋的窗下，有个煤气罐，一个两眼的煤气炉架子。里屋靠里角落里，有张木板单人床，白床单黄不搭拉的。只有这一床一炉，才表明还住着个人。以外全是架子：有真正的书架，有像商店里的货架，有砖头垫脚，自己拿木板木条钉起来的架子。所有的架子上，全是雕塑。有陶瓷的，有玉石的、石头的，还有黄杨木、楠木、不知什么的树根树顶。梅大厦这个人呢，若在路上溜溜地靠边走着，就是一个老不顶用了的泥瓦匠。一身劳动布工作服，往哪一拍，都少不了粉尘飞扬。花白的乱蓬蓬的头发，细眼睛挂红丝，小个子还驼点儿腰。只有当他伸出两只手来，那是皮肤紧绷，肌肉鼓胀，伸缩灵活的年轻的手啊。

这年轻的手现在专心一意地下挂面，打鸡蛋。趁这工夫，老麦通把架子上的作品浏览一番。书架上摆的全是陶瓷，多半三年前见过。有飞禽走兽，也有散花天女、扶锄老农、白衣战士。有的古色古香，有的土里土气。造型、使釉、神态，都着力继承民族传统。货架上摆的是石雕，有汉白玉的头像，大理石的热带鱼、北极熊，最多的是绿色、紫色、杂色斑驳的玉石，有的像牛，有的像鹰，有的连行家也一下子看不出来像什么。这些东西老麦多半没有见过，是这三年来的作品吧，显然追求现代派的表现方法。那临时随手钉起来的架子上，全是木雕人物，有的还是半成品。看来都是近作了。……老麦通那只有行家才有的、安安闲闲坐在那里挑剔的眼光，渐渐地不安起来了。这些木雕是些什么东西呀？那不是从庙堂、寺院、坟墓的雕塑里来的吗？不是从民间的泥娃娃、面人儿脱胎出来的吗？可是又多么不一样，哪儿哪儿就变化了，是吸收了外国现代方法的呀！这两样东西糅在一起了，不敢立刻肯定说糅得匀净不匀净，可是在这么个杂院的破南屋里，这个老泥瓦匠般的老同学，老光棍，有所探索，有所创造……

老麦通的确好运道，"十年浩劫"时候，也"全托"过，也下过水田叫蚂蟥咬过，但总没有伤着元气。现在这些都成了光荣历史，眼面前可是青云直上。前年画了张武斗场面，闯了"禁区"，反映强烈，热辣辣地得了奖。去年评奖的时候，说不能全是"伤痕"，要点叫人愉快开朗的。恰好他有一张五只小猫，像小孩子那样互相抓挠着。今年得奖的题名是"夜行军"，主要人物是一个十几岁的女兵，军帽下边戳着两根辫撅子，背上背的当然不是枪，得是一把二胡。起初大家觉得不新鲜。评选来到，又觉着革命传统教育现在太需要了，理当上选。最后一讨论，军事题材的就这一张，一下子名列前茅。

老麦通有一位好夫人，她把稿费奖金积攒起来，使用在刀刃上。家庭里提前实现了"四个现代化"——两用录音机、彩色电视机、白兰牌洗衣机和雪花牌电冰箱。一儿一女都上着大学，都是要强的好孩子。儿子快毕业了，在动脑筋出国留学，女儿有志考研究生。

老麦通的眼睛还在架子上来回溜着，忽然看见书架顶板上，不像是摆，倒像是撂着一个女兵，辫撅子，身背二胡，军帽上肩膀上可落上不薄的尘土了……这个烧瓷女兵是三年前见过的，和自己的画稿有没有关系呢？倒也难说。不过平心而论，这个女兵是一般化的，自己画的有个性，有人物的心灵……

这时，挂面已得，鸡蛋已熟。梅大厦仿佛大功告成，双手捧了进来。老麦通进屋的时候，一见这一床一炉，脑子里那些闪光灯就都熄灭了，那些带响和不带响的镜头也离得远远的了。把手提包随便往桌子角落里一放，没有把奖品拿出来给老同学看看的兴趣。这时老同学捧着碗站在面前，他嗖地没有经过大脑，手脚飞快地把手提包塞到桌子下边去了。

老麦通挑起一筷子面，叹道：

"你我都一把年纪了。"

"吃吧吃吧，放了味精的。"

老麦通吃了一口。

"怎么样？"

"不错。"老麦通随口应酬着。

梅大厦笑起来，忍不住揭穿秘密的样子：

"还放了虾子。"

"嚯。"老麦竟喝声彩，其实他连大虾也不稀奇。

"我还有紫菜，你要不要？"他要倾囊而出。

"不要不要不要。"

老麦通反倒觉得凄凉，慢慢地往下咽。

梅大厦也不再让，大口大口，啜出声来，嚼出响来，是一种狼吞虎咽的吃法。味精和虾子，在这种吃法里也是不起作用的。

老麦心想：我是不是要作第三次努力呢？原来为给梅大厦找对象，老麦夫妇费过两次心。按老麦的夫人说："还真不惜血本。"第一次是二十多年前，大家都才三十来岁，美术展览会上有梅大厦的作品，一个青石的旗座，盘着两只活泼泼的老虎。老麦夫妇先请一位女诗人看展览，听她称赞了作品，才约下星期六晚上七点钟，在广东饭店见面。梅大厦准时来到，老麦点了菜等着。七点一刻，女诗人姗姗来到。她身材娇小，穿一身黑色连衣裙，胸前一朵银亮的菊花，笑吟吟地穿过餐座。等到一介绍，就不作声了。坐下来动了动筷子，大约一刻钟，就说有事站起来走了。

第二次是十多年前，"浩劫"前不久，老麦夫妇约下一位中学女教师，一个规规矩矩的寡妇在家里见面。炖了一只鸡，买了瓶张裕葡萄酒。那天刮风起黄土，梅大厦眯着眼睛钻上楼梯。老麦住在四楼一号，他跑到三楼，看见廊道上扔着些石头块儿，有带紫的，有翠绿的。问在楼梯上甩牌的孩子，孩子们说是附近玉石厂往外扔的下脚料，捡来砌炉台的。梅大厦埋头跑到三楼一号去敲门，正好这一家人都上班了。他留下张条子，眯着眼饿着风沙，向玉石厂的废料堆钻去了。

忽然听说梅大厦结了婚。

梅大厦在特种工艺工厂工作。厂里有个白胖白胖的女工，她身上的脂肪够"塑"两个梅大厦的。她要跟梅大厦学手艺，要给师傅洗衣服，抓着衣服就掏兜，有回掏着了存折，说师傅你真逗，挣钱不花，老了白搭。梅大厦说：

"我没有时间。"

她说："我来。"

梅大厦看来跟变戏法一样，大立柜，沙发，碗橱——这是梅大厦想也想不到的。双人床——这叫梅大厦纳闷。一样样往家里搬，有天她操持家具累大发了，头晕，往双人床上一歪，睡到半夜才醒来，梅大厦蜷卧在外间的沙发上。第二天这白胖女人在车间里和人骂架：

"管得着吗？扒下衣裳来，老娘哪一样输给他，明儿就登记，气死不长眼的醋坛子娘们儿。"

他们登了记，这个白胖女人有三多：一是吃得多，放下饭碗，转过身来就抓蜜饯往嘴里塞。上班兜里装着巧克力，下班回家一手托着熟肉，还一手嗑葵花籽儿。二是亲戚多，三姑六姨，这个大脚片的刚住两天吧嗒吧嗒走了，那位小脚的已经盘着腿坐在沙发上。第三是觉多，一到晚上九点钟，就脱得刮了毛的猪一样，仰在床上叫道：

"厦厦，快来呀，明儿还上班不上？"

"浩劫"开始，梅大厦的"白专道路"是跑不了的，弄去"全托"了半年。回到家里，两间屋子搬得溜光，白胖女人也不知和谁"串联"

去了……

老麦通吃了半碗面，放下筷子，考虑着说道：

"眼见人都老了，要安排生活了，要有个人照顾了。"

"不用，不用，不用。"梅大厦连说三声不用。

"我来帮帮第三次忙吧。"

"不用，不用，不用。"又一连三个不用，"我又不会交际，又老，又丑……"停顿一下，正色说道，"我没有时间。"

"这叫什么生活呀。"

"想搞艺术，就不要想好命运。"

"这又是当穷学生时候的话。"

"现在更有体会了，我有过好命运，有过家庭幸福。"

"幸福？"老麦通暗吃一惊，那一段经历，怎么也归不到幸福那儿去呀。可是只反问一声，就把话咽住，这是老麦的为人。

"怎么不幸福？现在的家庭，不是论腿儿吗？我有过几十条腿，只有两张嘴。吃饱了睡，睡起来吃。一般说的幸福，不就是这个？那你说的安排呀照顾呀又是什么呢？"

老麦通给堵住了，不得不说出那核心的话来，但措辞还是婉转：

"那个女人不合适。"

"她后来又结了婚，闹不好，又离了婚。现在厂里谁也不理她了。"梅大厦眯细挂红丝的眼睛，轻轻加上一句，"也挺可怜的。"

这一句叫老麦心里一震，脱口叫道：

"她把你弄得精光。"

"管它那个做什么。"梅大厦的眼睛一亮，高声说道，"要命的是，我最幸福的时候，是艺术上最糟糕的时候。我几年做不出什么东西来，也做了几件，你看——"梅大厦往书架顶上一指，指的就是那个一身尘土，背着二胡的女兵，"现在看都懒得看一眼，这么不经看。"

老麦通心里"咕咚"往下沉了一沉，但是平和地说道：

"你那个女兵是一般化了些。"

"怎么不一般化呢。幸福的家庭都是一般化的，这沾着谁的名言了吧。"

梅大厦走到货架前面，指点着那一排排玉石，他皮肤紧绷、肌肉鼓胀的年轻的手，落在一块黑紫黑紫的玉石上，这是一只鹰，振翅飞翔前的一刹那，合着翅膀伏着身子的鹰。

"这是去年做的。多好看的颜色，多漂亮的材料，你看这一块淡紫，恰好用在后脖子上，你看这两根线条，多简单哪，写意画哪，多经看哪。"

梅大厦年轻的手，不住地抚摸着他的鹰。从无数舒展的毛孔里，发射着疼爱的电子，石头的鹰暖和了、生动了……年轻的手倏地转到一块淡绿的玉石上，这块玉石的外形有点像元宝，下边绿些，往上渐渐地淡了，上边是白的。这回连老麦通也断不定是个什么。

"漂亮吧？多漂亮！再也找不着这样的材料，我是从人家废料堆里捡的。就是再有这样的材料，我也做不出来第二个了。"那手灵活地迅速地摸摸侧面，摸摸正面，"这里，都是原材料原样。我只在这里打了打，这里钻了钻。"那手摸到纯白的元宝顶上，敏感的触须那样颤颤着，"这个材料硬极了，脆极了，这里，我可小心极了，耐心极了，慢慢地磨出来的。你看，春天来了，叫太阳晒化了，摊在淡绿的水面上，身底下的颜色，是水的反映……"

老麦通这才领悟，这是一只白天鹅。长长的脖子弯弯地贴在背上，是刷洗羽毛？是刚从睡梦中苏醒？是尽情享受着大地春回……可是，一般人是看不懂的。不觉叹道：

"可惜，这些东西眼前是无名无利。"

"管它那个做什么。"梅大厦两手一拍两腿，劳动布的工作服冒烟一般飞起粉尘。他也有要飞的意思，"现在是我一生最好的时候，工作最好的时候。因为最自由。思想上自由，生活上自由，艺术上我觉着看得见自由王国了。"

梅大厦的花白头发，有的倒立，有的披散在额角，那细小挂红丝的眼睛，闪着一种不那么正常的光芒。老麦通暗想：这样的光芒自己是没有的，又更正着，是自己欠缺的。可是老麦通很快落在实际问题上，说道：

"没有材料了吧？我可以跟玉石厂打打交道。"

"不用了，做不好了。我一连气做了大大小小四十七件，想凑个整数五十件，最后三个做一个扔一个。过了劲了，没有激动了，没有兴趣了，做不好了。"

"现在你做黄杨木雕？"

梅大厦把手往那临时钉起来的架子上，一排排黄杨木人物那里扫过去，扫过来。好像一个将军指点他的直属部队。老麦通的眼睛也顺着他的手扫过来，扫过去，却有一个不大的头像，留在视网膜上。老麦回头找那头像，那在角落里，不过海碗大。老麦走过去，脚步要收未收就站住了。梅大厦也不作声，反倒后退一步，好一眼看见他的头像，一眼看见他的老同学观察头像的神态。这是一块黄杨树顶，上尖下圆。留着原树皮，只上尖下圆地开出一张脸来。原树皮就像头发，也可以说是头巾从额上分两边披散下来。这脸是少妇型的长脸。老麦当然立刻看出来，那比例是不写实的。头发或者头巾下边露来的尖尖脑门，占全脸的三分之一。弯弯的眉毛，从眉毛到下边的眼睛，竟有一个鼻子的长度。我的天，这么长这么长的眼皮呀。眼睛是半闭的。

这以下是写实的端正的鼻子，写实的紧闭的嘴唇。这是一个沉思的面容。没有这样的脑门和这样长长的眼皮，仿佛思索盘旋不开。森林里常有苍老的大树，重重叠叠的枝叶挂下来，伞盖一般笼罩下来，老树笼罩在沉思之中。这个少妇头像，是沉思的老树的精灵。

老麦通回头再看看那些陶瓷，那些玉石，更加明白老同学在着力民族传统之后，追求了现代表现之后，探索着一个新的境界。老麦通这样想着的时候，感觉到有一道目光，盯在他的脑后。那是那个头像的长长的眼皮下边，那半闭的眼睛里射出来的。但老麦的为人，不愿意随便肯定，也不作兴过于激动，只是感叹一声。

"三年不见，你的进展很快呀！"

梅大厦弯腰把发黄的白床单一撩：

"你看。"

床下堆着几十根粗细长短不一的木料。

"你天天做吗？"

"没有。"梅大厦低下头来，显出了老态，"从春节到现在，我动都没动。"

"怎么了？"

"白天上班，工厂里不断任务。不是寺庙里的菩萨全砸了吗？现在发展旅游事业，到处来定做佛像。晚上回家呢……"梅大厦压低声音，指指东墙，"隔壁老太太春节犯了心口疼。"

"就是我进来的时候，在水龙头洗菠菜的老太太？"

"是。这墙不是砖墙，高粱秆抹一层泥。我这里敲打一下，老太太那里心口震一下。"

"那你晚上干什么呢？"

"学习。和做学生时候一样，翻来覆去看资料，看图片。"

"那也是准备工作。"

梅大厦的细小挂红的眼睛里，射出了光亮。和头像的目光仿佛。

"都构思好了，有的稿子也打出来了。现在就是要做，做，赶紧做，一口气做它二十件。现在是我一生最好的时候，这样的好时候不知道会有几年。"梅大厦年轻的手，抓着花白衰老的头发，扯了两扯，"我怕拖呀拖过了劲了，没有了激动，没有了兴趣，再做也做不好了。"

老麦通也着急起来，说：

"和老太太商量商量，你要不好说，我去。"

梅大厦连忙摇手，压低嗓子说：

"一商量她就忍着了。心口疼是心脏病，把人忍坏了呢？老太太对我挺好的，我不能这样做。"

老麦通立刻想到另外找一处房子，啊，房子，对当前需要房子工作的人，房子是月亮里的宫殿。又想是不是找找美协，临时借一间？也没有把握，不觉心烦，坐不住，从桌子底下摸出手提包，起身告辞。

"我给找找房子看，你也出来活动活动。"

"好，好。"梅大厦随口应着。

"星期天上我家来，说不定房子有信儿呢？"

对这个具体的约会，梅大厦略一犹豫，正色回道：

"我没有时间。有信儿打个电话吧。"

老麦通推上车子，走过没有门扇的门洞。老太太的房门，是开在门洞里的。老麦往里边一看，老太太两手按在桌子上揉着一团面呢。老麦随和地点了个头，不想老太太放下面，跟了出来。老麦估着有话要说，就在门口站下来。

这位老太太眼窝有点眍了，嘴有点瘪了，春寒早已过去，还穿着棉裤，扎着腿带。是杂院里常见的老人家，两只揉面的手，在围腰上搓着。嘴里流水一般说着代代相传的送客的话：

"您走了？不多坐会儿，忙什么呀，不喝碗水吗……"

"老太太，您心口疼好些了吧？"

"好了。一打春，转过地气来，早好了。"

老麦通哈的一声，脚一踢，支上车。

"老太太，可误了多大的事了……"一想，是不是老太太听见了刚才的谈话，打算忍着，故意这么说的。就走到老太太身边认真说道：

"咱说实在的，隔壁做活，碍不碍您的心口？"

"碍不着，我又不是泥胎烧活儿。"

"那您怎么不告诉给他？"

"可别告诉他，可别让他做木头人儿了。给他找个真人儿过日子是正经。一个月也挣百十块钱，累了一天下来，打那个夜作干吗？屋里全满了，搁没处搁，撂没地方撂的……"

"老太太，晚上他不能待着。"

"我知道，坐那里一看相片儿，跟傻了眼似的。"

"什么相片？"

"女的呗，可寒碜了。"

老麦通想着只怕是现代派的图片，说：

"丑八怪似的？"

"不价，一个个仙女似的。"

"那怎么寒碜呢？"

"嗐，连双袜子都不带穿的。"

这是老太太的语言，偏挑袜子来代表一切。为人圆通的老麦，对这样的老太太，也能沉下脸来：

"我告给您，您记住了，让他一连气儿再做出二十件来。"

"他都过五十的人了，还家没个家，日子不像日子。我这个岁数，脱鞋上炕，不定明儿还穿不穿呢。我这眼睛能闭得上吗？"

这几句话，又把老麦通说愣了，明明透着老母亲的口气。

"打春节一闹心口疼，精神也差多了。那屋里冷呀热的，也惦记不周全了。跟您这么说吧，再让他敲敲打打的，非出大事不价。"

"什么大事？"

"有天后半夜鸡快打鸣了，那屋里还亮着灯。我哪能躺得住，穿衣裳过去一看，他摸摸石头块儿，摸摸木头人儿，就这么摸来摸去。我说睡了吧，他说大妈，我只能跟您一人说，白天我还说不出来，只能深夜里说，不定几十年百年以后，会有人研究，中国有过这么个人，做了这么一些东西。我说人都不在了，这管什么呀……"

老麦通心里发紧，不知道老同学竟藏着这样的心思，只能深夜说给这么个老太太听，这样疼爱他又这样不理解他的老太太。老麦沉着脸说：

"人不在了国家在，民族在。"

"这也在理。可我瞅着他那眼神不对。"

"怎么不对？"

"一下子贼亮贼亮，仿佛打个电闪……"

这一声电闪，叫老麦猛然想起果戈理笔下的俄罗斯的"魏"。"魏"的手脚像是扎在地下的老树根，眼皮长长地拖到地上，铁皮一样沉重，跌跌扑扑地走过来，叫道："抬起来！"精灵们过来抬起眼皮，好像打个电闪，真伪好丑立刻分明……老麦肯定了他的老同学，梅大厦创造了一个中国的"魏"。这中国的"魏"隐身在树皮里边，是一个沉静的少妇型，一个思索的亲切的"魏"。

老太太还在叨叨着，给找一个安生过日子的主儿。老麦心思活跃，看看胡同，说：

"汽车进不来，停在马路上，找个手推车给推进来。"

"嘻，哪怕黄花闺女，也起胡同口走进来。"

"我请一位八十多岁的……"

"哟！"

"……大老头……"

"哟！"

"……来看一看，给他组织一个像样的展览会。"

老麦通骑上车，因为自己的发现，和将要实现的计划兴奋起来，胡同里没有人也没有车，他把铃铛打得山响。扔下老太太在那里想道：这位瞅着怪体面的，怎么也有点儿毛病似的。摇着头走进没有门扇的门洞，还揉她那团面去了。

紫藤小院

人身上都有一根痒痒筋儿，碰碰这根筋，起码是全身松快，进一步还会觉着生活的活泛，人生的生动。不过这根筋儿各人不得一样，有的人沾着酒字儿，傍晚回家，一杯在手，一天的风尘劳碌，如同烟消云散；有的联系着"斗争"，一季度不整人，两只手好像没处放。一冬不搞运动过春节也不自在，能打心坎里空虚起来，摊开两手说：要我们干什么呢！有的人骂人过瘾，有的人一挨骂就踏实了。还有人身上的癣不全给治好，留点儿半夜里抠着解闷。也有一辈子没找着这根筋的，弄得来总是愁眉苦脸，唉声叹气。有的人这根筋忽然失灵，好比是号称烟囱的人，忽然烟到嘴里不是滋味了。这样的时候极少，可是一旦赶上了，轻则头昏脑涨，重则精神分裂，弄不好跳楼、上吊、摸电门、割动脉这等短见识，也是做得出来的。不过忽然失灵的事，平常罕见，一般人不大知底。到了十年浩劫中间，才大量暴露在大众面前。

316

有一位叫作罗步柯的，祖上阔到这么个份儿，让子孙生怕人家提溜这一壶。脚下是什么年头啊，那是闹着玩儿的吗？开过连家铺的小业主，也挂牌游了街了。谁要一提罗步柯的祖上，等于把口黑锅照脑袋扣下来啦。那得赶紧声明到父亲手里，已经稀里哗啦败下来。其实罗步柯小时候，也还落下个玩儿。他父亲玩狗，他哥哥玩鸽子，他玩热带鱼。把个一棵树全荫凉了的小院，玩得赛过鱼鸟商店。仿佛打娘胎里起，他就长上了跟动物打交道的痒痒筋儿。不过娘胎里的事情，本人不容易了解。到了五十来岁，才忽然明白，可是一明白，也就晚了。

这里有一个小故事，这故事论性质，无疑得属悲剧。兴许有的年轻读者会问，既是悲剧，怎么叫人觉着油腔滑调似的？其实这才是真实。那年头像这些故事儿，满街满巷躲也躲不开，人都油滑了。要不油滑点儿，怕是过不去。

罗步柯在一个又大又杂的单位里，伙着编写一部又大又杂的工具书，满脑子一会儿天文地理，一会儿诗词歌赋，一会儿本草纲目……连养个黄鸟的闲心思也没有，有也不能够提笼架鸟呀，那不是"自找"啦，跟万恶的祖上藕断丝连啦，脱胎换骨的话儿呢，就饭吃啦吗？

他住着自家的小院，院子南边缺一个角，东边让邻居拱进来一间小房，院子不成形，不够他父亲踢蹬的，这才留了下来。北头三间小屋，南头一间厨房兼堆破烂儿。东西没有站房子的地儿，倒是偏西长起来一棵紫藤，胳膊粗细，盘根错节。院里搭着个架子，那哪够，爬上了墙头，扑上了房脊梁。春夏之交，一穗穗，一串串，雪青色茄花色，蝴蝶般的花朵，笼罩着整个院子，张挂在院墙外头。就是冬天落了叶，也只见龙缠蛇绕，把北房和南屋全都搂在怀里了。雪青和茄花颜色，属素雅情调。藤萝缠绕，也属古朴的光景。这小院是这弯弯曲曲坑坑洼洼的胡同的胜景，得了个名号"紫藤小院"。

许多年来，胡同越来越破旧，朱漆的门扇掉色了，院墙裂缝了，小房倾斜了，没有可以和紫藤小院竞争的景色。前几年，却在斜对过拐弯的地方，将就老房子翻盖成集体的工厂，这工厂只有一样崭新东西——大烟囱。一色的红砖，拔地而起，下粗上细，上下溜圆，高过三层楼，仰脸看顶，谨防掉帽子。靠胡同一边，一步一尺铁棍子，直达顶端。这当然是梯子，可是从没有看见谁上去过一回。胡同里的小孩子淘气，爬上去一二十步，全胡同的过往街坊，都会吆喝起来。这个梯子，让人害怕。老年人说不能细瞅，心里发毛。可还是成了胡同里的又一景，名号是"烟囱那儿"。

罗步柯的父亲玩狗玩到西天去了，玩鸽子的哥哥，现在外国玩洋鸽子。只有罗步柯一人守着这小院。他现在什么也不玩，把全副玩劲儿投入了编书。从小就让人看作玩物丧志，全家都是玩家，因此现在也不言志，只是悄悄地熬上心血。傍晚回家，每每脸上潮红。红紫藤浇水、松土、施肥，眼里还若有所思，独自微笑，嘴里还念念有词，不过个中消息，只有花猫罗密欧晓得。花猫的花，不过是灰里带黄，细看可见模糊的条纹。个头也是中等，营养偏高，肉厚毛光，有时候也逮个把耗子，那是玩儿，吃是一口也不吃的。整天守着静悄悄的院子，偶尔翻过墙头去交交朋友，或是引进来在紫藤架上钻来钻去。此外，过着安静生活，养成严守秩序的习惯。

早晨，北屋房门下边，有个五寸见方，还挂着块小布帘的洞洞，发出轻轻的摩擦声音，随着，"咪噢"一声猫叫。这猫晚上定时巡逻，出来进去的不清净，因此在南屋厨房角落里，给它安排了个荆条编的土筐。早晨由小洞钻进北屋里来，站在当地，四腿均匀撑开，尾巴舒展平铺，对着赖在被窝里的罗步柯，庄严地，意味着警告，包含着谴责，叫道：

"咪噢，咪噢。"

若是夏天，这时窗外的紫藤架子顶上，已经撒下了黄爽爽的清晨的阳光。若是冬天，屋里屋外都还是沉沉黑夜。看看表，准是六点整。一年四季，日夜长短不同，这猫进屋叫唤，不会有一分钟以上的差池。

罗步柯听见猫叫，就在被窝里微笑，不但不一骨碌起来，反倒把四肢松动，摆布舒适。嘴里也"咪噢，咪噢"。可这是叫唤猫的名字：

"密欧，密欧。"

平日就只这么叫，遇上不平常的时候，就叫：

"罗密欧，罗密欧。"

加个罗字，就和主人家同姓了，再者，也怕莎士比亚不高兴。其实这个名字的由来，表面上和猫的叫声有关，内在却和爱情悲剧联系。这猫素日看来老成持重，是守得住清静，甘居寂寞的角色。唯独爱情喷发之时，摸爬滚打都是来得，沾土掉毛也在所不惜。主人家的一生阅历，认定凡是爱情，都是悲剧。

"咪噢，咪噢"三分钟以后，床上的若还没有动弹，地上的就纵身上床。这时，罗步柯就从被窝里蹦出来，光着胳臂腿，三步两跳钻到靠窗的一头沉书桌下边，揭开扣着的瓦盆，那下边有一只碗，碗里是昨天晚上拌好的猫食。罗密欧早就从两腿中间钻了过去，罗步柯这才回身穿衣服，从暖壶里倒热水洗脸，一边斜眼看着罗密欧的吃相，叨叨着：

"看把你噎着，这是本儿上的带鱼。"

"看把你惯的，小排骨还扒拉扒拉。"

"看不把你饿上两天，那是什么？干焙鲫瓜儿，有日子没见啦。"

说着，沏上一杯酽茶，拿两块点心，一块酥皮一块桃酥摞在桌板上，他对着窗户，仰坐靠背椅，喝一口茶，摸着点心咬一口，还往桌板上撂，嚼着，瞧着窗外的藤藤盘绕，一身的舒坦。也伸脚在罗密欧身上蹭蹭，交代两句：

"给我在家老实待着，不许翻墙，趴人家的阳台。罗密欧朱丽叶，阳台那场戏千古叫绝，多风流，多热血，多狂，呸，找死，罗密欧不趴阳台，能死那么些人吗？人家洋罗密欧，咱管不着，你，老实当你紫藤小院的罗密欧，我不是没拴过你，打过你，圈过你……"

罗密欧吃饱了，老老实实蹲在罗步柯身边，使前爪擦擦嘴脸，它爱整洁。支支耳朵，表示好生听着，可是那绿眼睛会忽然一转，盯着窗外，院子里哪怕是落叶，是飞过一只蝴蝶，它都是注意到的，根本没有在听屋里的唠叨。忽然，这花猫站起来，四腿撑开，尾巴平展，仿佛是为了庄重，也为了运气，叫出一声声响亮的，不可忽视的"咪噢"。

罗步柯也只能立刻站起来，穿过玻璃，穿过藤藤，再穿过墙头，看看斜对面大烟囱的一个顶，半边红砖，几档铁棍，够了，准是冒黑烟了。赶紧三口两口咽下点心，喝干这杯茶，扣扣子，戴帽子，往外走。黑烟里有黑末子，落在院墙上，一星期不打扫，能和煤铺差不多。也撒在紫藤上边，连打扫也无法打扫。这当然是腻味的事，可是罗步柯倒不大计较。只是那塔不像塔，柱不是柱，碑不是碑，光秃秃直挺挺戳在半天空，特别是那一档一档的铁棍儿……罗步柯瞧着总是心里发紧，仿佛监狱的瞭望哨，断头台的梯子……这都是说不清的事情，只是老有不祥的感觉就是了。他上下班都得打"烟囱那儿"经过，有时候车来人往，只好擦着铁棍棍过来。越是觉着不祥，还越发禁不住仰脸一张，一张还准一个眼晕，心头通通地扑腾。

出胡同右拐一站多地，就是那又大又杂的单位了。罗步柯上下班，都是安步当车。傍晚回家，一路上东张西望，鱼摊上有没有小鱼烂虾，肉案子角落里堆没堆着肉皮、碎骨。赶上发薪或节假日，那得张望香腊熟肉铺了。

罗步柯手里托着个纸包，打开院门，刚往门里一伸脚，秃噜一声，有时候从南屋，有时候从紫藤上边，有时候不知道从哪里，蹿出来罗密欧，没等肉眼看清楚，又一声秃噜，那是来自北屋房门下边的小洞。等到打开北屋门，罗密欧已经四脚撑开站在当地，仰脸迎着罗步柯：

"咪噢，咪噢……"

二罗一个在地上，一个在桌板上吃了都是一饭一菜的晚餐。罗步柯往靠背椅上一仰，随手拿起晚报或是《阅微草堂笔记》，罗密欧就跳上他的膝头，把身体一盘，刚好占满大腿。罗步柯左手拿着晚报，右手伸过去摸摸、拍拍，"胳肢胳肢"。罗密欧拿脚爪迎着挡着，仿佛半推半就。还咧开雪白的尖利的牙齿，半咬不咬那焦黄的手指头。罗步柯看一段《阅微草堂笔记》，会说：

"瞧瞧人家那马，水里火里，舍命救主。"

看着看着晚报，说：

"瞧瞧人家那狗，咬住裤腿不叫进屋，哗啦一下地震了，房塌了。养兵千日，用在一时。你要是个好样的，也给你登报上书……"

不多会儿，大腿上边就呼噜呼噜起来，这小小的身体，连肚子带胸脯，一起一伏，鼓吹出来的呼噜，在夜间的紫藤小院，那是听得清清楚楚的。罗步柯叹道：

"瞧，累成这样，都干吗啦？写上三千字了吗，校对四十页清样了吗，还是查了五十本书了吗？你啊，准是又犯贱啦，翻墙头、爬阳台啦……"

罗步柯放下书报，也打打呵欠，伸伸懒腰，可是不让大腿动弹，有点发麻也坚持着。那呼噜呼噜散发着温暖，能叫主人家的血液暖暖和和地周身循环。他悠悠地觉着脑子比白天在嘈杂的单位里活泛，想起来哪条注释还不牢靠，哪两个字是哪个版本里没有的……这时他两眼眯瞌，颧骨上潮红，嘴角挂上了微笑。

忽然，腿上轻轻一震，罗密欧已经跳到地上，伸腰，拱背，抖毛，四腿撑开站定了，叫道：

"咪噢，咪噢……"

这时，看看表，准是十点整，上下差不了分把钟。"咪噢咪噢"叫个不住，罗步柯连忙扔过去一块肉骨头，自己也拿块点心，咬一口，撂在桌板上，回身铺床，脱衣裳，准备钻被窝。那罗密欧才走到门边，拿前爪掀开小洞布帘，一侧身一个滚儿似的钻了出去。这个灵巧动作，罗步柯天天看见，也要用晚报上的语言叹道：

"高难度，侧身转体三百六十……"

笑眯眯地拉了灯。紫藤小院走进素雅的，日长月久的，可也是盘根错节的梦里。

天有不测风云，紫藤小院，这，竟也有暴风骤雨的时候。一天清晨六点钟，天色微明，忽然，一声惨叫："咪噢——"

罗步柯从厨房南小屋里钻出来。他从南小屋里钻出来，光胳臂光腿，他是从被窝里蹦出来的，他光着胳臂腿蹦了出来！只见北屋的门拉开一条缝，一个什么破烂东西给使劲扔了出来，落在紫藤下边，又一声惨叫！"咪噢——"

罗步柯怎么在南屋，北屋里又是谁们，这个情况发生已经大半年了。可是罗步柯好像还晕头晕脑，当作噩梦在做。咬咬手指头是知道疼的，可是信又信不过来。

单位里一年以前就让一首世代相传的打油诗打住了："春天不是编

书天，夏日炎炎正好闲，秋天揪人冬天斗，烧掉书箱好过年。"说起烧书，这个又大又杂的单位，可巧是个编书院。把书和书稿搬出来堆在院子里，虽不能比作皇陵，也和太子坟差不多。点火的时候，不清楚从哪朝哪代的祭典里，或是直追到两千多年前秦始皇焚书坑儒里得到启发，把揪出来的黑帮挂上黑牌，双膝落地，团团围住书堆。堆大人少围不成圆圈，就叫些次等角色，例如"残渣余孽"以及"小爬虫"之流，滥竽充数。罗步柯就是这样领受了烟熏火燎，立刻弄得不成人样子。从此等于定了案，每日低头进哈腰出，打扫楼道，洗刷厕所。

随着，胡同里也定下日子烧书，个个院子都要点火，没有书的拿月份牌年画凑热闹。好比老年间过七月十五，阎罗王放假，鬼门关打开，家家户户烧纸钱。五千年的古国，就怕不研究，研究起来都是有渊源的。

那天，来了位不年轻的女人，带着几位半大小子。这女人一脸的烟容，竟把一顶军帽扣在后脑勺，一身军服还扎上腰皮带，挽上袖口，露出半截瘦筋筋的胳臂。原本是草绿的军帽军服，已经褪成枯黄颜色。隔五步路就闻得见烟味儿。当然，各人的胳臂上，都有一个崭新的耀眼的红箍箍。罗步柯早在紫藤架下，堆起《阅微草堂笔记》一类的破书。人家可是直往北屋里闯，眨眼间，把陈年铺盖、缺扣少把的箱子、喂猫的饭盆饭碗，一起扔到院子里，宣布：

"兵团进驻这里啦。"

一个"兵团"再来个"进驻"，罗步柯无话可说，缩进南小屋和罗密欧做伴。连北屋窗根那里都不敢去。罗密欧没有受过火和血的教育，有时候大模大样走到北屋那边去，就要遭到脚踢，有回听见骂道："四旧。"

这可吓住了罗步柯，踢踢倒还不要紧，这可是提高到原则上去了。

晚上回来，再也不敢托着猫食，悄悄藏在袖筒，偷偷放到盆里，轻轻呼唤着密欧密欧。早上出门，拿根腰带，手指头颤颤地把罗密欧拴在墙角落里。

有一天，一脸烟容的红箍箍叫道：

"老头，给你破破四旧。"

几个半大小子走进南屋，把罗密欧抓到院子里，七手八脚，在咪噢咪噢叫着的猫的尾巴上，拴上一串火红的鞭炮。罗步柯脑子转不过弯来，还使劲笑着，围着众人转，一边吩咐罗密欧：

"老实点儿，跟你闹着玩儿呢。"

人们一拥走出门口。后来才知道是到体育场去了，去冲对立面召开的大会去了。

罗密欧没有回来。

罗步柯老了十年，不但低头进低头出，连腰也驼下来了，他打扫楼道，也不知道是他支使笤帚，还是笤帚支着他。人家也懒得训斥他，为的一抬起脸来，总是老眼湿漉漉的，新添了迎风流泪的毛病了。每天早晨六点整，总有"咪噢咪噢"的叫唤，让半睡半醒中的罗步柯，仿佛心胸崩裂，从被窝里蹦起来。每天晚上十点正，也总有"咪噢咪噢"在耳边绕远抄近，让他心里眼里酸酸地去钻被窝。

有天傍晚回家，低头驼腰往南屋里走，忽然，脑袋顶上一声"咪噢"，差点叫他一跟斗摔在地上。他没有回头看看，不相信真有这样的叫唤，只顾去推南屋的破木板门。可是一迭连声：

"咪噢，咪噢，咪噢……"

罗步柯斜过眼睛，从眼角里张见紫藤架子上，藤条纠结的地方，有一撮灰里带黄的毛毛，够了，这是罗密欧。用不着看见全身，也用不着看见带有特征的嘴脸。只要身体上任何部分，哪怕是一撮毛，就能够断定，仿佛这中间，有一种神秘的电流传递着信息。

罗步柯在单位里，原来也只是当作两只脚的书柜用的，这个人的好处和坏处都有一条：不滑。可是这时候天知道，他显出一脸的狡猾来，他探着脚尖，走出无声的狐狸的步子，走过紫藤，窥探北屋，窗无动静，门有挂锁。他又探步去把院门推上，加闩。这才回身，快走，张手，高叫：

"密欧，罗密欧，密欧，罗密欧……"

那一撮灰毛转动转动，从纠结的藤条里现出身子来了，看看下边，却不下来。

"是我，罗密欧，是我，罗密欧，你回家啦。"

那猫却只在藤条上盘旋，忽然下来几步，又忽然弓背，奓毛，龇牙，凶恶地紧张地叫两声咪噢。一下子又全身没了劲，虚弱地盘旋起来。灰黄的毛皮稀脏，松弛，这边耷拉一块，那边仿佛要掉下渣儿来。它的尾巴，原本那平展展的尾巴，现在燎光了毛，瘦孤丁的，露着骨节，挂着乌紫的血块……叫人一看，别说眼睛，连五脏都抽搐的尾巴啊。

罗步柯醒悟过来，冲出院门，三脚当作两步走到胡同口，哆哆嗦嗦掏出钱来，买了一包碎肉，没有忘记藏在袖筒里，回来打开纸包，摊在紫藤架下：

"密欧，下来，密欧，你饿了，罗密欧，这是你爱吃的肉，你不认得我了？"

那猫沿着藤条，走到北屋房檐那里，闻着张着，回过头来，又走到墙头，张着闻着……

"它在认家呀。"

那猫认出家来了，闻到肉味了，认出下边的老主人了，咪噢一声，冲了下来，谁知离地一人高时，两只前脚使劲刹住，两个爪子仿佛抠进了藤皮，凶恶地拱背，乍毛，狂暴地龇牙叫着，扭身回到上边，它又认不得了。

罗步柯仿佛当头浇下一桶凉水，倒退着退回南屋，推上木板门，在板缝里张望。这时，罗步柯才回过味儿来，让他手脚冰凉的，是罗密欧的眼神。比较起来，那皮毛、那尾巴、那凶根、那狂叫都不算什么了。那眼珠子还是绿的，可是往里掺和了什么东西，这东西跟铁水似的沉重，又不透明，可又不凝固，沉重地微微地在眼珠里边动荡。不能简单地说是木了，石头了，铁了，咸鱼一样了。要是说得简单，只好说是疯了！

不多会儿，那猫箭一样跑下来，直奔碎肉，叼上一嘴，又箭一般上了紫藤。不多会儿，又箭一般下来，又叼，又上去……

幸好，这几天红箍箍们忙得不落家。罗步柯早晚用碎肉、鱼腥、米饭、包子，努力了一个星期，才把猫哄进南小屋，给它梳理皮毛，洗净尾巴。让它睡在原先那土筐里，肚皮连带胸脯一起一落，全身打出呼噜。可惜《阅微草堂笔记》已经火化，晚报早已停刊，罗步柯晚上不能看看什么，可是够了，听着这呼噜，缩着腿歪在两头顶墙的铺板上，一天的疲劳，一世的委屈也可以消散了，罗步柯心想：够了，过得去了。

罗步柯又年轻回来十年，打扫楼道，洗刷厕所，什么脏不脏的，伸手去抠，贴近了去擦。遇见闹革命的过来过去，他总是给人一个笑脸，不管人家理还是不理，总是嗓子眼里咕噜咕噜的，跟人招呼说话。没有人让他把话说出来，有的走过去了，嘀咕道：

"这老家伙，谁挠着他的痒痒筋了似的。"

回到院子里，也总是拿笑脸迎着北屋的红箍箍们，笑眯眯地扫地、松土、洒水。那一脸烟容的女人有天也笑起来说道：

"老头，吃了什么药啦，等忙过这两天，瞧我治治你那痒痒筋儿。"

罗步柯嗓子里咕噜咕噜地说出话来：

"密欧，罗密欧……"

"哟，那破猫呀，给好生养着，给养壮实了，这是下给你的任务。"

得令！罗步柯容光焕发。原来他独自的笑眯眯，特别是他迎着人们的所有的笑脸，都是为了这只猫，为了猫的回来，猫的合法护理，猫的可以扣在土筐下面，伴着他缩在铺板上的生存权利。

一天傍晚，他竟明托着一包猫食回家，忽见一辆中型吉普，挡在小院门口，有人把喇叭按得怪响，那声音透着不祥。罗步柯脚下一个趔趄，要跌未倒中间，看见有人揪着罗密欧的脖子上了车，车上七八个人，都戴着柳条帽子，拿着长长短短的棍棒，都是嚷哑了的半大公鸡嗓子。吉普车吼叫起来，掉头甩屁股往外走，胡同路窄，罗步柯还傻着不知道躲闪，给刮了一下，跌出去正好是"烟囱那儿"，后身撞在一档一档的铁棍儿上，不知道皮伤肉痛，只知道吉普车是开去参战，火攻一个堡垒，罗密欧要绑上棉花，撒上汽油……

仔细研究起来，《封神榜》上有过火牛阵。若说火攻，那是兵书上都写得有的。诸葛亮还火烧过藤甲兵。

吉普车开出了胡同，剩下孩子们学习分作两派，明打语录仗，暗使脚绊子。一个孩子无处藏身，爬上几档铁梯，一个老人家过来吆喝：

"学生，成了野猴了。这是风火梯，这也能上去？瞧着都眼晕，你瞧，你……"

老人家张嘴出不来声，孩子们一起啊了起来，高高的烟囱顶上，黑黑的有一个人！过往行人站住了脚，街坊四邻围了上来。不消说，认出来这就是紫藤小院的罗步柯。

　　淡淡的夕阳，刷在烟囱顶上，反倒好像水一般凉。罗步柯脚蹬铁棍，屁股坐在最上边的铁棍上，那里坐不住一个人，只搁着屁股尖儿。顶上边有两行扶手，他使两胳臂弯钩着扶手，两只手自自在在耷拉着……

　　下边的人叫他，吓他，骂他，劝他下来，他好像听见又听不见，好像认得人又认不得。有人叫孩子到那又大又杂的单位里报信，也来了几个人，连语录也念了几遍，还是不能够"立竿见影"。

　　有眼力好的，看出来他的眼神不对头，说那本来发黄的眼珠子，现在墨一般黑，好像往里掺和了什么东西，这东西跟铁水似的沉重，又不透明，可又不凝固。沉重地微微地在眼珠里边动荡。不能简单说是木了，石头了，铁了，咸鱼一样了。要是说得简单，只好说是疯了。

　　有人想起救火的情景，小声说道在下边拉开帆布，他早晚会跳下来或是掉下来的。谁来吃这辛苦，有人建议调些黑帮来，有人小声说，倒不如叫个黑帮立功赎罪，上去拽他下来。说完就仰脸张着上边，要是说错了，也好等于没说。大家心里还都可怜这个残渣余孽，也不愿意胡同里闹摔死鬼。话是说了些，只是没有人动身动手。等待着站出来一个头儿脑儿，骂骂咧咧都可以，只要下命令说，爬烟囱货真价实叫作反动透顶，可是不能够便宜了他，自让他摔死。大家才好动弹。

　　这个情况也可以研究，只怕也是有渊源的，不过那学问就深些了。

猪　爪

胡同口把角地方，有一棵老槐树……呵吧，这也叫树啊！一片山，半天云，风雨不惊，雷打不动。像"文化大革命"那样造反造孽，昏乱时势，槐也不过是青灰了气色。

"文革"刚过，"开放"开始。树荫下把角那里打开院墙，安上双扇门，左右对称的玻璃窗，拾掇出来好不溜溜的临街小铺：卖烟酒，带卖拌黄瓜、拌豆腐、蹄爪杂碎。门口支口锅，赶上饭口子，一声招呼，也可以现擀斤饼擀斤面。

墙上还剩着"打倒""炮轰"标语，只管挨着贴上"卤煮""白汤"帖子，有老槐树悠悠着，谁还碍得了谁？

傍晚时分，小铺里搬出折叠桌椅，借树荫接待街坊四邻，过往客商。

一天黄昏，一个中年女人独占门边灯下小桌子，两手横抓酱猪爪；暗紫，油亮，既饱满又张扬。女人侧嘴咬住，甩脸撕皮，借力捋肉。

间或竖门牙刮骨。或拱爪心啃那嘟噜筋头，带携鼻尖腮帮都蹭油了。女人的吃相威武，却架着斯文眼镜。镜厚如陀螺。螺底，有时候，冷不丁，叫人疑心——呵吔如眼镜蛇吐出舌头——也叫作"信子"，又鲜活又冰凉。女人身穿不青不蓝制服，散着领扣，还没有改换"文革"扮相。手边立着"二锅头"酒瓶，瓶口塞纸卷儿，可见非原装，是旧瓶零敲的货色。不时腾右手，抓瓶颈，拿牙叼下纸卷，吐在桌板上，举瓶咕咚一口——这喝法野名吹喇叭。

树荫下散坐的吃主和闲汉，惊吓惯了，稍稍碰上点奇特，就有"红色恐怖"回潮。不敢正眼看花花世界！又不禁使眼角盯上花梢：这么个女人，这眼镜，啃猪爪，吹喇叭，这都是些什么"信子"呀，这都哪跟哪呵吔搅和一起！

树荫深处，靠老槐树的小桌边边，一个男人弓腰低头吃汤面，当端碗仰面喝汤脚，两眼从碗边出去，不觉一愣，定神。

这个男人和头上一爿山、半天云一样地气色青灰。这青灰男人"文革"前五六年，赶巧和一伙笔杆子结队访问南大门。一访，边境月如弯弓，青草伏地，仿佛丝绸。仿佛无声又有音乐柔柔、幽幽，这丝绸如音乐笼罩。点点白石界碑，也仿佛"日暖生烟"的汉白玉。小伙子们看醉了，喝酒了，更醉得浪漫了。踏着丝绸呼叫，呼叫中跑步，跑步如跑马，围着界碑兜圈子如征战归来，回归丝绸鱼米亲爱的故国故土故乡。

"文革"挨斗的时候，这通浪漫变作罪恶：企图偷越国境，这罪恶在"文革"当年，也最煽情。男人惊叹性命交关，又没有多少细枝末节可以绕弯喘气。闹得彻夜搜索枯肠，寻觅冤结来由，不免疲劳如昏迷。忽然，冷不防，忽闪出来眼镜女人。当年浪漫之时，也冷不防，或横里斜里或人缝里，出现眼镜如冰水直射……因为那镜片后边，闪闪蛇的"信子"……有了，抓住这根稻草，上法场斗法宝去休。……

青灰男人定定神，嘀咕一声凑巧，怕问个究竟，扔出去砖头瓦块，也要着地。直奔眼镜女人，女人哟了一声，招呼道：

"还活着？"

"活着。"

这是大难过后流行的见面礼数，虽说不上"一笑泯恩仇"，可也透着共同的欢喜。到了"生死两茫茫"时候，彼此都喜欢活着。

女人又添一句："还活得好好的。"

"也去了趟鬼门关。"男人心想：怎么立刻点题？不含糊，又不带火气，连怨气也不显，就要个够档次，"你说南大门算不算得鬼门关……"

女人面不改色，探手摸瓶子，慢慢咕带咚，不哼不哈，只是小了嗓音："那是我揭发。"

青灰男人多少见过世面，也没料到这一般不见天日的事，她倒比谁都明火执仗。那灾难重重的日子，女人比男人更不容易。"那是要死要活你可知道的。"叹口气又缓和道，"不过可以理解。"

女人细嚼筋头，慢吐骨头，捎带着梳理自己："理解什么了？""我挨斗了！打倒在地了？""是屈打成招，还是顺竿爬？""来，来，你也喝一口，听我告诉你当不了英雄也不要狗熊。"

男人不喝，暗暗猜测掂量。

女人说："实话告诉你，访问南大门回来，平白无事。可我心里有惦记，放不下。你们月下、酒后、疯跑，我怀疑，我揉不下沙子，我得汇报。谁知汇报上去，没有动静。'文革'一折腾，我说怨不得，上边是走资派呀，汇报到贼窝里去了。我立马给造反派揭发——那不叫汇报叫揭发了，怀疑也叫警惕了，都改了口了。"

女人用门牙，咕哧咕哧地刮骨头，槽牙沙啦沙啦地磨灭。

"我就是这么个认识，我说的是实话。有人夸我心直口快，口快没错，心直吗？哪来那么些怀疑。一见你们知识分子，先不先跟我们贫雇农就是不一样。你们和我们不是咱们。咱们是自己人，自己人里边怎么会有你们呢？为什么，这还用问。非要刨根问到底吗？我也说不好。反正从小起心，我会使眼神。每当咱们你们搅和不清的时候，人说我眼神会吐'信子'，你信不信？"

女人把酒瓶塞给男人："你脸都青了，快喝一口。"男人暗自惊叹：好歪理，好直爽。女人又劝："你喝一大口，我再给你一句响话。"男人说："这点酒什么？你说，你响了，我喝干了它。"

女人说多了话，骨渣肉末外嗳，舌尖探探连撸带卷回去，加工打磨，筋杠肉涨。

"我现在不那么认识了。你想出去，我帮助你。干吗非在一棵树上吊死。"

"我有钱。我攒下票票。干吗非得穷着，越穷越光荣，穷当家，穷过渡……你走吧，我帮你。"

大难刚过，新政还没有出台。这个男人也许永远改不了气色，太浸透了青灰。他听着女人响当当的话，眼前也还是冷冰冰闪光的镜片，镜片里，闪着"信子"。

男人搁住女人："不说了，不说了，不定什么时候，又不管死活，又扣到我头上，什么也别说，喝酒喝酒。"

男人抓酒瓶，仰脖子，一口灌顶，呵吧！从嗓子眼直烧到肚脐眼。这哪是一毛一的二锅头，是白薯烧，七分钱。还有钱助人？慢着，没准儿还就是这号人，真攒下了票票。

"你们围着界碑疯跑的时候，我在傣家竹楼上看月亮。你们在想象，你们在浪漫。那我为什么不可以兴兴诗兴，我还有两句真正的诗：

> 你在边境看风景，
>
> 看风景人在楼上看你。

十来年后。

马路展宽。新起高楼论感觉有高耸上去，有低压下来，恰似两个象形文字："忐忑"。老槐树变小了，也萎缩了。把角小铺多亏年年装修，现在门口张网，挂五彩珠珠灯泡，黄昏一片霓虹如红粉扑在老脸上。

只见那男人，依旧青灰气色。不时骑车经过，没有工夫吃喝，也要踩着马路牙子，半坐半站半刻。男人叹息：花花世界小看了老槐树了。人来到树荫里，不就来到一片山里，半天云里，胡同的岁月悠悠，遍地阴影如水如月如洇如渗，沉静了呼吸，仿佛入定。

这天黄昏，青灰男人忽又看见眼镜女人，独占门边小桌，横抓猪爪。手边立着"二锅头"，这回是原装。女人身穿不黄不绿混纺开领上装，衬衣窝着扭着仿佛错着扣。依旧侧嘴，甩脸撕掳皮肉。还是呲啦啦门牙刮骨，也钻爪心、啃嘟噜，带携嘴唇、腮帮、鼻尖都挂出幌子来了。

十来年前那回劫后遭遇，本是冤家命硬，狭路相逢。凑巧噩梦猛醒，人性刚苏。一时言语投机，情节爆发。他去看她，她去看他，看了不多回数，就吃喝不分，起居不忘。非常地开放，比开放政策还先行一半步。

稍过一阵，女人酱猪爪的赤红赤亮，和男人的青灰气色总不调和。或是不是咱们里面分你们我们，这一层面是不是总有疙瘩揉不匀净？

或怪只怪青灰男人过得坑儿坎儿的太多，哪儿都有藏着掖着似的，青空白日蹦出来一个初恋的女同学，后来跟了别人，后来大难中家破人亡，剩下孤身。再后来鬼门关归来，忽又碰了头。少年时的海誓山盟忽又变作现实的男婚女嫁，用不着铺垫倒像水到渠成。

眼镜女人写了封"战书"，告诉青灰苍白男女，真若结婚，自来红、根子正、铁打庄稼肯定到场贺喜，吹喇叭。自备麻绳，下半夜吊在洞房门背后。这可是最古最老也最摸不透的赌咒，可怜夫妻合计，采用最新最潮最拿得住的解数；报名跟上一帮集体旅游结婚，擎小旗，背挎包，投奔青山绿水去休。

眼镜女人出了国，在太平洋一个大岛上教华人练气功，带拔火罐。世人啧啧：一个青头灰脑的守着本土，一个红得吐"信子"的倒移居海外。这个花花世界，还有什么不可能。

男人说，听说人家攒够了飞机票钱，就回来爱国。现如今不又在老槐树底下相会了。

男人叫声呵呔，打精神，挂笑脸，走到霓虹老红粉跟前，照近年死灰复燃的礼数，双手抱拳，拱腰作揖，唱道：

"恭喜发财。"

女人也按礼数欠身："托福托福。"让让酒瓶，"请，请。"

男人叹起来说："故土难离，旧情难忘。"

"你是说爱国吗？"

"反正是高级的思维，博大的情怀。"

"还加不加主义？"女人一鼓作气，"不加？敢情。是免了，是烧了，还是废了？敢情主义是一种流行，和流行色、流行歌曲、流行性感冒一样。不如踏实下来，多研究问题。有大难不死的大喊大叫；我爱国，谁爱我？这一位还没有学会拷问灵魂。刚会把简单的事情说复杂了，还不会把复杂说简单。听着，这是猪爪。我爱这一口，就是这一口我爱。没有别的话说，没有层次高低，没有价值贵贱，没有正邪好歹。猪爪就叫猪爪，连个外号也没有。什么崇高，崇高有多高？只怕连思乡、怀旧、寻根都高攀不上。也没有伟大，伟的同音，伟人是伪人是神人。我爱猪爪就是猪爪，没有任何添加剂，'零距离'大自然。'天道崇简'。'最高智慧'没有时间、没有空间、没有来、没有去，只有纯粹的单纯……"

男人自以为明白了，也就忍不住，喝道："行了，还没完没了啦。可哪一句是你自己的？有你自己的话吗？句句耳熟，那是古典，这是新潮，唯独在你这里，我看是反弹。"

"那我撒谎了？"

"比撒谎还糟，你不认识真心。"

"自己不知道自己姓什么，说我吗？敢情。"

"你的真心，充实在行动里。你省吃省喝，苦做苦打，千山万水，就为这一口。可这一口满世界都有。你要的是老槐树底下的这一口，死胡同口的这一口，把角、杂院、小铺的这一口。不是什么添加剂都没有的这一口，是代价沉重青春飞去不回来的这一口。"

女人刚才生气，腮帮里的骨渣肉末从嘴角似漏若喷，舌头翻儿翻儿的也失控失措，脸面上更加控制不住，横肉起球滚滚，掉落言语也如肉球？"没有还可恨的！""得便宜卖乖。""青头灰脑。""早该吊死在洞房门背后。""你是我肚儿里的蛔虫，浑蛋！"

男人像不在意，反倒自言自语一般："这花花世界，不眼观四路，耳听八方怕也不行。就你那个自然和单纯，不就是压根儿不沾名和利。不就是一片空白——不是一张白纸，准备画上美丽图画的。一片空白想画也画不上，谁生来一片空白？两种人：一、天才。二、白痴……"

没想到女人冒出来一句："我们是咱们。"

"咱们是自己人，是过日子的人，七情六欲一样也不少。要不，日子怎么过！"

"我要喊出来了，咱们是自己人，刚才你的眼睛里也闪闪'信子'来着。你的'信子'还分杈，杈杈鲜活，也冰凉，咱俩原来是一路。"

男人一激灵，起立，"祝你一路平安，再见。"

女人手托红筋赤露，酱骨紫胀，位置却是"琵琶半遮面"。"慢着，这里还有两句诗。"

　　　　"信子"装饰了你的眼睛
　　　　你装饰了别人的梦

老槐树底下有言。呵吧，这花花世界，有什么不可能！

　　　　　　　　　　　　　　　　八十写爪，略表属猪

十 门（一）

亚康和夏花在战争年代结了婚。这战争的年代太久，能把人等老了。又可以把这年代借战争做由头，一切从简。没有婚纱、双喜、酒席、拜堂，连照相也只穿平常衣服。

结婚以后，还住各人的单位宿舍，只是每到星期六，夏花到亚康的宿舍里来。夏花总是赶紧下班，路远，赶紧买点鱼肉，时间紧不紧的，总是赶紧洗锅炒菜。兴头头和邻居聊天，爱说这算什么结婚，没有婚纱、双喜、酒席、拜堂，扫一眼书桌上镜框：连结婚照也没有。

这几天风声也紧起来，战争的一方抓另一方的人。夏花心想：亚康不会出事的。越想不会越担心出事，越担心越不清楚亚康和这些事的关系。越不清楚还越清楚觉得亚康是她夏花在这个世界上，最贴心的人。这不矛盾吗，世界上就有夏花这样的明白糊涂人。

这天傍晚，夏花急急往亚康宿舍里赶，一边在路边还买了脚尖买了黄豆，亚康喜欢炖了下酒又下饭。走进宿舍小街，街上静悄悄，忽然看见一张面熟的青年男人的脸，只一闪，那脸进了小街不见了，也就这一闪，那张脸仿佛一碰变了颜色。夏花一惊，心头一乱，不知是砰地点着了火，还是挨了冷水直浇。只是三脚两步，看见街边玻璃窗里，贴着女人的脸，有的唰地垂下眼皮，有的张大眼睛，好像递什么东西过来。夏花不禁叫亚康，叫到门口也没有回声。

亚康住的宿舍，是日本人丢下的榻榻米房子。纸门推动，隔成前后两间，桌面那么大的庭院。

亚康是应声出去，立刻要回来的。半勒雨鞋立在门口，一只翻倒。书本打开扔在榻榻米上，换洗衣服撂在纸门旁边。可是谁也不知道亚康到哪里去了。夏花只有等待，等待亚康跳了进来，拉开灯，叫道："啊哈。"原来夏花就在门边蹲下，也不理会什么时候天黑了，只是等等不来、等等不来，就流眼泪，流着眼泪晕了过去。天也亮了。

外面有人叫门，看见地上扔着小包肉菜，叫野猫撕了，糟践了，就闯进屋里。这人名叫陈英，是亚康的同事。和夏花认识不久，也差不多的年纪。见夏花只流眼泪，没有亲人，也没有主意。就做主领夏花跑警察局，跑警备司令部，跑法院，走前门硬顶，走后门托人打听，却是一个不知道，没有听说。好像亚康不如一个气球，炸出点声响。只像一滴水，在马路上蒸发了。

夏花只是流眼泪，走前门走后门都泣不成声，说不清楚头尾，提不明白请求。陈英只好帮着拿主意，不觉叹道：

"你真是一个纯情女子。"

夏花抬起泪眼，望着陈英。

"你不要这样望我。"

"那我望谁？"

"嗐，这还不明白，现在没有别的地方了，只有情报处。"

"哦。"

"亚康叫情报处抓了。你还哦呀哦的。"

"哦。"

"你看做得这样干净，滴水不漏。"

"哦。"

"还哦还哦，告诉你，看样子是我父亲办的案子。"

"哦。"

"我父亲是情报处的人……你怎么不哦了，你也不流眼泪了，你带笑了。好吧，我总算没有看错，你是个纯情女子。"

"哦。"

"你不会起疑心。你起码要警觉我是什么人？我和我父亲是什么关系？"

"哦。"

"你就纯情去吧，把眼泪擦掉，把饭吃下去，等我两天。"

这个陈英也才二十多岁，高个子，好体格，如果打比方，像个运动员出身的，稍微发胖了的教练。如果穿上当年时髦的连衣裙，也好看，不过总带点老板娘的味道。平常多半穿青蓝半制服半便装，也半像番薯身段，半像职业妇女半像家庭主妇了。

三天后，一个热天也全副西装，银丝眼镜，对着四周笑的青年男子，请夏花上火车。半路上掏兜找东西，摸出手枪，顺便吹吹枪口又装回去。夏花心想：兜里东西太多。

上了火车，看见陈英抱着小包坐着。当着手枪男子说：我们去情报处。亚康也在那里。又打量夏花，又像质问那男子：怎么包也不带，我们是去坐牢的……

可是就在这刹那间，夏花的心，定了。就像俗话说的，一块石头落了地。世界上最可怕的事是空落落，是落不了地，扔出去一块石头也飘着，没有落处。

夏花一听说到亚康那里去，眼泪就干了。只要亚康在身边，哪里也可以。到哪里去也是老古话说的没有受不完的罪。

到了情报处，没有挂招牌没有人声人气的院子。陈英和夏花都收进女监，陈英打听到亚康在男监里，不能见面，陈英却有办法弄到一双亚康穿的鞋子，叫夏花缝几针，算是传递了消息，这件事可以暂时撂开了。

情报处说，叫陈英和夏花进来，是教育教育。陈英进到这里，也就知道她父女之间的矛盾，不过九牛二虎的一根毫毛。天地之间。那时要"天翻地覆慨而慷"的。天翻地覆的美与丑，慷而慨的虚与实。一部史诗有得说的。

陈英说夏花是纯情女子，那么她就是史诗人物，就算是不会叱咤风云，也跟着摇旗呐喊，也刀山火海的，一般以为纯情是小天地，是另一条盘山羊肠小道。不过一走进去却不浅也不近，不时烟雾腾腾。老话说得好："伊于胡底"，"耐人寻味"，"不知所终"。

夏花捧着亚康穿旧了磨破了的鞋子，一双白色运动鞋，这不值钱的东西，陪着走了艰难的路。心痛。眼泪颤动变成战栗又要挣出去了，可是没有。夏花感觉到亚康的体温，活动了血液，惊醒了大脑，回头找针线，什么来引针穿线？夏花的纯情、纯情……

一针扎住磨损，一线盖上破旧，拉一拉松紧，抷一抷结实。准备走远路，走天堂随意，走地狱跟脚。

与亚康牵手，并肩偕行，就像祝福中的比翼鸟、连理枝，走到哪里也像唱一支歌。

人生吃喝拉撒，以外，不唱歌做什么。除去生死病死，不就是歌。

人生如梦，梦中要张嘴的，张嘴就是歌，张嘴就行。

"来，来，来唱歌，唱歌。"这声音多干净，都干净得甜了，像夏天的白开水。

"来，来，喝一杯、喝一杯。"这声音多甜多美，都甜美得干净了，像夏天的白开水，不加糖，不泡菊花，不煮绿豆，就是夏天的——

夏天的花。

这声音太像亚康，又不是亚康。是亚康的印版，是亚康养大的"八哥"，是会说话的鸟，不是人。

"来喝一杯。"说得酒香，说得酒意，说得比唱出来还夏天。

"来喝一杯。不要婚纱、不要双喜、不要酒席和拜堂，连照相也只穿平常衣服。只要喝一杯，只要喝一杯。"

这不是鸟语，也不是人话，这是心声。

浓浓的情意，醺醺的兴致，飘飘的梦想，这是亚康的声音，丝丝入扣，这比亚康还纯还真，因为是唱出来的，是夏花听出来的，裹着夏花的温柔。

是热烈呢是淡泊？是世俗呢是清高？反正是有出世的心又入世。是投身战争又希望这是最后一战，打完这一战就远离战争，去唱人生的歌，除了歌难道还有人生吗？

"来唱一个。""来喝一杯。""唱一个，喝一杯。"光听声音，就听出了高兴，还带着幽默，还带着豁达，还有点儿淘气。这是"八哥"在学亚康的声音，鸟学人声，学得不但像，还比人声更人气，更有声气、口气、神气……

"来唱一个，喝一杯。唱一个，喝一杯。人生几何，唯有杜康。人生几何，唯有亚康，亚康杜康，唯有唯有。人生几何，唯有婚纱、双喜、酒席和拜堂，再就是照相照相，把空间照住，把时间照在空间上，再还有再就是炮仗，放炮仗，百子炮，开门炮，天响地响双响炮……"

这是谁的声音？谁在说话？这不是鸟语，不是鸟学人声。这是我，是我夏花，我夏花在做针线活儿，在缝亚康的白色运动鞋，缝得结实好走路，多远也不怕，上天堂，下地狱，一样走路过去，运动过去，白色过去。白色过去是什么意思？啊，不像话。我夏花一边做鞋一边唱歌，不是说出来的话，是唱出来的歌。人生不像话，人生是歌，生日歌，情歌，挽歌，祝福歌，安息歌，重逢歌，别离歌，凡生老病死最激情时刻，就是歌，就只有歌，人生如梦，如烟，如电闪雷鸣，其实都只有如歌。

"来，唱一支，喝一杯。"

这声音多神，多活，多纯。

其实，这就是白色。

恰好这时候，夏花做针线的眼角，瞧见了一个黑影，那是"八哥"，"八哥"的嗓音是白色的，羽毛却是乌溜溜的黑色。

亚康用小米、蛋黄、秫子、活虫喂养"八哥"，从小到大，练"八哥"的舌头，看舌头的颜色，稍微不对劲，就在"八哥"的水缸里滴一点药水。

"八哥"的水缸和食缸都拴在竹签笼子里，"八哥"吃一口喝一口，在笼子的竹棍上跳上跳下，学着亚康的声音。

看见亚康就加紧跳，加紧学，学到人见人笑。亚康关上窗户，打开笼门，放"八哥"在屋里随便跳随便学。

现在夏花缝着鞋子，瞧着"八哥"却是不见笼子，或是笼子大了，连夏花也在笼子里头。

"八哥"照样跳上跳下，照样，跳的是笼子里的步法，好像戴着镣铐的舞步。

唱着白色的歌，白色更加纯了。

羽毛是黑色的。和白色相比，这个黑色更加阴郁了。

夏花猛吃一惊；那白色的明净，那黑色里面透出来的阴气，直捅夏心如刀尖。

"八哥"照样跳、照样唱，也许它的歌原来不分黑白，歌只是歌，它就是一切。歌就是歌，就是人生，就是唱着就是。